歌え、汝《なんじ》龍たりし日々を

始皇帝紀

岩井《いわい》三四二《みよじ》

角川春樹事務所

歌え、汝龍《なんじ》たりし日々を

——始皇帝紀——

装画　おおさわゆう
装幀　葦澤泰偉
地図　かがやひろし

〈目次〉

戦国・秦漢時代概念図

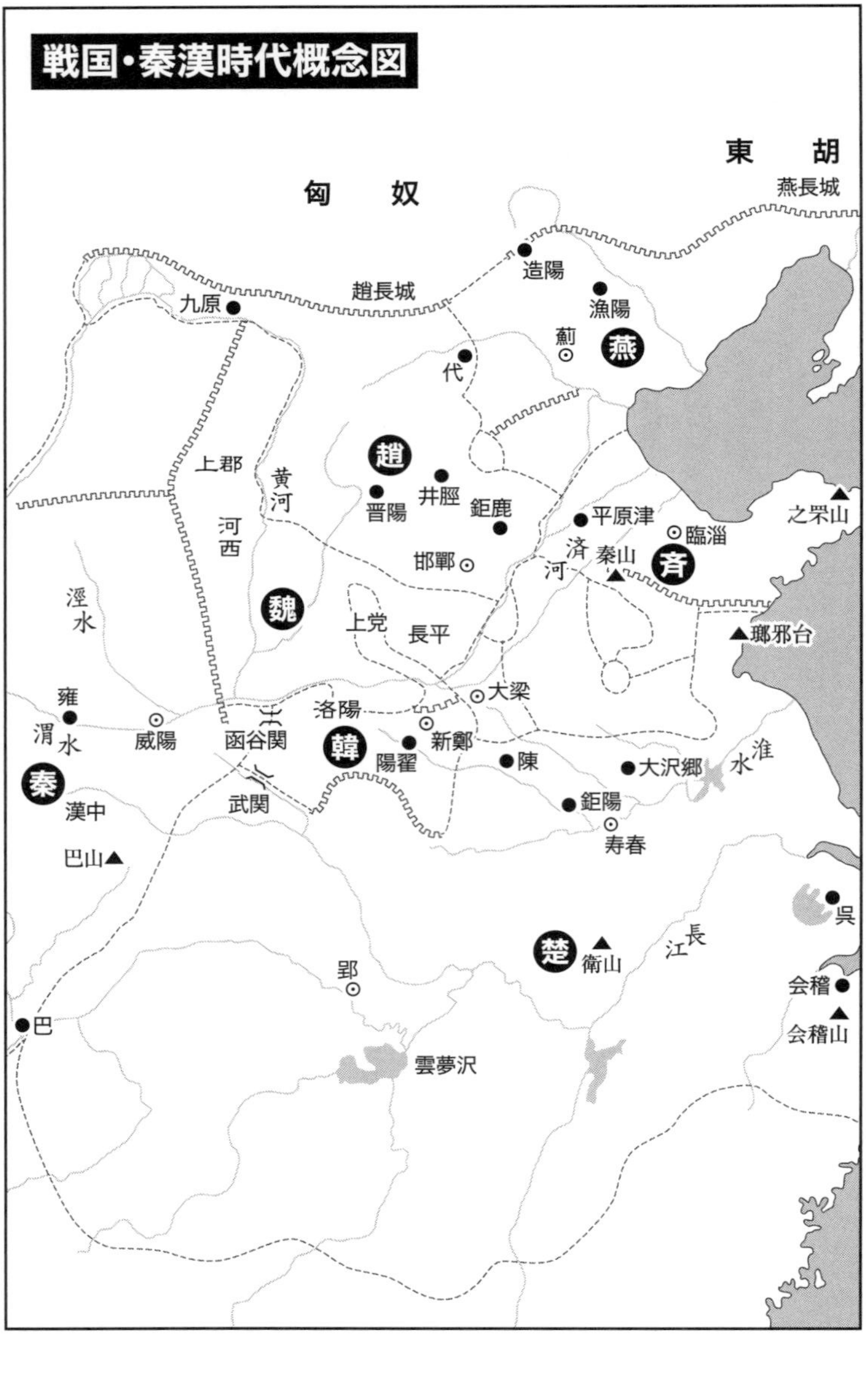

東胡
匈奴
燕長城
造陽
漁陽
趙長城
九原
薊
燕
代
趙
上郡
黄河
晋陽
井陘
鉅鹿
平原津
之罘山
河西
臨淄
邯鄲
済河
秦山
斉
涇水
魏
上党
長平
瑯邪台
雍
大梁
洛陽
渭水
威陽
函谷関
韓
新鄭
陽翟
陳
大沢郷
淮水
秦
漢中
武関
鉅陽
寿春
巴山
呉
楚
衛山
長江
郢
会稽
会稽山
巴
雲夢沢

善の善なる国を

一

白い入道雲が青空に高く盛りあがり、その下で黄土色の大地が陽光を弾《はじ》いてきらきらと輝いている。

陳勝《ちんしょう》は、営舎《えいしゃ》から少しはなれた高台の端から、腕組みしてこの光景を見下ろしていた。

数日降りつづいた大雨は今朝、ようやくあがったが、川が氾濫《はんらん》して大地が泥の海と化し、どこに道があるのかわからなくなっている。

これでは水が引くまで動けない。ただでさえ予定より遅れているのに……。

「いやいや、道がなくなってるな。これ、まずくないか」

横にきた呉広《ごこう》が話しかけてきた。

「ああ、まずいな。これじゃさらに数日遅れる」

陳勝は腕組みをしたまま答えた。すでに旅程は五、六日遅れている。

「日限、いつだったっけ?」

「将尉《しょうい》が読みあげたのを憶《おぼ》えてないのか。七月の末日までに漁陽《ぎょよう》に着くべしって言ってたぞ。これじゃあ着けるわけがねえ」

陳勝は体格雄偉で、人があつまる中ではいつも首から上が出ている。肩幅も広く、膂力《りょりょく》も強かった。顔貌《がんぼう》も、大きな目に鷲鼻《わしばな》といかつい。

対して呉広は三十半ばと陳勝と年頃《としごろ》はおなじだが、背丈も力も人並みだった。それでも垂れ気味の目に丸い鼻というやさしい顔つきと、気さくで親切な性質《たち》でみなから慕われている。

ふたりは囚人と貧乏人——兵役替わりの銭や粟《あわ》も納められぬ者ども——をあつめた戍卒《じゅそつ》(徴集兵)九百人の中の屯長《とんちょう》(五十人の頭)をつとめていた。

戍卒たちは北の果ての漁陽郡へ行くことを命じられ、十日ほど前に郡尉《ぐんい》の屯営を出立し、いま旧楚《そ》の地にある泗《し》水《すい》郡は蘄《き》県の大沢《だいたく》郷というところに来ていた。漁陽まではまだ三千里(約千三百キロ)ほどもあるだろう。

「で、遅れたらどうなる。やはりおれたち、罰を食うのか」

「ああ。おれたちはもう兵士だからな。百姓とちがって、軍律にしばられてる。で、軍律で命令に遅れた場合は、どうなると定めてあるか、知ってるか」

「くわしくは知らねえが、おっそろしい目に遭《あ》うって聞いてるが……」

「期に失すればみな斬《ざん》、だ」

「斬ってのは、九百人がみな斬《き》られるのか！」

「ああ、法律どおりなら腰斬《ようざん》の刑だ。腰からずばっと斬られるな。斬られてもすぐには死ねねえそうだ。苦しみながらじわじわと死んでいくのさ。おれたちは、そういう酷《むご》い刑をうけるんだ」

「だって雨で洪水になって遅れたんだろ。命令にそむいたわけじゃなくって……」

「おなじだ。命令どおり期日に着かなかったら、どんな理由であれ罰される」

「そりゃ、むちゃくちゃだ！」

「むちゃでもそう決まってんだ。秦《しん》の法律ってのは厳格だ。まったく始皇帝《しこうてい》ってのは、余分なことをしてくれたぜ」

陳勝たちはもともと楚の国の住人だった。しかし十二年前に天下が秦によって統一されたため、いまは楚人も秦の法律の下で生きている。

屯営で陳勝たちを前に、将尉が竹簡《ちくかん》の冊《さく》をひろげて命令を読みあげたのを、陳勝ははっきりと憶えていた。

命令が読みあげられたら発効し、もう逆らえない。秦の世になってからは、いつもそうだ。田畑の仕事には「田律《でんりつ》」、馬を飼うには「厩苑律《きゆうえん》」、市で商売をしようとすれば「関市律《かんし》」。ごみを捨てると「棄灰法《きかい》」で処罰される。とにかく細かい法律が暮らしの隅々まで規定し、逆らえば罰せられる。あの竹のへらが人の運命を左右するのだ。

「……じゃ、じゃあ、どうするんだよ。あと三千里も斬られるために歩くのかよ」

呉広は泣きそうな顔になっている。

「素直に命令に従うなら、そうなるな。命令に従うのなら、な」

「いやだよ、そんなの。誰《だれ》がわざわざ斬られに行くってんだよ」

「そうだよな。だからおれは、いま考えていたんだ」

そう言って陳勝は呉広の肩をつかんだ。

「なあ、こうしねえか」

「え？」

「どうせ死ぬのなら、いっそ叛乱《はんらん》を起こしてやろうぜ」

陳勝の言葉に、呉広は目を剝《む》いた。

「叛乱？　おいおい、この暑さでいかれたか。滅多なことを言うなよ」

たしかに蒸し暑い毎日に耐えきれず、自棄《やけ》になっているのかもしれない。しかし口に出してしまった以上、もう後には引けない。

「だれかに聞かれたら、それだけで……」

あわてる呉広に陳勝は迫った。

「おれはおめえを信じてるから言うんだ。どうだ。おれと組まねえか」

「………」

呉広の目が一瞬大きく見開き、ついではげしく動きはじめた。

「へっ、迷うのも無理はねえ。しかしな、このまま漁陽へ行っても斬られる。逃げたって家にはもどれねえ。そこらをさまよって、飢えて行き倒れになるだけだ。でも叛乱を起こせば、うまくいきゃあ王にだってなれるぞ」

「王なんて、何を言ってんだ」

「いや、こいつはいま思いついたことじゃねえ。おれは前々から考えてたんだ。おれたちが立ち上がれば、仲間になる者は多いぞ。なにしろ秦の世になってから、みな法律にしばられて苦しんでいるからな。隊にいる囚人どもだって、秦の法律がなけりゃ捕まらなかったやつらばかりだ。みながおれたちに従えば、なんとかなるって」

「そんなにうまくいかないよ」

「おめえ、自分が王になったらって考えたことがあるか。絹の服を着てうまいものを食い、辛《つら》い仕事もしなくていい。きれいな女だって選び放題だ。始皇帝なんか、後宮に天下の美女を何百人、いや何千人も抱えてたっていうぞ。さあ、斬られるのとどっちがいいか、考えるまでもねえだろ」

それでもぐずぐずしている呉広を、陳勝は占い師——戍卒の中で占いが得意なやつだが——のところへ引っ張っていった。

「叛乱？　そりゃあ……」

占い師は目を剝いたが、陳勝はにらみつけて占わせた。占い師は筮竹《ぜいちく》をとりだし、作法どおりに卦《け》を立てる。

「む、願いは成就《じょうじゅ》、と出ましたな」

「それ、うまくいくってよ！　これで決まりだな」

陳勝は呉広の肩をたたいた。

「ああ、ただしこの占いは鬼神に託することになりますがね」

占い師の言葉は「おまえたちは死んで鬼になる」という意味だが、ふたりはそんなことは知らない。

「なるほど、鬼神の力を借りろってか」

陳勝は占い師に厳重に口止めし、しぶしぶ納得した形の呉広とふたりで策を練った。

それ以後、足止めをくっている部隊に、つぎつぎと不思議なことが起こる。

ある日、兵のひとりが料理した魚の腹から、「陳勝王」と書いた布が出てきた。またある夜、兵が篝火《かがりび》を焚《た》いていると、闇《やみ》の中から狐《きつね》の鳴き声がして、そのあとに「大楚《だいそ》が興《おこ》るだろう。陳勝が王になるだろう」という不気味な声が聞こえてきた。

兵たちはみなおどろき、以来、陳勝を見る目がかわった。もともと雄偉な体格と頭の回転の速さで目だっていたところに、神秘さが加わったのである。

「よし、そろそろいいだろう」

ふたりは意を決し、行動に出た。

まず将尉——九百人の引率者——に酒を贈り、したたかに酔わせた。そして呉広が将尉の面前で、

「こんな兵役はいやだ。どうせ北の果てで兵役についても十人のうち六、七人は死ぬんだ。いっそ逃

げ出したい。ねえ将尉、いっしょに逃げましょうよ」

と大きな声を出し、からんだ。当然、将尉は怒る。もっていた鞭《むち》で呉広を打ち据えはじめた。呉広は大声でわめき騒ぐ。なにごとかと兵たちがあつまってくると呉広は、

「いやだ、こんな兵役はいやだ。法律にしばられて殺されるなんて、いやだ！」

と言いつづけた。将尉は激昂《げきこう》し、とうとう剣を抜いた。だが酔っていて足許《あしもと》がふらついている。呉広は「ひゃあ、殺される！」とさらに大声をあげた。

するとふたりを取り巻いた兵たちが「呉広を殺すな！」と声をあげ、将尉に石をぶつけはじめた。将尉がひるんだ隙《すき》に呉広は立ち直り、剣を奪うと、逆に将尉を肩から斬り下げる。

将尉は血しぶきをあげて倒れた。

「なにをする！」

騒ぎを見ていたもうひとりの将尉が飛び出てきて、剣を抜いて呉広に立ち向かう。ここで陳勝は、棍棒《こんぼう》をもって将尉のうしろからそっと忍び寄った。そして「天誅《てんちゅう》だ！」と叫びつつ一撃で将尉の頭を砕いた。

「いいかおめえら、よっく聞け！」

陳勝は将尉ふたりの死骸《しがい》の横に立ち、ざわついている兵たちに大声を張りあげる。

「おれたちは大雨のおかげで、もう漁陽へ日限のうちに着くことはできねえ。軍律じゃあ、遅れたおれたちはみんな、腰から斬られて死ぬんだ。たとえ万が一、斬られなくとも、北辺の守りにつくうち

に十人のうち六、七人は死ぬ。そうだろう。おれたちはもう、近いうちに死ぬと決まってるんだ」

九百人の兵たちが、しんとして陳勝の言うことを聞いている。

「おめえらだって漢《おとこ》だろう。どうせ死ぬなら、名をあげてから死にてえと思わねえか」

兵たちはまだ静まっている。陳勝がなにを言いたいのか、測りかねているようだ。

陳勝は大きく手を広げ、ここぞと説いた。

「つまりな、叛乱を起こすのよ。それもちっちゃな叛乱じゃねえ。どうせなら国を興《おこ》してやろうじゃねえか。秦に滅ぼされた国を、もう一度興すんだ。これなら死んでも立派に名を残せるぞ。うまくすりゃあ、王にだってなれらあ」

おお、と兵たちからどよめきが起きた。

「うそじゃねえ。王侯であれ将軍であれ丞相《じようしよう》であれ、決まった家柄や血筋の者しかなれねえってこたあ、ねえんだからな！　秦の皇帝がなんだっていうんだ。どうせ家来に支えてもらわなきゃあ小便もできねえ餓鬼だろうよ。王や将軍なんて、だれだってなれるぞ」

これを聞いた兵たちは沸き立ち、「陳勝王、陳勝王！」と叫んだ。

「陳勝、おれたちの王になって指図してくれ。おれたちの国を作ろう！」

「そうだ。みんなが食えて、笑って暮らせる善なる国を作るんだ！」

うだるような暑さと熱狂の中、陳勝はこうして九百人の頭となった。

「じゃあ、おれたちはもう秦の民じゃねえ。楚人にもどるんだ。楚の着方をしようじゃねえか」

と、陳勝は昔、楚の者たちがしていたように着物の右肩を脱いだ。兵たちはみなそれにならう。また軍神をまつる壇をつくり、そこに将尉の首をそなえ、みながあつまってこれからの戦いの勝利を祈願した。これで戦う兵団ができたのである。そして国号を「大楚」とすることにした。

だが、そのあとにひと揉《も》めあった。軍の役職を決めることになって、みながてんでに、おれを将軍にしてくれ、おれは丞相になる、おれは観天望気の術を知っているから参謀《さんぼう》になってやる、と売り込んできて騒ぎになったのだ。

「うるせえ、まずはおれが将軍だ。呉広は都尉だ。ほかの役職は、戦って功をあげた者から決める」

と一喝してなんとかおさめたが、我欲丸出しの男たちばかりだから、果たしてどこまで抑えておけるかと、少々心細くなる。

「おい、王だったら車に乗るんだろう。御者が要る。おれを御者にしてくれ」

と、陳勝の配下の兵だった荘賈《しょうか》という男が売り込んできた。御者とは遠慮したものだと思い、陳勝は鷹揚《おうよう》にこれをゆるした。

それからは、おれを侍者にしてくれ、おれは涓人《けんじん》（賓客《ひんきゃく》の世話係）になりたいと、陳勝の身の回りの世話をする役職を志願する者があいついだ。王の側近《そばちか》くにいればいいことがあるだろう、という思惑のようだ。

陳勝はみなこれをゆるしたので、陳勝の周囲はたちまち人でいっぱいになった。

軍容がととのったところで、すぐ近くにあった大沢郷の郷長の屋敷を攻めた。

なにしろ九百人の軍勢である。押し寄せただけで郷長はすぐに降参し、郷の穀物倉をひらいて兵糧《ひょうろう》に供したばかりか、郷の兵――百人足らずだったが――も陳勝の軍に加えた。

「それ、うまくいくだろうが。こうして段々と軍勢を大きくしていきゃいいんだ」

と陳勝は鼻高々である。

大沢郷の兵糧で腹を満たしたあと、つぎに軍勢は県庁のある蘄城《き》に押しかけた。

蘄城もまったく戦いの支度などしていなかったから、県令は逃げてすぐに城は落ちた。陳勝はまた穀物倉を押さえ、兵糧と兵員をふやした。

「やっぱり図星だ。みんな秦を恨んでいる。法律でしばるやり方もよく思っていねえ。秦のやり方をあらためて昔にもどすと言えば、どこでも勝てるぞ」

呉広ももう止めることはない。

「こうなったら、行けるところまで行くしかなさそうだな」

「そうさ。楚を押さえて、つぎには秦の都まで攻め込むぞ」

十数年前に秦は楚を攻め破ったのち、楚の国土をいくつかの郡に分け、さらに郡を多くの県に分けた。そしてそれぞれの郡と県に秦人の長を派遣して治めさせている。

しかし郡庁であれ県庁であれ、支配する秦人はごく少数、せいぜい数十人だった。常備の兵も百人から二百人ほどしかいない。

「秦人に使われている楚人を味方につければ、どんな城でも落とせないことはないさ」

と、ふたりは言い合った。

陳勝の軍は、西に進んで県庁のある城に攻め寄せ、ほとんど戦うことなくつぎつぎに落としていった。落とすたびに兵員はふくらみ、兵糧も豊かになってゆく。

めざすのは昔の楚の国都、陳《ちん》である。

陳を占拠すれば、楚の復活を宣言することができる。秦の支配下から脱し、国を建てることになるのだ。

ついに軍勢は陳の手前にいたった。八月初めのことである。なんと、ここまで蜂起《ほうき》からひと月とかかっていない。

陳の城門にせまる陳勝の軍勢は、戦車六、七百乗、騎兵千、兵卒は数万人にまでふくらんでいた。

「こりゃあ王になるどころか、天下を手に入れられるかもしれねえぞ」

陳勝は有頂天になっているが、呉広は信じられないという表情で首をひねっている。

陳城では城門の高楼《こうろう》に兵がこもっていて、小さな戦いがあったが、数万の兵に勝てるはずがない。

矢を雨のように浴びせ、兵が蟻《あり》のようにたかってたちまち高楼を攻め落とすと、秦人の守丞《しゅじょう》が抵抗していたとわかり、中の兵はすべて殺した。

陳勝が入城すると、城内の人々に歓呼で迎えられた。

陳勝は荘賈が御する車に乗り、人々の声に手をふって応《こた》え、城の中央にある郡庁の建物、つまり昔の宮殿にはいった。

郡庁で陳勝はまず兵に命じて、法律が書かれた竹簡や木簡《もつかん》を書庫からすべて引き出させた。そして中庭に積みあげ、火を付ける。山と積まれた竹簡や木簡が黒煙をあげて燃えると陳勝は、

「いいか、これで秦の法律とはおさらばだ。これからは昔のように法の軽い、善なる国をめざすんだ！」

と叫んだ。周囲で見ていたみなが喝采《かつさい》し、陳勝を讃《たた》えた。

数日して騒ぎがおさまると、陳勝は城内の三老（町里の世話役）や富裕な町の顔役を郡庁に呼びあつめた。酒食をふるまってから、これからのことを議してくれ、と頼む。

三老らは会議をした。すでに陳勝はおもだった者たちに手をまわしていたから、結論はすぐに出る。会議が終わると、三老らは声をそろえて言った。

「陳将軍はみずから鎧《よろい》をまとい、武器をとって暴虐《ぼうぎやく》な秦を討ち、ふたたび楚の社稷《しやしよく》を立てなさいました。その功績により、王となられるべきです」

陳勝は満面の笑みでこれを受け入れ、さっそく即位の儀式をおこなった。旧楚の王族の生き残りを王に立てるべきだという者もいたが、陳勝は無視した。誰だって王になれる、という言葉を実践しなくてどうするのか、と思っている。

国号を張楚《ちようそ》とし、陳勝は王になった。

二

王の最初の仕事として、陳勝は郡庁を宮殿と呼ばせ、逃げ出した郡守の残していった家来や侍女たちをみな自分のものとした。そして玉座や帷帳《いちょう》をととのえさせ、冠や衣服も王にふさわしいものに替えた。

「なんだこりゃ。寝台はふかふかで体が沈みそうだし、絹の服ってのはこんなに着心地のいいものなのかよ」

宮殿の奥にはいった陳勝と呉広は、そう言ってはしゃぎまわる。

「女もよりどりみどりだぜ。おめえはどうするんだ」

うちの娘をぜひ後宮に入れてくれ、と親たちが押しかけてきたのだ。美しく着飾った女たちを見て、陳勝は興奮を隠さずに言う。

「遠慮するな。王侯貴族はよ、子を作るのも仕事のうちだ。仕事だと思って女を選べ。いやあ、こんないい商売はねえな。みんな王になりたがるはずだぜ」

「いや、おれは……、いい。家に女房が残っている」

呉広は尻込みする。陳勝は笑った。

「なんてやつだ。この期に及んで女房に義理立てするのかよ」

「それより、遊んでばかりはいられないって。まだ秦は強いからな。数万の兵じゃすぐ潰《つぶ》される。もっと兵と領地をふやさないと」

心配性の呉広に言われてみれば、たしかにまだ遊び呆《ほう》けていられる情勢ではない。陳勝は女と戯《たわむ》れるのを一時切り上げた。

すでに陳勝の真似《まね》をして兵をあげる者が、各地に出ていた。みな県庁や郡庁を襲って県令や郡守を処刑し、数千の兵をひきいて陳勝のもとへ来る。

陳勝はそうした兵の頭目たちを引見し、臣下とみとめてやる。それだけでたちまち数万の兵が新たに味方となった。

「陳勝、こんなに兵がいたら倉の米や粟稗《ひえ》がすぐになくなるぞ。兵をどこかへ動かさなきゃ」

呉広があわてている。臣下とした以上、食わせてやらねばならないのだ。

「じゃあ城を攻めとればいい。おめえ、仮に王になってくれ」

陳勝は慕い寄ってきた兵の頭目たちをまとめてひとつの軍とし、呉広を仮王に立てて「滎陽《けいよう》を落とせ」と命じて西へやった。

滎陽は大きな町だから、落とせばしばらくは兵糧に困らないはずだ。

その後もつぎつぎと兵があつまってくるので、今度は武臣《ぶしん》、張耳《ちょうじ》、陳余《ちんよ》という名士たち——秦が天下を統一する前に魏《ぎ》の臣として名を馳《は》せていたが、魏が滅ぼされてから身をひそめていた——に兵を与え、北上して趙《ちょう》の地を平定するよう命じた。

さらに周市《しゅうし》という魏出身の武人にも兵を分けて、魏の地を平定するよう命じた。

国を作るためには、有能な人物はいくらでもほしい。陳勝は尋ねてくる男たちに会い、見どころがあるとみとめると、即決で役職につけていった。

そうしてあつめた男たちに、陳勝はまず、国の行政をどうしたらいいかと問うた。答は楚の制度を復活させ、上柱国《じょうちゅうこく》（宰相）をおくことだった。

人々に推薦させた上で、行政の経験があって、人格も信頼できそうな蔡賜《さいし》という男を上柱国に任命した。これでまず、国を動かす細々した仕事をまかせることができる。

ついで秦を倒す方策をもとめたところ、周文《しゅうぶん》という男が手をあげた。

「その昔、春申君《しゅんしんくん》にお仕えし、項燕《こうえん》の軍の視日《しじつ》（日時の吉凶を観察する役職）もつとめました。軍の駆け引きには習熟しております」

というのだから本物だ。さっそく将軍に任命し、秦を討つよう命じると周文は、

「いまをおいては時機を失します。秦が各地から兵をあつめられないうちに、函谷関《かんこくかん》を破らないと」

と言い、いそいで兵をひきいて西へと出立していった。また宋留《そうりゅう》という男も手をあげたので、一軍を与えて南から秦の本拠、関中《かんちゅう》平原へと向かわせた。これでふたりのうちどちらかが秦を破れば、天下は陳勝のものだ。

「やれやれ、ひと仕事終わったか」

そうした指図を朝のうちに終えると、昼からは酒宴、そして夕方から後宮にはいり、美女とたわむ

れるのが陳勝の日常になっていた。

「今宵はふたりを相手にするぞ。そなたとそなた、来い」

と居ならぶ美女のうちから指名して、支度を命ずる。

貧家に生まれた陳勝は、若いころから人に雇われて畑を耕すばかりで、寝るところはあばら屋、食べるものは屑《くず》のような黍《きび》と粟だけだった。貧しくて家も女房ももてずにいた。それがいまや豪壮な王宮に住み、美酒に酔い美食を堪能し、毎夜美女を侍《はべ》らせている。

「お情けをいただき、光栄です」

と艶然《えんぜん》とほほえむ美女を裸にすると、柔らかい寝台の上で組み敷き、

「おれの子を産め。王子を産め」

と言いつつ精を放つ。美女はむせび泣きながら腰を振り、これに応える。夢ではない。その証拠に美女の熱い体温を感じる。

若いころからこうなることを夢に見てきて、いくら人に蔑《さげす》まれようと富貴になる志は捨てずにいた。作男としてはたらいていたとき、雇われ者の仲間に、

「もし富貴の身になっても、互いに忘れないようにしようぜ」

と言ったことがあった。すると、

「雇われて耕している身が、どうして富貴になれるんだ」

と笑われた。陳勝はその男に、

「へっ、雀《すずめ》や燕《つばめ》に鴻鵠《こうこく》（大きな鳥）の志がわかってたまるか！」

とうそぶいたものだった。

ところがいま、自分は王になっている。王は、人の中の龍だという。

ということは、おれは鴻鵠どころか龍になったのだ。どうだ見たか、これがおれの本当の姿だと、だれかれに自慢したい気分だった。

そんなある日、車で城門を出たところ、みすぼらしい身なりの男が車の前に立ちふさがり、

「勝《しょう》！」と叫んだ。

御者の荘賈が「無礼者！」と鞭で男を打ち据え、従兵が矛《ほこ》をもって押しのけようとする。陳勝はその顔に見覚えがあった。

車をとめてよく見ると、昔いっしょに雇われて畑を耕していた仲間ではないか。

「なんだ商瓊《しょうか》じゃねえか。どうした」

「いやあ、おめえが王になったって聞いたんで、うれしくってよ。ひと目会いたいと思って駆けつけてきたんだ」

と言うので、ともあれ車に乗せて宮殿へもどった。奥へ招き入れてやると、

「ひゃあ、立派なもんだな。王ってのはたいしたもんだ。おめえは昔っからみんなとどこか違ってたからな。出世するとは思っていたが、まさか王になるとはなあ」

と玉座や帷帳を見て仰天している。

陳勝もなつかしくなって、しばらく昔話をしてから帰したが、それから商瓊は勝手に王宮に出入りするようになった。

周文が兵をひきいて出陣し、上柱国の蔡賜も行政の仕事をこなしている。各方面への手当が終わってひと息ついたところで、陳勝は気づいた。

王になってから会った者たちは、将として兵を与えて各地に派遣した者たちにしろ、王宮で行政をみさせている者たちにしろ、自分より修羅場をくぐって合戦の経験が多い者や、自分より知識もあり頭の回り方も速い者ばかりではないか。しかも目つきが鋭く、度胸もすわっている者が多い。そんな猛者《もさ》たちに囲まれた中で、自分は王にかつぎ上げられている。

果たしてやっていけるのか。王の位に長く留《とど》まれるだろうか。

考えはじめると、じわりと恐怖が襲ってきた。自分はあまりに高いところへ登ってしまったのではないか。高いだけに、落ちたらただではすまない……。

——いや、弱気になるな。長つづきさせるんだ。

不安になった陳勝は、中正《ちゆうせい》（司法長官）と司過《しか》（司法次官）をもうけて臣下の者たちを取り締まるようにした。

「少しでも王に逆らう兆しや、職務の過怠があれば報告せよ」

と命じておいたところ、中正たちは忠実に命令をまもって、群臣たちの罪をつぎつぎにあばき、陳勝に報告しはじめた。すると、やれ賄賂《わいろ》をとっただの、怠けているだの、王の悪口を言い触らしているだの、次はおれが王になると広言しているだの、その罪科の多さはおどろくほどである。

――やはりな。

自分の勘が当たり、また早めに手を打てたことに満足して、陳勝は報告をみな信用し、きびしく罰するよう命じた。

旧友の商瓊も、中正の網にかかった。

「かの者はでたらめばかり語って、王の威厳を傷つけております」

どうやら陳勝の昔のみじめだった境遇を、あちこちでしゃべりまくっているらしい。

陳勝はひとつため息をつき、商瓊を腰斬の刑に処するよう命じた。友と昔をなつかしむのは、一度で十分である。

そのころ王宮に、先に西へ向かった周文が秦の本拠地、関中平原への入り口である函谷関を破ったとの報告がはいった。

周文は行く先々で城を落として兵をふやし、函谷関に着いたときには戦車千乗、兵数十万の大軍になっていた。その大軍で天下の難関をあっさりと打ち破り、関中にはいったという。

使者の報告では、函谷関から西に秦の兵は見られず、軍勢は無人の野をゆくがごとき速さで進軍しているようだ。

「さあ、これで秦も終わりだ。楚の天下がくるぞ！」

と陳の人々は沸き立ち、もちろん王宮の中でも戦勝を喜び合った。

だがそこに、おどろくべき知らせが飛び込んできた。

三

「武臣が王になっただと！」

陳勝は思わず大声をあげていた。

武臣、張耳、陳余らに兵をあずけ、昔の趙の地を平定に行かせたのに、趙の都であった邯鄲《かんたん》を落とすと、武臣はそこでみずから王になると宣言したのだ。陳余は大将軍、張耳は丞相になったという。

「そんな命令は下してねえぞ！」

明らかな裏切りである。

「武臣らの家族が城内にいるだろう。すぐに殺せ」

立腹した陳勝は命じたが、上柱国の蔡賜があわててやってきて奏上した。

「しばしお待ちあれ。まだ秦を滅ぼしていないのに武臣や張耳らの家族を誅殺《ちゅうさつ》すれば、新たな敵国を作ることになります。それよりかの者たちを立ててやり、ともに秦にあたるほうがよいのではありませぬか」

言われてみればその通りだ。怒りに身をまかせるのは滅びの道である。陳勝は深く息を吸って怒り

を腹におさめると、

「では武臣らの家族を宮殿へ移せ。そしてねんごろにあつかえ。ただし外には出すな」

と人質にとった上で、趙へ祝賀の使者を出した。使者には、

「祝いをのべた上で、趙の兵をもって函谷関へ向かい、秦を討つよう武臣らにうながせ」

と命じておいた。毒を以《もっ》て毒を制する策である。

一方、魏を平定するよう命じて派遣した周市は、すんなりと魏の地を征した。

そこまではよかったが、その北東の狄《てき》まで攻め込んだところ、狄で兵をあげた田儋《でんたん》という者に負けてしまう。魏へもどって守りをかためた周市は、民を治めるために秦に滅ぼされた昔の王族の後裔《こうえい》を王に立てようとし、陳勝に許しをもとめてきた。

「また王を作るつもりか！」

と陳勝は怒ったが、そうしないと魏が乱れ、狄の田儋に圧倒されそうな情勢だというので、やむなくこれを許した。

そこで魏にも王が立ち、周市は宰相になった。

「ええい、どいつもこいつも裏切りやがって！」

陳勝は不快だった。叛乱をはじめてから二ヶ月。怒濤《どとう》のような勢いで勢力を伸ばしてきたのに、ここに至って思うとおりにならなくなっている。自分の真似をする者があちこちに出てきたせいだ。

――おのれ、おれの偽物どもめ。

ひとりずつ潰してやりたいが、なにしろ各地へ兵を出してしまったので、手許にそこまでの兵力はない。

かくなる上はまず秦を討ち滅ぼして、その上で各地の偽物を叩《たた》き潰すしかない。

周文は策士だし、大軍で函谷関をも破った。秦の都、咸陽《かんよう》を落とすのも間もなくだろうと思い、側近たちともども吉報を待っていた。

だが数日後、期待は裏切られる。

玉座にすわっていた陳勝は、報告をうけてまた声をあげねばならなかった。

「負けた？　周文が負けたのか！」

関中平原に侵入した周文の軍が、秦軍に打ち破られ、周文は函谷関を抜け出て敗走しているというのだ。

「なぜだ。秦は兵をあつめる暇もなかったはずだ」

陳勝は使者に問う。

「ところが秦は二十万にもおよぶ兵を繰りだしてきて、わが軍は大敗いたしました」

陳勝は愕然《がくぜん》とし、ついで頭をかかえた。秦を舐《な》めていたようだ。大国の秦はまだまだ力を失ってはいなかったのだ。

敗走した周文の軍勢は曹陽《そうよう》という城で踏みとどまり、秦軍にそなえているという。

「その城を死守せよ、すぐに援軍を遣わすと伝えよ」

と命じて使者を返した。二十万の秦軍に攻めて来られては大変なことになる。ここは早く増援の手を打たなければならない。

趙で王になっている武臣に、早く秦へ兵を出すよう催促する使者を出した。祝賀の使者を出したときに依頼したことだったが、趙はいまだ動いていない。

しかし使者が帰ってくる前に、趙の動きが聞こえてきた。なんと秦に兵を出すのではなく、北方の燕《えん》の地に出兵したというのだ。

しかも燕の地を平定したのはいいが、趙が出した将軍が、その地で王になってしまったという。

「なにをやってんだ！」

武臣を思い切り怒鳴りつけてやりたかったが、できない相談だ。側近のだれかれに当たり散らし、鬱憤《うっぷん》を晴らすしかない。

こうなると、ほかに大兵力をもっているのは呉広である。一番多くの兵を分け与えて滎陽へ行かせたのだ。滎陽を早く落とし、その大軍を秦軍へ向かわせるしかない。

しかし呉広はいまもって滎陽を落とせず、大軍で城を囲んだままになっている。滎陽を守っているのは秦国の丞相李斯《りし》の子なので、叛乱軍に屈せず戦っているのだ。

「呉広に伝えよ。滎陽にかまわず秦軍に向かえ、ほうっておくと後方から襲われるぞ、とな」

実際、周文は曹陽の城にこもったまま秦軍に攻められており、とても反攻できる情勢ではなかった。

曹陽が落ちれば、秦軍はつぎに滎陽にくるはずだ。

戦乱はつづいているが、まだ秦軍は陳から遠く、城内は平穏である。陳勝はあいかわらず美食と美酒におぼれ、毎夜のように美女を抱いていた。

「周文の軍は心配だが、城に籠《こ》もれば秦軍とてそう易々《やすやす》とは落とせまい。そのうちに呉広か武臣が援軍に行くだろうよ」

そんなことを上柱国の蔡賜と話した。

「まことにもってその通りで。秦軍とてそう長くは武威をふるえないでしょう」

と蔡賜も楽観している。

だが待っていても、呉広も武臣もなかなか動かない。

秋風が冷たくなっても、呉広の軍はあいかわらず滎陽を囲んだままだし、趙の軍勢が西に向かったとの報告も来ない。周文からは、援軍を送ってくれと毎日のように催促の使者がくる。

「どうやら武臣は秦と趙、そしてわれらの三国鼎立《ていりつ》をねらっているようですな」

と蔡賜は言う。だから秦を攻めず、周辺の地を侵して領地を広げることに専念しているのだろうと。

つまり陳勝を敵とみているのだ。

「恩義を忘れた欲の亡者どもが！」

と腹が立つが、どうにもできない。

「いまは呉広さまの軍が頼りです。早く周文を助けに行くよう、指示なされませ」

「しているが……。あやつは動かぬ。能なしめ！」

考えてみれば呉広は軍を動かした経験などないし、やろうと思ったこともないだろう。ただ人がよくてみなに慕われていたというだけで、陳勝が自分の企てに巻き込んだのだ。いまさらうまく軍を動かしてみろと命じても、無理に決まっている。

そんな中、呉広のもとへ出した使者がもどってきた。

「おお、待ちかねたぞ。どうだった」

と報告を聞いても、なにやら要領を得ない。まだ滎陽は落ちておらず、呉広につけた武将たちは王の命令をつつしんで承ると請け合ったが、呉広とは会えなかったと言う。

「なぜ呉広に会わなかったのか。それでは使命を果たしていないではないか」

と問い詰めると、使者は首をひねりつつ、

「どうもようすがおかしくて……。あるいは病で臥《ふ》せっておられるのでしょうか」

というばかりだった。不思議に思っていると翌日、呉広の武将たちから使者がきた。

「じつは武将たちで話し合った結果、呉広仮王の指図では戦えないので、仮王には一歩退いていただき、われらの中から将軍を決めて戦うことになりました」

使者が言うには、呉広は戦術や戦略どころか軍の動かし方さえ知らない。なのに自分は王だといって武将の助言を聞き入れない。そのため滎陽は落ちず、しかも周文に援軍を送ることさえできずにいるのだと。

聞いた陳勝は迷った。本来なら王の命令を聞かぬ罪で処罰するところだ。しかし呉広が無能なのは陳勝が一番よく知っている。

いまはとにかく周文に援軍を送るのが先決だ。やむなく、そのようにせよと認めてやった。

そのうちに恐れていたことが起きた。曹陽の城が落ちたのだ。

周文は城を逃れ、澠池《めんち》の城にこもったが、秦軍はそこも包囲したので、落ちるのは旦夕《たんせき》の間だという。

四

「どいつもこいつも能なしばかりだ！」

陳勝は荒れた。大酒を飲み、側近のわずかな言葉尻《ことばじり》をとらえ、腹立ち紛れに斬罪に処するようになる。

そこに呉広の武将たちからの使者がきた。

「先日命じられましたとおり、首を持参いたしました」

と甕《かめ》から首をとりだして披露する。

玉座にすわっていた陳勝は、思わず息をのんだ。

垂れ気味の目に丸い鼻……。それは呉広の首だった。

「おい、それは……」

呉広を討てなどとは命じていない。

武将たちが陳勝の命令を取り違えたのか、それともわざとしたのか。

おそらくわざとだろう。武将たちはもう、陳勝の命令も聞かなくなっているのだ。

呉広の首と向かい合った陳勝は、背に汗が流れるのを感じた。

「苦労であった。いずれ武将たちにも褒美をとらすであろう」

と精一杯、王の威厳を取り繕うと、使者は静かに帰っていった。陳勝は呉広の首を丁寧に弔った上、

「呉広の女房と子供が陽夏《ようか》――陳のすぐ北にある――にいるはずだから、一生暮らせるだけの銀をもっていってやれ」

と側近に命じた。

しばらくは衝撃でなにも手に付かない。

夜になっても呉広の首の残像が目の前から離れてくれず、目が冴えるばかりだった。明け方に短くまどろんだが、その中で何万という軍勢が自分ひとりをめざして押し寄せてくる夢を見た。

――王というのは恐ろしい商売だな。

気力が萎《な》えて、女を抱くこともできない。酒ばかりを飲み、寝不足になって気分も体調も最悪だ。兵として上官の命令に従っていた身が、いまではなつかしくなる。あのころは酒も飲まず、暗くなればすぐに寝ついたものだ。

――すると始皇帝ってのは、どんな化け物だったんだ。

眠れずに転々とする寝台の上で、陳勝はふと思った。これほど危険でむずかしい王という地位を何十年と保ったばかりか、六国の王を討ち平らげて天下をその手にした始皇帝というのは、よほどの豪傑ではないのか。

始皇帝にまつわる、さまざまなうわさを思い出した。

曰《いわ》く、阿房宮《あぼうきゅう》という、この世のものとも思えぬ大きな宮殿を建てたが、それは妻妾《さいしょう》とした数百数千の美女を住まわせるためである。自分が行幸《ぎょうこう》するために広大な道を天下に張りめぐらし、また匈奴《きょうど》の侵入をふせぐために、万里におよぶ長城を築いた。また学者数百人を、世の無駄だとして生き埋めにして殺したり、不老不死の薬をもとめて蓬萊《ほうらい》の島まで船を出させもした、等々。

王となった身で聞いても桁違《けたちが》いのうわさばかりだが、いまの自分のように下から業火に炙《あぶ》られるような日々を送っていたら、そんな余裕はないはずだ。始皇帝は、よほど剛胆な男だったとしか思えない。やはり、だれでも王になれるわけではないのか……。

しばらくのちに澠池の城も落ち、負けた周文はみずから首を斬って果てた。

「なにが軍の駆け引きに習熟しているだ。大負けに負けやがって！」

もはや怒りをぶつける場所もなく、陳勝は大酒を飲むしかなかった。

周文の死で、あつめた軍勢も散り散りになってしまった。秦軍はつぎに滎陽に向かうようだ。

あせっていると、呉広の首を送ってきた武将たちが、呉広にかわる指導者を決めてくれと要求してきた。

陳勝は蔡賜と相談し、武将の中で頭立つ者を上将軍に任命し、早く秦軍を迎え撃てと命じた。すると軍勢はようやく滎陽の囲みを解き、秦軍に向かっていった。

呉広をのぞいた軍は、秦軍に勝てるのか。

宮殿ではらはらしながら報告を待っていると、数日して飛報がきた。すぐに使者を玉座の前に招いたが、その結果は惨憺《さんたん》たるものだった。

「負けたのか……」

武将たちの軍勢は秦軍に打ち破られ、上将軍は戦死、さらに秦軍はすすんで滎陽を解放し、残兵を追撃しているという。

陳勝は蔡賜と顔を見合わせた。

「この負けは、伏せておいたほうがいいでしょう」

という蔡賜に従い、城内へは知らせないようにしたが、無駄だった。町の者も臣下の者もすぐに敗戦を知ったようで、陳勝に対する態度がよそよそしくなっている。側近の中には出仕して来なくなった者もいて、日々の暮らしが回らなくなっていた。

陳勝は中正に命じて、出仕しなくなった側近を捕らえて首をはねさせた。

しばらくすると、秦軍に負けた武将たちが陳に逃げ帰ってきた。陳勝はこれも斬罪に処する。もう誰も信用できない。

「王の命令にそむくやつは、みな斬ってくれる。みなに知らせろ。一度や二度負けたくらいで国はゆるがぬとな」

それでも陳の城から逃げる者が出はじめた。ふと気がつくと、後宮の女たちも減っていた。親が宮殿の侍女たちに頼み込み、こっそりと脱出させているらしい。

陳勝は、宮殿の見張りを厳重にするよう命じた。しかし宮殿を守る兵も減っていて、思うようには取り締まれない。

そのうちに、秦軍が陳に向かっているとの一報がきた。あと四、五日で到着するという。

来るべきものが来たのだ。

「籠城《ろうじょう》するぞ。急いで支度せよ」

と命じたが、蔡賜は首をふった。

「籠城するなら城内の民の協力が欠かせません。しかしわれらは数ヶ月前にこの城にはいってきたよそ者ゆえ、民は協力しないでしょう。籠城は無理です」

陳勝はうなるしかなかった。入城のときはあれだけ歓迎されたのに、負けたとなると手のひらを返すのか。

「仕方がありません。王といっても氏も素性もないのですから、力を失えばだれも従ってはくれません」

蔡賜の遠慮ない言葉に、陳勝は息をのんだ。

「……おまえも裏切るのか」

「いえ、わたくしは最後まで仕えます。どうせ敵に降《くだ》っても許されないでしょうから」

ふたりでため息をつくばかりだ。城内の兵もほとんど逃げて、残りわずか数百人に減っていた。

「最初に兵をあげたときにもどったな」

自嘲《じちょう》気味に言うと、側にいた荘賈が応える。

「なあに、やり直せばいいんでさあ。どうせあの時、一度は死ぬ覚悟をしたんだから」

その言葉で元気がもどってきた。

「いいことを言うじゃねえか。たしかに、どっちにしろ死ぬ身だったんだ」

そう思えば力も湧いてくる。七月に兵を挙げ、いまは十二月。わずか半年しかたっていない。まだまだやれるはずだ。

籠城ができないので城外で戦うことに決め、周辺の城からも兵をつのった。するとまだ陳勝の名は効き目があり、万を超える兵があつまった。

「よし、もう一度やり直しだ。この手で善なる国を作ると誓ったからな。あきらめるわけにはいかねえ」

陳勝は気力を奮い立たせ、蔡賜を大将として軍を送り出した。

だが城外の一戦は完敗だった。大地を埋めて迫ってくる秦の大軍に味方の軍勢はまたたく間に押し潰され、兵は散り、蔡賜は戦死してしまう。

その報を聞いて、陳勝は宮殿を飛び出した。こうなれば自分で軍を指揮するしかない。

敗残の兵をあつめ、ふたたび軍勢に仕立て上げると、陳の西に陣をたてた。陳の城外に駐屯《ちゅうとん》している秦軍の横腹を衝《つ》くつもりだ。

今日は豪華な王の車ではなく、戦車に乗っている。二頭立ての戦車は、雪まじりの風の中、軍勢の中央をすすむ。

「あの始皇帝もな」

と御者の荘賈に語りかける。

「刺客を向けられたり、臣下の謀叛で何度もあやうい目に遭っているそうじゃねえか。王ってのはそういうものさ。ふだん贅沢な暮らしをするかわりに、時々は火の粉をくぐり、剣の刃渡りをしなきゃならねえ」

荘賈は無言だった。戦いの前で緊張しているようだ。

軍の中で大将が乗る戦車の御者は、かなり位が高い。戦いの最中で大将が討たれると、御者が替わりに軍の指揮をするほどだった。荘賈もそれを知っていて、責任の重さに口数が少なくなったのだろうと思った。

「なあに、勝てばいいのさ」

陳勝はそう言い、軍勢を指揮して秦軍の左翼に襲いかかった。

陳勝の軍勢は長い戟《げき》をふりたて、秦軍の備えを切り裂いた。あわてる秦兵を追う。大軍を動揺させ、勝ちを得られるかと思った。

だがそこまでだった。

秦の本軍が出てくると、情勢は一変した。分厚い布陣で押してきて、陳勝の軍勢の貧弱な構えを打ち破った。後退した軍勢を、大軍がさらに追ってくる。執拗《しつよう》に追撃されて、陳勝の軍は崩壊した。

陳勝は戦車で逃げた。

「くそ、衆寡《しゅうか》敵せずか」

大軍にまともに立ち向かっても勝ち目はない。なにか目覚ましい戦法が必要だ。

「これで終わりじゃねえ。まだ兵はあるぞ。東へ向かえ！」

陳勝は荘賈に命じ、戦車と残兵を東へ向かわせた。

陳は落城したが、陳の東にはまだ陳勝を支える勢力が残っている。

陳勝は汝陰《じょいん》という町に行って兵をつのり、数千の兵を得ると、さらに下城父《かじょうほ》という小さな城へまわった。ここにはまだ秦軍の手ものびていない。

「ひと息ついたら反撃だ。秦軍もそろそろ疲れてくるはずだ」

城門をはいると、軍勢をひきつれて中央の広場に向かった。陳勝はまだ意気軒昂だ。戦車の上に傲《ごう》然《ぜん》と立ち、風を切ってすすむ。

「始皇帝だって、負けたことはあっただろうよ。戦いの勝ち負けは運が大きいからな」

御者の荘賈に話しかけるが、荘賈は前を見たまま答えない。

「しかし王ってのは、一度やるとやめられねえもんだな。もうみじめな兵卒にもどるのはご免だぜ。

それくらいなら死んだほうが……」

と言ったとき、脇腹《わきばら》に鋭い痛みを感じた。あっと思ったときには痺《しび》れが全身にまわり、体を支えていられなくなった。

見ると、横にすわる荘賈がこちらを向いている。

「……おまえの剣か」

「王ってのは、そんなにいいもんかい」

剣をにぎったまま、荘賈は薄笑いを浮かべている。

「おれにも一度やらせてくれ。横でずっと見ているのも飽きたんでね」

荘賈は陳勝の脇腹から剣を抜くと、今度は首をめがけて横に払った。血しぶきが飛び、あたりを赤黒く濡《ぬ》らした。

「あんたは勇敢だった。それは認めるよ。あんたの名は永く世に残るだろうよ」

そう言いつつ、倒れた陳勝の体を押した。

「さあ、これで交替だ。だれでも王になれるって言ったのは、あんただろう」

首のちぎれかけた陳勝の体が、戦車から落ちた。

「王はいま亡くなった。これからはおれが全軍を指揮する！　さあ、みなが安楽に暮らせる善の善なる国を作るぞ。手を貸してくれ！」

と荘賈は叫んだ。

王の叛乱

一

秦《しん》という国は、文明の中心地とされる中原《ちゅうげん》（黄河中下流域の大平原）ではなく、中原の西方に壁のようにそびえる太行《たいこう》と伏牛《ふくぎゅう》の両山塊に隔てられた、関中《かんちゅう》とよばれる広大な盆地にある。

黄河がこの山塊の中央を割るように流れていて、長く険しい渓谷《けいこく》をつくっている。そこを抜けると関中盆地に達する。

東西に流れる渭水《いすい》という川にそってさらに西へとゆくと、九嵕山《きゅうそうざん》という美しい山が見えてくるが、その南麓《なんろく》に広がる大きな町こそが秦の都、咸陽《かんよう》である。

内外に六十万もの人々が暮らす繁華な都で、王宮はもっとも北の、市街を見下ろす小高い丘の上に建つ。その下に官庁の多くの建物と、高官たちの広々とした邸宅があり、さらに南には庶民の住む市街地が、秩序正しく広がっていた。

町といえば、どこも外敵を防ぐための高く頑丈な城壁で囲まれて、堅固な城塞《じょうさい》となっているものだが、大国秦の都であるにもかかわらず、咸陽の城壁はさほど高くもなく、頑丈でもない。秦は長い間、つねに軍を国の外へ出してきた。久しく函谷関《かんこくかん》より内側に攻め込まれたことはない。都に壮大な城壁を築かないのは、秦がその兵力に自信をもっているからでもあった。

陳勝《ちんしょう》・呉広《ごこう》の乱が起きた年より二十九年前、いまの王、正《せい》が立って九年目の冬——。

咸陽の凍《い》てつく夜空に、妖《あや》しい星が浮かんでいる。

北辰《ほくしん》（北極星）よりも何倍も明るく輝き、天空の端まで届くような長い尾を引くその彗星《すいせい》は、ひと月ほど前に西の空にあらわれた。明るさを増しながら、天上からしだいに地上へ接近してくるようだった。

一昨年にも彗星はあらわれたが、そのときより大きく明るい。

滅多に見られない彗星がこんなにしばしば現れるとは、なにか凶事が起きるのではないかと、人々はうわさしあっていた。

彗星が輝く空の下、咸陽の宮殿は寝静まっている。

宮殿を巡回する衛士《えじ》のために焚《た》かれた松明《たいまつ》のそばで、李斯《りし》は竹簡《ちくかん》を手に、身動きできずにいた。

——何なんだ、これは……。

郎官《ろうかん》（王の親衛隊員）をつとめている李斯は、宿衛中、眠気覚ましに宮殿の外へ出た。すると官女と見える女が走り寄ってきて、

「これを王さまにお伝えくださいまし」

とだけ言って李斯に竹簡を押しつけ、去っていったのだ。

なぜ自分にと不思議に思いながら、紐《ひも》で綴《つづ》られた五本の竹簡を読んだ。

そこに記されていたのは、とても信じられない話だった。

皇太后に丞相《じょうしょう》、丞相とならぶ権勢をほこる諸侯がからむうわさだが、あまりに荒唐無稽《こうとうむけい》な上に下世話なので、王家の関《かか》わる出来事とは思えない。しかしもし本当なら、国をゆるがす大事になる。

李斯は手早く竹簡を巻くと、ふところに入れた。

竹簡を捨てるわけにもいかない。だれか適当な人物と相談する必要がある。

だれがいいのか。

上司の郎中丞《ろうちゅうじょう》のだれかか。とんでもない。頼りにならないどころか、わけのわからぬまま騒ぎたてられて罪人にされそうだ。

李斯は細長い顔をこすった。高い鼻の下の八の字髭《ひげ》をつまむ。息が白い。逆八の字につりあがった目を宙にさまよわせて考えた。

昌文君《しょうぶんくん》。

とっさに思い浮かんだのは、穏和な顔の楚《そ》国人だ。同郷だからというだけでなく、あの人なら頼り

になる。頭脳明晰《めいせき》だし、正義感が強く、なにごともまっすぐ解決しようとする。まちがっても密告はしないだろう。

王妃が楚人ということもあり、王宮の中に楚国出身者の一派ができている。そのつながりを使うしかないと思った。

この国の王宮で生きる他国出身者は、みなゆるいつながりをもっている。そうして万一のときには助け合い、きびしい世の中を泳ぎ渡っているのだ。

宿衛のつとめが終わった朝、宮殿から出ると、その足で霜を踏んで昌文君の屋敷に向かった。王宮の門を出て南へと降《くだ》ってゆく。官庁街を通りすぎ、重臣たちの邸宅のある一角にはいった。折りよく在宅していた昌文君は、気軽に会ってくれた。

「実は……」

と竹簡を見せると、一読した昌文君の顔色が変わった。

「これをどこで」

「宮中で、見知らぬ女から託されました」

郎官の表向きの役目は王の護衛だが、李斯は長身痩軀《そうく》で腕力に自信があるわけでもなく、武術の心得があるわけでもない。実際の仕事は王に世相の報告をしたり、政務の下調べをしたりすることのほうが多かった。

いわば王の側近で、王の目となり耳となり、また手足としてはたらくのだ。

宮中の官の多くは古くからの有力者や王の一族が占めているので、在野の有能な才の持ち主を王の近くで使おうとするとき、この郎官に任命するのである。

とはいえ役目柄、夜盗の監視や王の警固などもつとめる。宿営していたのは、そのためだ。

「官女……。後宮の者か」

「おそらく。しかし名は知りませんし、夜更けのことで顔もしかとは……」

「後宮の者なら、どうしてこれを知っているのか」

「さあ。思うに親族かなにかの繋《つな》がりで、あちらの官女から頼まれたのでは」

昌文君はむずかしい顔になった。

「まことなら事は重大だ。国がひっくり返るぞ。しかし信じがたいことだな」

「ええ、とてもまこととは思えませぬ」

「といって男女のことだ。なにがあっても不思議ではない……」

昌文君は首をかしげ、そして澄んだ瞳《ひとみ》を李斯に向けた。

「そなた、調べてくれぬか。こっそりとな。調べるために暇がいるのなら、わしが手続きをする。これはあまり多くの人を介さぬほうがいい。わしは昌平君《しょうへいくん》に相談する。その上であつかいを決めよう」

昌平君はおなじく楚の人で、いま王がもっとも信頼している近臣である。

「うけたまわりました」

李斯はほっとした。これで自分一人の問題ではなくなった。

「それにしても、せっかく太子君が生まれて、喜びに沸いているというのに……」

王には三月ほど前、初の男児が生まれた。扶蘇《ふそ》と名付けてかわいがっている。

「王の戴冠《たいかん》の儀も、控えております」

「ああ。なにごともなければいいが、あったら祝賀に水を差すことになる」

昌文君に竹簡をあずけ、李斯は屋敷を辞した。

広い王宮内の道を自分の家に向かいながら、ふと思った。

――降って湧《わ》いた災難だが、これを転じてなんとか福にできないか。

ほっとしたあとだけに、欲が出てきたようだ。われながらあさましいと思うが、いつまでも郎官でいたくはない。もっと出世の階段をあがってゆきたい。そのためにこの件を使えないかと思う。

李斯は若いころ、故郷である楚の上蔡《じょうさい》という地で小役人をつとめていた。俸禄《ほうろく》は少なかったが食うに困ることはなく、妻を娶《めと》って子供ももうけ、静かに暮らしていた。休みの日には犬を連れて城門を出て、野原で子供と兎《うさぎ》を追うようなこともあった。

それがなぜいま秦の宮殿にいるかといえば、みずから志願したからである。

そのきっかけは、つとめていた役所でのある気づきだった。

厠《かわや》の中で見る鼠《ねずみ》は糞便《ふんべん》を食らい、人や犬におびえて逃げまどうのに、倉の中にはいると、鼠は貯蔵してある米を食べて、人や犬もおそれず軒下で悠々としていた。

それを見てつらつらと思ったのである。この差は、べつに倉の鼠が賢くて厠の鼠が愚かだからではなく、ただいる場所の違いによって生じているだけなのではないか、と。

人も、鼠とおなじように、いる場所によって一生が決まってしまうのではないか。だとすればこんなところで小役人をしていては駄目だ。上司に怯《おび》えながら、わずかな禄を得るだけで終わってしまう。決して権勢も富も得られない。

そこで一念発起して役人をやめ、ちょうど楚の蘭陵《らんりょう》にいて春申君《しゅんしんくん》に用いられていた著名な儒家、荀《じゅん》卿《けい》（荀子《じゅんし》）について帝王学ともいうべき考え方をまなんだ。業を終えると、天下の七国の中でもっとも勢いが盛んだった秦に仕えるべく、咸陽にきた。ここそ自分にとっての倉だと思ったのである。

いま天下は戦国時代で、七雄といわれる七つの国がせめぎ合っている。

一番西にあるのが秦で、東には斉《せい》、北に燕《えん》と趙《ちょう》があり、南に楚。そのあいだにあるのが韓《かん》と魏《ぎ》。これで七カ国である。ほかにも群小の国があったが、みな滅ぼされて形を留《とど》めていない。

秦以外の六国は中原か長江《ちょうこう》流域の平原に位置しており、秦一国だけが中原の西の地を領土としていた。

もともと秦王家は、太古の王室である周《しゅう》の孝王《こうおう》の時代（紀元前九世紀ごろ）に馬を貢納してみとめられ、いま秦の都、咸陽がある関中盆地のさらに西の山中に土地を拝領し、嬴《えい》の姓を賜《たまわ》ったことから始まっている。

それから数百年のあいだに秦はその力を徐々に強めてゆき、百数十年ほど前には商鞅《しょうおう》という者が提案した「強国の術」を採用。人民を五家ずつの組に分けて連帯責任を負わせたり、耕作や機織《はたお》りにつとめさせる一方、兵になって敵の首をとれば爵位と土地が与えられる制度を作り、結果として人民の暮らしを農と兵に集中させて、強い軍事力をもつことに成功した。

その強大な軍の力で他国の領土を少しずつ削り取ってゆき、いまや秦は他の六国が束になってかかってもかなわぬほどの大国となっている。

李斯が咸陽にきた当時は、先代の荘襄王《そうじょうおう》が亡くなったばかりで宮廷は混乱していたので、いったん宰相《さいしょう》呂不韋《りょふい》の食客となった。そして荀卿に学んだ知識と弁舌の才を呂不韋にみとめられ、王宮に推薦されたのである。

とはいえ、王宮に推薦されたということは、二流の才しかないと見られた証《あか》しでもある。一流の才人なら、呂不韋が手許《てもと》から放さないはずだから。

李斯は、それでもいいと思っている。王の許にいれば出世の機会はある。いま懸命に秦の法律を学び、学びつつ王への提言を考えていた。

この一件も、考えようによっては提言の機会である。忠誠心と有能さを示して、なんとかして出世に結びつけたい。また楚国出身者の一派の力を強くすることにもつなげたい。

そう考えれば、明日からが楽しみになってくるではないか。

二

「ええ、どうみてもおかしい。髭のそり跡が青々として声の太い宦官《かんがん》なんて、いませんよ」

「ふむ、それが太后の寝殿に出入りしているのだな」

「そうです。入り浸りといってもおかしくない」

李斯は、甕《かめ》の酒を相手の盃《さかずき》に注《つ》いでやった。

「ああ、ありがとう。宮中じゃあなかなか飲めなくてね」

趙高《ちょうこう》という相手は、うまそうに酒を飲みほした。

ここは市街地にある李斯の自宅で、卓上には多くの料理がならんでいる。わざわざ料理人を呼んで作らせたものだ。自宅だから、だれかに話を聞かれるおそれもない。妻と子は、今日は大事な話があるからと言い聞かせ、他家に行かせてある。

「そいつは、いつごろから出仕してるんだ」

「さあて、四、五年前かな。そう古くはない。なのに出世している。それもおかしい」

盃を差し出すその手は色白で、男の手にしてはふっくらとしている。

趙高は、母太后の宮殿に仕える宦官である。

「出世といえば大出世だよな。奥向き一切を取り仕切った上、太原《たいげん》や山陽《さんよう》の地をもらって、もはや王族と変わらないからな」

「自分の侯国をもつのは宦官の夢だよ。それをあんな若造が果たすなんて、おかしいよ」

「ふうん。で、どうしてそんなことが出来たのかな」

「そいつは……。うわさはあるけど、見たわけじゃないから、なんとも」

「どんなうわさだ」

「あいつは宦官じゃない、まだ男のものがついているって。それで太后さまを……」

「しかし後宮へはいるには、たしかに宮刑をしたという証書がいるのだろう」

宦官になるには宮刑、すなわち男性器を切除する手術を受け、執刀した医師がそれを証明した証書と、実際に切除した男性器——酒漬けにして保存する——を見せなければならない。

「どうかして誤魔化したんだろうね。証書は偽造して、一物は誰かから買い入れて」

趙高は高い声で言う。李斯は指摘した。

「それはむずかしいだろう。偽証がわかれば医師は斬刑《ざんけい》だ。それに医師だけでなくて、役所の証明も必要なはずだ」

「そのむずかしいことを全部できるような力の強いお人だって、世の中にはいるさ」

たしかにいる。幾人かはできるだろう。

「つまり、そんな力の強いお人がからんでいるということか」

「たぶんね。うわさだよ。そのお人の名は……」

宦官の告げた名は、密告の中に出てきた名と一致した。どうやら母太后の宮殿では、よく知られたうわさらしい。

「ありがとう。よくわかった。まあ一杯」

李斯は趙高の盃に酒を満たし、ついでたずねた。

「そのうわさ、確かめる方法はないかな」

「うーん、ないことはない。あたしなんかよりもっと太后の近くに仕えている者に聞けばいい」

「紹介してくれるかな」

「あんたに？　でもそういう者たちはみな口がかたいよ。危ないことは話すはずがないよ」

「いいんだ」

李斯は自分の盃に酒を注ぎながら言う。

「ただ、お近づきになりたいんだ。今日みたいにご馳走《ちそう》と酒を用意して、お話をうかがえればそれでいいって言ってほしい。もし骨を折ってくれたなら、この倍を渡す」

李斯は卓上に金の小粒をおいた。趙高の目が大きく見開かれた。

「そういうことなら……。でもどこまで話すかは知らないからね」

趙高を帰したあと、李斯は聞きとった内容を竹簡に書き留めた。

どうやら少し前に押しつけられた竹簡の内容は、太后の宮殿内にながれているうわさ話と一致するようだ。それどころか、もっとひどい話が背後にある。

となればあとは事実かどうかの確証をつかみ、背景を調べるばかりだ。

――それにしても、やはり呂不韋が出てくるのか。

李斯は嘆息した。

呂不韋は丞相、すなわちこの秦の国で王にかわってすべてを統《す》べる人である。

いまの王も丞相の呂不韋には頭があがらない。なにしろ王の父、荘襄王の代から丞相の地位にあって、荘襄王から仲父《ちゅうほ》、つまり父に次ぐ存在、と呼ばれていたほどなのだ。やっと二十歳を超えたばかりの若い王とは、貫禄《かんろく》も実力もちがいすぎる。

秦の国の法制上、王は膨大な案件を自分で決裁しなければならない。

しかし王の許へくるその竹簡や木簡は、すべて丞相がまず読み、王が決裁すべきものとそうでないものに分けたあとのものである。

だから実質上、すでに決裁は終わっており、王はただ丞相の後追いで竹簡に名を書き、封泥《ふうでい》に御璽《ぎょじ》を捺《お》すよう指示するだけだ。いまのところ、若い王は飾りもの以外の何ものでもない。

丞相の呂不韋は、それほど力を持っている。

この件を調べてゆくと、どうしても呂不韋の周辺も嗅ぎまわることになる。それは忠実な官吏として相当に危うい行為ではないのか。命がけになるのではないか……。

いや、と李斯は萎《な》えかけた気力を奮い起こす。危ういからこそ出世の糸口になるはずだ。

ふつうならできないから、やり遂げれば大きな功績になる。少々危なくても仕方がない。そもそも、もう足を踏み入れてしまっている。いまさら引き返せない。

まずは徹底的に調べることだ。

数日後、李斯は紹介された宦官と自宅で会っていた。

「酒はうまい。料理もいい手並みだ。といっても宮中のことは漏らせないね」

先日の宦官より年をとっており、また宮中の席次も上だとのことで、態度は横柄だった。李斯は、自分の出世のために宮中につてをもとめる風をよそおって、この宦官に対していた。

「そこをなんとか。だいたいの話はわかっているのですが、最後のところが……」

最初は当たり障りのないことを聞いておき、かなり酒を飲ませてからうわさの確認にはいった。だが宦官はぬらりくらりと質問をかわす。

「世の中、すべてわかっているなんてことはまず、ない。わからぬことは天が隠したもうたのだ。そのままにしておきなされ」

「そうですか。しかしあまりに興味深い話なので、ついたずねてしまいます。宮中に偽物の宦官がいて、それが太后のお側《そば》にはべっているなんて」

「やめておきなさい。あまり不敬なことを言うと、あなたの首が飛ぶ」

「おお恐ろしや。それでもたずねずにはいられません。それは本当ですか」

「だから、やめておけと言うておる」

「いや、答えてください。それが王への忠誠であり、あなたの義務でしょう」

正論をぶつけると、宦官は目を剝《む》き、ついできっと目を吊《つ》り上げて立ち上がった。

「無礼な。それ以上わたしを怒らせると、身に災いが降りかかるぞ。木っ端《こぱ》役人をひとり消すくらいのことは、何でもないのだぞ」

捨て台詞《ぜりふ》を残して出口に向かった。しかし部屋から出ることはできなかった。立ち止まり、一、二歩あとずさると叫んだ。

「これは何の真似《まね》だ！」

宦官の言葉をはね返すように、昌文君が部屋にはいってきた。逞《たくま》しい体つきの兵を数人つれている。

「聞き逃せぬことを聞いたのでね、終わりまで話してもらおうと思って。失礼は承知の上だが、これも役目のうちでね。悪く思わないでくれ」

昌文君が言い、兵たちが宦官を取り巻いた。

三

「つまり、ここに書いてあることは真実ということか」

翌日、李斯は昌文君とともに、昌文君の上司、昌平君をたずねていた。

「まちがいありません。太后の奥付きの宦官が白状しました」

昨日、老宦官を脅しすかして白状させたのだ。竹簡の内容はすべて事実だと認めさせた上、これからは李斯らの間諜《かんちょう》としてはたらくと約束までさせた。

昌平君は竹簡に目を落としながら顎髭《あごひげ》をひねっている。

王の正夫人である楚王一族の娘に付き添って秦にきた昌平君が、楚人でありながら秦王の最側近となっているのは、それほど妙な話ではない。

そもそもいまの王には実権がないので、最側近といってもなんの権勢も役得もない。だから秦国人でも気がきく者は寄りつかないし、他国人が側近になっても気に止める者はほとんどいないのが実情だった。

「ひどい話だな。不義どころの話ではないじゃないか」

昌平君は、まだ信じられないといった風情《ふぜい》だ。

「おそれながら、母太后は趙の国の踊り子だったとか。王家の習いには慣れておらぬのでしょう」

竹簡に書かれているのは、こんな話だった。

母太后の宮殿にいる宦官の中に去勢していない偽宦官がいて、母太后と情交している。それどころか太后はその偽宦官の子をふたりも産んだ。いまも偽宦官は太后のお気に入りで、そのため権勢をほしいままにしている、と。

「そしてその偽宦官が長信侯嫪毐《ちょうしんこうろうあい》であり、嫪毐を太后のもとへ送り込んだのが丞相の呂不韋、というのか」

「そうです。世も末ですな」

丞相の呂不韋はもちろん、長信侯嫪毐も秦国内で広大な領地と多数の家臣と食客を抱え、威勢は天を衝《つ》く。そんなふたりが太后とむすび、秦国をほしいままに動かしているのだ。

「これが世に知れたら、どうなることか。ただの醜聞では終わらないでしょう。三人とも秦国生まれではありませんし」

太后は趙の人、呂不韋は韓《かん》の人、そして嫪毒も韓の人である。秦国人が反発するのは目に見えている。

「しかも、もっと猥雑《わいざつ》な話もついております。いや、これは口にするのもはばかられるのですが……」

と言いつつ、李斯は宦官から聞いた話を披露した。

もともと太后は呂不韋の愛人だった、というのだ。

「話はややこしい上に信じがたいのですが、順を追って話しましょう。いまから二十年以上前にさかのぼります」

いまの王の父、荘襄王は、その父である孝文王《こうぶんおう》の長子でも正夫人の子でもなく、十人以上いる男子の末の方の生まれで、王位を継ぐとはだれにも思われていなかった。趙国に人質に出されたのに仕送りもあまりなく、食べるにも事欠くようなありさまだった。

そんな荘襄王を見つけ、「これは奇貨だ。居《お》くべし（掘り出し物だから、値上がりに賭《か》けてみよう）」と考えたのが、趙に商売にきていた呂不韋である。

呂不韋は若き日の荘襄王に近づくと、もし荘襄王が秦の王になれば、国の富を二分するという約束をした。その上で自分の全財産をなげうって荘襄王を支え、秦国の王にすべくさまざまな手を打った。おかげで荘襄王はほかの王子たちを抑えて王になれたのだ。

その過程で、荘襄王は呂不韋の愛人をみそめ、自分にくれと呂不韋にねだった。呂不韋は断り切れず、女をくれてやったのだが、それがいまの太后である、と。

昌平君はため息をついた。

「あきれた話ですが、まだつづきがあるのです。太后が嫪毐とどうして出会ったかというと……」

荘襄王が亡くなると、孤閨《こけい》をかこつようになった太后は、たまらず昔の縁で呂不韋に関係をもとめた。

当初は呂不韋も応じていたが、丞相と太后の不義の関係が明らかになってはまずい。そこで、自分以外の男に太后の関心を向けようと知恵をしぼった。結果、ひそかに一物の大きな男を探しだして舎人《けらい》とし、宴会で淫猥《いんわい》な音楽とともに一物に桐《きり》の車輪をつけて歩かせ、評判になるようにした。

この一物の大きな男が嫪毐である。

ねらいどおり、太后はうわさを聞きつけて嫪毐をほしがったので、ふたりで示し合わせて嫪毐を偽宦官に仕立て上げ、後宮に送り込んだのだ。

李斯の話を聞いた昌平君は苦笑した。実際、笑うしかない話である。

「これが世に明らかになれば、さすがに王家の権威は失墜し、叛逆する者が出てくるでしょう。すると秦国は乱れ、王の身もどうなるかわかりません」

昌文君の言葉に、昌平君もうなずく。

「さて、ではどうするのか」

意見を聞きたいというように、昌平君が李斯と昌文君を見る。李斯が先に口を開いた。

「まず長信侯嫪毒を処罰するべきでしょう。偽宦官というのは、明らかに法を犯しておりますからな。しかしすると、呂不韋丞相まで罪がおよびます。いや、太后も同罪か。そこまで罪に問うのかどうか」

「その前に、嫪毒を罪に問えるか。食客だけで千人、下僕は数千人いるというぞ。捕縛しようとすれば兵数千を向けねばなるまい。呂不韋丞相もとなれば、もう国がひっくり返る」

昌文君はきびしい顔をして言う。昌平君は首をかしげながら問うた。

「丞相も太后もとなると、そもそも何の罪に問うのか。偽宦官になるのを助けた罪か。それをたしかに本人がやったと証明できるか。できまい。家臣がやったこと、で終わりだ」

「不義の罪に問えるでしょう」

「不義ではあるまい。太后も寡婦《かふ》であられる。寡婦が男と戯《たわむ》れたとしても、不義ではない」

秦国では法律が細かく定められているだけに、その適用もまことに厳格だ。

あるとき、夫を亡くした女が夫の棺の前で不義をはたらいた。これを罰するかどうかが、法をあつかう吏僚たちのあいだで議論になったことがある。結局は夫が死んだあとなので不義ではなく、女は無罪となったが、太后の場合もこれがあてはまるのではないか、と昌平君は言う。

昌文君も李斯もだまってしまった。

「いや、放《ほう》っておけないことはわかっている。だがなんともむずかしい」

昌平君は顎髭をなでつつ宙をにらんでいたが、

「王に奏上するとしても、実の母親の話だ。果たして平静に聞いていただけるか。下手をすると、われらが太后と丞相を誹謗《ひぼう》中傷していると思われて……」

と悲しそうな顔で首をふった。

昌文君が、声を高くして言った。

「王は、そのようなお人ではありません。事実は事実として聞く耳をもっておられる人です。これは見逃しておいていいことではありません。われらから事実をそのまま伝え、叡慮《えいりょ》を仰ぎましょう」

昌平君は目を見開いた。一瞬、昌文君を見据えたが、すぐに納得したようにひとつうなずくと、言った。

「その通りだな。おかしな配慮をすれば、かえって不忠となろう。では、そのまま奏上するか。ついてまいれ」

三人は王のいる朝殿《ちょうでん》に向かった。

四

咸陽の王宮は日常の暮らしをおくる寝殿《しんでん》と、執務場所である朝殿に分かれている。

寝殿は東側に、朝殿は西にあり、渡り廊下でつながっている。どちらも高い土台の上に二階建て、濃緑の瓦屋根に壁は朱色に塗られており、何十と部屋のある壮大な建物だ。

朝殿に参内するには、門をはいってから何十段もある階《きざはし》をあがってゆく。途中で目をあげると、巨大な建物がのしかかってくるように見える。

若き王、正は、幄坐《あくざ》（四方に帳《とばり》を張った王の坐所《ざしょ》）にはおらず、その奥の小部屋にいた。文机《ふづくえ》のかたわらに決裁すべき竹簡の束をおき、そのひとつを読みふけっていた。

正は荘襄王が趙の都、邯鄲《かんたん》に人質としていたときに生まれた。正月生まれだから正、と名付けられたという。王家の姓は嬴《えい》、氏は趙。だから王の氏名は趙正《ちょうせい》である。

今年二十二歳になる。本来なら二十歳を超えた昨年、戴冠帯剣の儀をおこなうはずだった。しかし彗星があらわれたので、凶兆であるとして儀式を延期して今日にいたっている。だからまだ冠をつけず、髪を結った上に頭巾《ずきん》をつけていた。

その顔はいくらか角張っているが、額が広くて目は切れ長、眉《まゆ》は薄く端正な感じを与える。鼻は高く大きく、いかにも我が強そうだ。耳が長くていくらか調和を壊しているが、総じて涼しげで気品があり、女はもちろん、男でも十人のうち七、八人は好ましいと認めるであろう顔立ちである。

「今日は、まことに申しあげにくいことを奏上せねばなりませぬ」

と切り出した昌平君は、太后と嫪毒のことを語った。あまりに下世話で信じがたい話のためか、ときにつっかえ、言いよどみ、李斯と昌文君に助けをもとめつつ話してゆく。

正は静かに聞いている。

その手には小刀をもてあそんでいた。竹簡に文字を書くとき、誤った字を削るためのものである。机上に目をやると、ほかにも小刀が見える。柄に玉《ぎょく》がはめ込まれていたり、金の環《わ》がついていたりと、みな凝った造りのものだ。筆も、何本かおいてある。

正はこうしたものを蒐集《しゅうしゅう》しているのだ。仕事熱心な証《あか》しというよりも、好きなものをあつめる癖があるらしい。

李斯は昌平君に目をもどしたり、正の顔色をうかがったりと落ち着かない。

——やはり失敗だ。こんな話、するんじゃなかった。

自分の母の聞くに堪《た》えない醜聞を、他人から聞かされたらどう感じるか。それを考えれば、正に聞かせるべきではなかったといまさらながら気がついたのだ。

もし正が話の内容に腹を立ててしまったら、三人はどうなるのか。きびしい罰を科されるかもしれない。よくても役職を解かれるだろう。おかしな話に巻き込まれたばかりに、功を立てるどころか職を失うのか……。

だが正は冷静だった。

「なんともひどい話だな。本当なのか」

持ち前の低く響きのある声で、まるでおどろきも見せずに言う。そのあまりの落ち着きぶりに、話が通じているのかと疑いたくなるほどだった。

「あちこち確かめました。まちがいありません」

昌文君が、ちらりと李斯を見ながら答える。李斯はうなずいて昌文君を助けた。

「ふむ」

正はしばし目を閉じた。

「長信侯は処罰されるべきかと思います。偽宦官となるのは法を犯しております」

昌平君は言う。正は目をひらいた。

「その通りだが、それだけで済むのかね」

おや、と思った。たしかにそれだけではない。しかし、話をすすめると、正があまり踏み込みたくないところまで話が広がってしまうのではないか。

「それ以上のことは、わたくしには申しあげられません。御意をお示しくだされば、われらは実現のために奔走《ほんそう》いたしますが」

昌平君は苦しそうだ。

「いや、遠慮なく言ってほしい」

正はやさしい声で追い込みをかけてくる。

「孤《こ》(王の自称、わたし)も一国の王である以上、それなりの覚悟はしている。たとえ父母であっても、国のためにならないのであれば、不孝と言われようが断罪する。王は庶民とはちがう。そうした覚悟がなければ、多くの領民を不幸にしてしまうからな」

見ると、昌平君の額に汗が浮かんでいる。対して正は涼しい顔をしている。

「もっとも大きな問題は」

と正はつづけた。

「呂不韋、嫪毒、そしてわが母と、私欲にまみれた三人が国政を壟断《ろうだん》していることではないかな」

ああ、この王はやはり鋭い、と李斯は思った。なにが問題なのか、ちゃんと見抜いている。そして母を指弾するにもためらいがない。

「……おおせの通りです」

昌平君はみとめた。

「であれば、やることは明らかだ。その三人を除かねばならない。嫪毒だけではない」

正ははっきりと言った。

李斯は話の途中から、なにかしら違和感を抱いていた。

これは込み入っている上に話しにくく、かつ見通しをつけるのもむずかしい話なのに、どうして正はこうも短時間で理解し、問題をえぐり出し、決断できるのか。

それだけ頭がいいということなのだろうか。

もちろんそれもあるだろうが、こと自分の母に関する醜聞を、こうも冷静に受け流すことができるとは、尋常ではない。

——生来、冷たい人なのか。

世間には、肉親にも愛情を感じない人がまれにいる。この王はそうした心情の持ち主なのかもしれない。そういえば、以前から不思議に思っていたが、顔を見ているだけではこの王の感情は読みとれないのだ。

「さあ、三人を除くために智恵《ちえ》を貸してくれないか」

正に言われて三人は頭を下げた。

「たしかに三人がいまの権勢をもったままでは、王が親しく国政を行うこともできません。なんとかいたしましょう」

昌平君が言う。李斯もうなずいた。そうだ。われわれの手で国政を王の許《もと》へ取りもどすのだ。

李斯は言った。

「まず嫪毒を捕縛しましょう。そうすれば丞相と太后も自分のしたことを反省するはずです。ふたりをどうするかは、あとで考えればよろしいでしょう」

これにはみなが賛成した。しかし、捕縛するといってもどうすればいいのか。

「兵を動かすのか。となると数千の兵がいるのではないか」

と正が言う。いますぐに正が動かせるのは、李斯のような郎官数十名だけだ。そんな人数では嫪毒を捕縛しようにも、数千もいる下僕や家臣たちに返り討ちにされてしまう。

「それに郎官も剣を携えているだけだ。矛《ほこ》や戟《げき》、弩《ど》といった強力な武器は、みな武器庫にある。さあ、どうする」

しかも郎官がすべて正の味方とはかぎらない。幾人かは呂不韋の息がかかっているにちがいない。

「むずかしいのは」

と昌文君が切り出した。

「虎符《こふ》の片方を丞相がにぎっていることです。あれがないと兵を動かせない」

虎符とは虎《とら》の形をしている青銅製の割符で、虎の背には郡名や地方の名が書かれている。縦に二分割されていて、左半分を王宮が、右半分は郡の太守など地方の長がもち、兵を動員する場合には、王宮から左半分をもたせた使者を地方へ派遣する。地方の長は、虎符が合ってはじめて徴兵をはじめる仕組みになっている。

「いま虎符はどこにある」

昌平君がたずねるのに、昌文君が答える。

「大尉《たいい》(国軍の統括者)が管理しておりますが、大尉は丞相の息がかかっておりますので、王の御璽があっても、丞相の璽がなければ虎符を渡さないでしょう」

「それもおかしな話だな。本来なら兵は王のみが動かせるものだ」

正が不満を漏らすのに、昌平君が答える。

「おおせの通りですが、いまは仕方がありません。なんとか虎符を持ち出すか、別の手を考えなくては」

李斯は頭を巡らせた。どこかから兵をもってこなくては。兵はどこにいるのか。

「虎符を出さずとも使える兵もあるだろう」

李斯より先に正が言った。

「この咸陽を守る兵は万を超えるはずだ。すぐに使えよう」

「いや、ところがその兵を指図する内史《ないし》（首都と近辺を統治する官）は嫪毒の息がかかっている者です。おそらく王命を出しても動かないでしょう」

「ではこの宮殿を警衛する兵が数千はいるはずだ。その兵を使えないのか」

「もちろんそれも考えましたが、宮殿警衛の兵の長というと衛尉の竭《けつ》です。やはり丞相の手下ですから、言うことを聞くかどうか……」

「ならば衛尉の下の者を説得するしかあるまい。王命といえば従うのではないか」

昌文君と昌平君は顔を見合わせている。説得に自信がないようだ。

「やってくれ。頼む。このとおりだ」

正は拱手《きょうしゅ》――胸の前で左の掌《てのひら》に右の拳《こぶし》を合わせる礼――をし、三人に頭を下げた。

「そんな、もったいないこと！」

王が臣下にとる所作ではない。昌文君が声をあげる。だが正は首をふってつづける。

「いま孤には力がないのだ。やらなければこちらがやられる。虎符を使われて兵が動員される前に、わが手で嫪毒を除かねばならん。どうしてもそなたらの助けが必要だ。助けてほしい」

哀願する王、正に、李斯はおどろいていた。ただのお飾りだと思っていたのに、これほど自分の立場を切実に考えていたのか。

その顔は、うちしおれた菖蒲《しょうぶ》のようだ。

見ているうちに、李斯の胸に熱い血がめぐりはじめた。

——この王を支えてやろう。

まだ飛べない雛鳥《ひなどり》は、親鳥がかばってやるしかない。それが自分に与えられた役目だ。この手で邪臣の手から王に国政を取り返してやる。そうしてこの王の下で善なる国を作っていこう。若く優秀なこの王となら、それができる。

忠義心とともに気力が湧いてくるのを、李斯は感じた。

五

翌日から李斯と昌文君は、宮殿の屯所《とんしょ》にせっせと通い出した。

宮殿の警衛を任務とする衛尉の下役は数多いが、兵を直接指揮するのは三人の衛士丞《えいしじょう》である。この者たちを味方につければ兵を動かせる。

数日のあいだ、屯所にいる衛士丞とあたりさわりのない話をし、呂不韋や嫪毐の手がおよんでいないことを確かめた。そして他人目《ひとめ》のないところへ呼び出し、

「じつはあなたに、王から直《じか》に書が下っている。助けてほしいと」

と用意した竹簡を差し出した。

竹簡は丸めた上に平たい紐でしっかりと括《くく》られ、その紐の上に粘土を貼《は》りつけて封じてある。粘土の上には印が捺されているので封泥と呼ばれているが、この封泥には王の御璽が捺されていた。

「……これが、王の御璽……」

衛士丞は目を丸くしている。御璽を見るのは初めてだろう。まして自分あてに王から書が下るなど、思ってもいなかったはずだ。

三拝して竹簡をうけとると、衛士丞はひらいて中を見た。簡潔に事情と頼みが書かれている。

「あなたを見込んで、こうして王が依頼されている。頼むから力を貸してほしい」

と口添えすると、

「もちろんだ。王のためならこの身を投げ出そう」

と約束してくれた。感激しているようだ。衛士はみな秦人なので、他国者である呂不韋らに反感をもち、逆に王に対する忠誠心が強いのだ。

夕方、昌文君に会って話をすると、もうひとりの衛士丞も味方につけたそうだ。残るはあとひとりだ。

「できれば中尉も味方にしたいですね」

と昌文君に言ってみた。中尉は、内史の下で都の咸陽を守る兵の統括者である。

「中尉はどちらの味方なのでしょうか」

「いまのところ中立だろう。はっきり呂不韋らに与《くみ》しているとは聞いておらん」

「ではやはり王に書をお願いして、話してみたらどうでしょうか」

咸陽を守る兵の数は、宮殿を守る兵の倍以上になる。ただしあちこちの地方から徴集されてきた兵のため、忠誠心は宮殿の衛士ほどではない。武器もふだんは剣を帯びているだけ。それでも敵に回すとやっかいだ。味方につけておきたい。

「わかった。わしから話してみよう」

中尉は位階が高いので、話をするには昌文君のほうが適任だ。まかせることにした。

そうして味方の兵をあつめる工作は、密《ひそ》かにすすんでいった。

春がすぎ、四月にはいると、夜空から彗星が消えた。高い空にあらわれ、だんだんと下がっていたのが、ついに西の山影に入ったのである。

凶兆が消えたとなれば、王の戴冠帯剣の儀式をしなければならない。

宮中の者たちはその準備にも追われた。李斯も忙しくなり、王宮と自宅を往復するばかりで、帰ると欲も得もなく眠るだけの毎日である。気候はすでに暑く感じるほどになっており、疲れはたまる一方だった。

その夜、当番を終わって自宅へ向かっていると、うしろから足音が聞こえてきた。

李斯の自宅は王宮の南の市街にある。さほど遠くはないが、王宮が広大で出入りできる門もかぎられているので、歩く距離はけっこうある。しかも夜間であり、王宮の周囲は人気がない。

ふりむくと、三人の男がこちらへ駆けてくるところだった。月明かりに映る黒い影は、手に長いものをもっている。

ぞっとして、李斯は逃げ出した。

郎官として剣は帯びているものの、修行をしたことなどなく、腕前はからっきしだった。三人を相手にして勝つ自信はない。逃げるが勝ちである。

左手は王宮の城壁だが、右手は建物がいくつも建つ官庁街だった。脇道《わきみち》に走り込み、右、左と折れながら走った。それでも足音は追ってくる。

嫪毒の手先か。身辺を調べたのが知られて、消しにかかったのか……。

いま考えている暇はない。走りながら、李斯は隠れる場所をさがした。しかし官庁の建物はみなきれいに整えられていて、隠れられる場所などない。そのうちに息が切れてきた。このままでは追いつかれる。

——やむを得ぬ。

角を曲がったところで、李斯は立ち止まった。そして剣を抜いて待った。

「うわあっ」

どちらが悲鳴をあげたのかわからない。角を曲がった途端、いきなり剣の一撃を浴びた相手は、その場に倒れた。

返す刀で別の一人に斬りかかる。これも手応《てごた》えがあった。さらに剣をふるったが、三人目にはあたらない。しまったと思い、やたら剣を振りまわした。

しばらくして気がつくと、そこに立っているのは李斯ただひとりだった。気迫に恐れをなしたのか、三人目の者は逃げていったのだ。

ほっとしたが、嫪毒の仕業とすればこれだけでは済まないだろう。自宅も見張られているかもしれない。

妻子が心配だが、ここは守りに回ってはいけないと感じる。

李斯は、いま出たばかりの王宮へとって返した。そして朝を待ち、出仕してきた昌文君に報告した。

「それはただの物盗りではなかろうな。嫪毒が気づいたか」

昌文君の見解は李斯とおなじだった。調べられていると気づいた嫪毒側が、揉《も》み消しに動いたのだ。

「じつはこちらも昨夜、妙な話を聞いてな」

昌文君は言う。咸陽からやや離れた高陵《こうりょう》という地で、徴兵がはじまったといううわさがあるのだと。

「いまは国外へ兵を発する話はない。ということは、この国の中で兵を使うつもりだ」

「もしやそれも、嫪毒が！」

李斯はうなった。嫪毒と呂不韋が組んでいるとすれば、虎符を使うのはたやすい。

「嫪毒は、こちらが兵を挙げようとしていることも摑《つか》んでいるのでは」

「わからぬが、であれば猶予はならぬ。早くしないと先手を打たれるぞ」

ふたりは顔を見合わせ、昌平君のところへ走った。

六

四月半ばのある朝、宮殿の正門を数百人の車馬列が出ていった。

秦の古都、雍《よう》――咸陽の西にある――の昔ながらの宮殿で、王の正が戴冠帯剣の儀式を行うために出立したのである。

「出たか」

嫪毐は、自分の広壮な屋敷でこの報告をうけとった。

宮殿は、関中を東西につらぬいて流れる渭水の北岸にあるが、嫪毐の屋敷はそこからさらに北に数里離れた高台にあった。

「ならば兵を挙げるぞ。まずは衛兵をはたらかせよ。高陵の兵も急ぎ咸陽に来るように命じよ」

宮殿内にいる内史と衛尉にあてて、宮殿を占拠するよう命じる使者を出す。さらに高陵へも早馬を飛ばした。

王の不在中に宮殿を奪い、そののち雍に攻め寄せて、孤立した王を捕まえる策だった。

「これで、あとは待つだけだな」

玉座をまねて作らせた椅子《いす》に、嫪毐は深く腰掛けた。

「さようで。今日明日にも秦の国が手にはいりましょう」

御機嫌うかがいに来ていた、左大夫令の斉《せい》という者が言う。

「王宮にいられては面倒だが、外に出てしまえばあとは捕まえるだけよ。あの若造も油断したな」

王を倒す決心はしていたし、王宮を警護する兵の頭である衛尉も味方にしていた。

しかし衛尉が命じても、兵たちが王を捕らえるのをためらうかもしれない。王宮は堅い城でもある。少しでもやり損なえば、門を閉じられて攻城戦になってしまう。長引けば名目のないこちらは不利だ。

だから王が王宮を出たいまは、兵を挙げるのに絶好の機会なのである。

命令を発すると、嫪毐は安堵《あんど》したせいか酒がほしくなった。

「酒肴《しゅこう》をもて。吉報を待つあいだに一杯やろう」

椅子から立ち上がった嫪毐は、八尺（約百八十センチ）近い長身で肩幅も広く、引き締まった体をしている。彫りが深く、明るい目と高い鼻をもち、女好きのする甘い顔立ちでもある。これで大陰の持ち主というのだから、太后が夢中になるはずだった。

そんな嫪毐も、ひと月ほど前に自分の身辺を探っている者がいると気づいてから、気の休まる日がなかった。

いや、眉を剃《そ》り髭を抜いて宦官に化け、太后の後宮にはいってから、一日たりとも安楽な心で過ごした日はない。なにしろ先王の妻、いまの王の母と男女の仲になり、子供まで作ったのだ。危ない橋を渡っていることはわかっていた。だからいまでは酒が手放せなくなっている。

だがそんな日々も今日で終わりだ。いまの王さえ亡き者にしてしまえば、不義をいいたてて自分を滅ぼそうとする者はいなくなる。あとは自分と太后のあいだにできた子を王にたて、呂不韋と太后と三人で国をあやつっていけばよい。

「へっ、ちょろいもんだぜ、世の中なんてのは」

うやうやしく捧げられた酒をもち、数人の取り巻きと祝杯をあげた。

思えば家も資産もなく、着たきりの衣をまとって、唯一の自慢だった大きな陰茎で車輪をまわすという芸で銭をかせいでいたのは、ほんの数年前だ。

それが呂不韋に見出《みいだ》され、企みを打ち明けられて仰天し、それでも見世物にされるみじめな暮らしから抜け出せるならと、宦官に化けるのを承諾したのが運の開ける初めだった。

後宮で太后に奉仕し、気に入られたあとはとんとん拍子で出世していった。いまや自分の領地をもつ諸侯のひとりだ。王宮の官たちもみな頭を下げて機嫌をうかがおうとする。

そして、もうすぐ王を追い出して、強大な秦という国を手にするのだ。

安堵と幸福感の中で飲む酒はうまい。たちまち酔いがまわり、嫪毐は寝込んでしまった。


そのころ王宮では、李斯が十数名の衛士とともに走っていた。

「そちらへ回れ。廊下をふさげ」

と李斯は命じた。手には抜き身の剣をにぎっている。

「だれが来ても決して通すな。もし兵がきても持ちこたえろ。いいな」

御璽がおいてある部屋を守るために、味方についた衛士たちを配置していた。嫪毒の手下になった者たちが、必ず奪いに来るからだ。

どこからか怒声や矢音が聞こえてくる。広い王宮では、すでにあちこちで戦闘がはじまっていた。

「来るぞ。油断するな！」

李斯は叫んだ。剣をもった衛士——敵と思われる——がこちらへ来る。

昌文君と昌平君は、うまくやっているのだろうな、と李斯はそればかり気にしていた。

今日の王宮ですべてを指揮するのは、昌平君である。楚にいたとき、軍を指揮したことがあるという。そこで昌平君を大将に、昌文君と李斯がその下で武将の役割を受けもっているのだ。

だが李斯は兵をひきいた経験などない。そこであまり動かずにすむ守りを担当することになった。

いま昌文君——おなじく楚にいたとき軍で手柄をたてたという——が、敵の大将である衛尉と戦っているはずだ。

しかし、こちらに敵が来るということは、昌文君は負けたということなのか。

いいや、考えている暇はない。

「それ、かかれ！」

襲いかかってきた敵に向かい、李斯は剣を振りあげた。

昼下がりまで広間で寝込み、夢を見ていた嫪毒は、手荒くゆすり起こされた。

「どうした。王を捕まえたか」

少々呂律《ろれつ》のまわらぬ舌で、嫪毒は舎人にたずねた。

「兵が攻め寄せてきています！」

舎人の声は大きかったが、嫪毒の目はまだ開かない。

「どこへ？　宮殿を攻めよと命じたのだぞ」

「ちがいます！　この屋敷が攻められているのです。早く逃げないと！」

この屋敷が攻められているだと？　嫪毒にはわけがわからなかった。なにを寝言を言っているかと思った。

しかし、そういえば喊声《かんせい》が聞こえる。

「宮殿を守る衛尉の兵と思われます。屋敷の下僕たちが防いでおりますが、防ぎ切れません！　王の指図のようです」

その言葉で、やっと目が開いた。

あわてて起きあがり、窓から外を見ると、たしかに門の周辺で数百の兵による戦いがはじまっている。しかも、攻めてくる兵はみな甲冑《かっちゅう》をつけて戟や矛、弩で武装しているのに、守っている屋敷の下僕たちは棍棒《こんぼう》や剣しかもっていない。たちまち斬り立てられて後退していった。

一気に酔いが醒《さ》めた。

「……衛尉らが失敗したのか。宮殿を攻めたのがわかって、逆に攻められているのか！」

まだ状況が信じられず、嫪毒は舎人にたずねた。舎人は首をふった。

「わかりません。とにかく逃げてください。もうここへも兵がはいってきます！」

うながされて、嫪毒はふらつく足で逃げ出した。

七

二ヶ月後——。

李斯は、咸陽の東端にある刑場にきていた。

柵《さく》で囲った刑場の外には、数千の群衆が見物にあつまっている。今日はここで二十名以上が処刑されることになっていた。

夏の陽射《ひざ》しが照りつけ、肌を容赦なく灼《や》く。李斯は額の汗を手でぬぐった。

一年で一番暑い季節である。多くの者は半裸となっているが、李斯たちは正装を余儀なくされていた。王が来るからである。

馬のいななきが聞こえるのは、四頭立ての馬車が数乗、刑場に持ちこまれているからだ。

西のほうからざわめきが聞こえてきた。囚徒が到着したようだ。

「さっさと引いてこい」

と、待ちかねたように昌文君が言う。

「気分のいいものじゃないからな。早く終わらせて帰りたいものだ」

李斯もおなじ気持ちである。刑吏に刑の支度を早くするよう命じた。

――よくもまあ、執行する側にいるものだ。

縛られて引き立てられてきた囚徒を見ながら、李斯は内心で胸をなでおろしていた。もしかすると、自分たちが処刑される側になっていたかもしれないのだ。それほど今回の戦いの勝敗は紙一重の差だった。

嫪毒たちの手は、あちこちに回っていた。衛士丞のひとりは最後まで嫪毒側についていたし、中尉もこちらの説得に応じなかった。そのため敵味方の兵数が読めず、あぶなくて兵を挙げられずにいた。しかし嫪毒が地方に徴兵を策しているとわかり、またこちらの動きも悟られたので、先手を打たざるを得なくなってしまった。

だが兵を挙げても、多勢に無勢で攻め潰されてしまうかもしれない。

悩んでいたとき、正が言った。

「こちらにつく兵には、みな爵一級を与える。それで味方がふえるだろう」

これは素晴らしい提案だった。

秦の男子はすべて「農戦の士」とされ、成人になると王宮よりひとり賜田《しでん》一頃《けい》（約一・八ヘクタール）と賜宅《したく》九畝《ほ》（約十六アール）を与えられる。そして戦いで敵の首をあげると、首ひとつにつき爵一級があがり、「公士《こうし》」と呼ばれて田一頃と宅地九畝が追加されるうえに、下僕として使える者もひとりつく。首をふたつとると爵二級の「上造《じょうぞう》」になり、さらに田と宅地が与えられる。

爵位は二十級まであるが、五級以上で士官となるとみずから敵の首を斬るのは禁じられ、部下のとった首の数が論功の対象になる。八級の「公乗《こうじょう》」となれば千人の兵の将となるが、そこまで出世すると、部下が三百三十三の首をとってこないかぎりつぎの爵位にはあがれない仕組みになっている。

そうして首をとれば名誉ばかりでなく、大きな報酬が得られるのだが、戦場で敵の首をとるのはやさしいことではなく、恩恵にあずかれる者はそう多くはない。

その爵位を味方になるだけで与えるというのだから、効かないはずがない。実際、宮廷を守る衛士の多くがこちらの味方になった。

ただしこの案を実現するには多くの土地が必要となるので、決められるのは王しかいない。それを正はあっさりと決断したのだ。

衛士が確保できたので、まず正を雍へ行幸させておき、その間に兵を挙げた。おそらく嫪毐も、正が王宮を離れた隙に兵を挙げるつもりで待っている、と読んでのことである。

案の定、双方はほぼ同時に挙兵し、まず王宮で戦いとなった。

嫪毐の蜂起《ほうき》はかなり前から策が練られていたようで、手際のよい動きにはじめは李斯たちが押し込まれた。御璽を奪われる寸前まで攻め込まれたが、最後は爵一級を与える約束の効果で、衛士の多くを味方にしたこちら側が押し返し、勝利を得た。

昌平君の指揮のもと、王宮で勝利した衛士たちは自分の上長である衛尉と、役所にいた内史ら嫪毐の息のかかった大官をとらえ、縛り上げて獄に入れた。そして用意してあった正の任命書を示して、味方の者を新しく衛尉と内史に任命した。

これで咸陽と近辺の軍兵は、みなこちら側が使えるようになったのである。

昌平君はすぐさま嫪毒の屋敷に衛士ら数千の兵を向けた。嫪毒が召集した地方の兵が来る前に片付けねばならない。

嫪毒の下僕や舎人らと戦いになったが、奇襲した形になったので、勝敗はすぐについた。衛士たちは嫪毒の屋敷を焼き落とし、下僕数百人の首をあげた。こちらの完勝である。

嫪毒は逃げたが、

「生け捕りにした者には百万銭を与え、殺した者には五十万銭を与える」

と国中に触れをまわしたから、隠れられるものではない。つい三日前に好時《こうじ》――咸陽と雍の中間にある地――で捕らえられて咸陽に護送されてきた。

その嫪毒が刑場に出てきた。

身にまとっているのはぼろ布だけで、ほとんど裸同然の姿である。ふらふら歩いていて、逆らう気力も残っていないようだ。

逃避行で疲れ果てた上に、捕まったあと、呂不韋と太后との関係を吐かせるべく、刑吏が容赦ない拷問にかけたためだろう。

刑吏が、嫪毒を広場中央に横たえ、その左右の手足に綱をしっかりと縛りつけた。

四本の綱の先は、それぞれ馬車に結わえられている。

これから嫪毐だけでなく、嫪毐に与した内史、衛尉、左大夫令ら大官二十数名が、車裂きの刑に処せられる。

四肢を縛った綱を結わえつけた四頭立ての馬車が、四方に向けていっせいに走るのだ。体はばらばらに引き裂かれる。

王への謀叛《むほん》を企てた者はこうなるという、見せしめの極刑である。

しかし準備ができても、なかなか執行はされない。

正の来臨を待っているのだ。正は、嫪毐の最期をこの目で確かめたいと言っていた。

正が来ないため、嫪毐は死の恐怖を長く味わわされている。

ひとつ息をついてから、李斯は最初のきっかけになった密告の竹簡について考えた。

あれはだれが何のためにやったのだろうか。どうして自分に手渡したのだろうか。侍女たちが義憤にかられて、とも思えない。

気になるのは、報告を聞いた正が表情を変えなかったことだ。母の不義を聞いても、まったくおどろきの色を見せなかった。

正は、たぶん知っていたのだ。王宮内に情報網をもっているのだろう。

となるとあの密告も、正が指図したのかもしれない。あとで竹簡の筆跡を見比べてみようと思った。筆や小刀を蒐集している正のことだ。自分で書いたのではないか。

しかし、何のためにそんなことを？

ひとつには、もちろん嫪毒を倒すためだろう。

しかしそれだけなら、わざわざ侍女をつかって李斯に密告を伝えることはない。

そこまで考えて、李斯はあっと思った。

もしかしたら、李斯や昌文君ら側近が忠節な臣であるかどうかを試したのではないか。

危機の中にありながら、先の先まで読んで仕掛けをしたのではないか。

だとしたら、正は食えない男、いや、底の知れない知略の持ち主だ。

後方が騒がしくなったと思うと、十数人の郎官があらわれた。そしてその中に正の顔が見えた。やっと来たのだ。

正は、刑場をのぞむようにもうけられた高台の上の玉座にすわった。

「よし、はじめよ」

正の声が聞こえた。

昌文君が正に拱手拝礼し、ついで刑吏に顎をしゃくる。刑吏がひと声叫ぶと、一瞬の間をおいてかけ声と鞭《むち》をふるう音、馬のいななき、蹄《ひづめ》の音がした。

直後、人の声とは思えない悲鳴が聞こえた。同時に肉を裂くいやな音がし、赤いものが広場に飛び散った。

群衆がどっと沸いた。

ちらと高台のほうを見ると、正が顔色も変えずにすわっていた。

面白がっているのでもなく、嫌そうな顔をしているのでもなく、ただ見ている。おそらく美しい馬や悲しい演劇を見るときも、こんな顔をしているのだろう。

——なにも感じないのか。

たいした肝の据わり方だと思った。その姿には、すでに堂々とした威風がそなわっている。自分はこの王に人生を賭けたのだと思うと、誇らしくなるほどだ。

ともあれ、これで正の手に国政がもどる。自分をふくめ、今回活躍した者たちは重職に任じられて、国政にかかわることになるだろう。出世はもちろんのこと、荀卿のもとで習った学問を実践し、善なる国を作ることができる地位につけるのだ。それを考えると、いまから胸が高鳴る。

嫪毐の処刑を見て満足したのか、正が座をおりた。王宮に帰ろうとしている。

「行くか」

と昌文君が声をかけてきた。李斯はうなずき、勝者として刑場をあとにした。

孤憤《こふん》・五蠹《ごと》

一

北方の山々から吹きつける乾いた寒風が、咸陽《かんよう》の町に砂埃《すなぼこり》を巻きあげる。

王の正《せい》が加冠の儀式を行ってから五年目の正月。

李斯《りし》は、正が執務する部屋に呼ばれていた。昌文君《しょうぶんくん》や昌平君《しょうへいくん》などの側近もいっしょである。

「楽にせよ」

正は、幄坐《あくざ》正面の御簾《みす》をあげてこちらを見た。今日は機嫌がいいようだ。跪《ひざまず》いていた李斯はほっとして立ち上がり、ゆったりと手を前に組む姿勢をとった。

正は今年、二十六歳。

端正な顔は相変わらずだが、少々肉がついた上、顎髭《あごひげ》をたくわえて威厳が感じられるようになっていた。あまり外に出ないせいか色の白さが目立つ。

王として脂がのりはじめ、挙措《きょそ》に重々しさが出てきている。一方でまだまだ青年らしさも残っていて、多弁とせわしない仕事ぶりで李斯たち側近をふりまわしていた。

見ると、幄坐の横の机には木簡《もっかん》、竹簡《ちくかん》が山と積んである。

王宮には毎日、国中から王の決裁をもとめて大量の竹簡、木簡が持ちこまれるが、正はすべて自分で読んで決裁をする。それが終わるまでは寝ない習慣である。

秦《しん》の法律では、役人が至急の印のついた竹簡や木簡を受けとったときは、ただちに処理しなければならず、ほかの竹簡なども、受けとったその日のうちに処理すべしと規定してある。

法律は王までは拘束しないが、臣民にもとめている以上、王としてもできるだけ早く処理をしようと心がけているようだ。側近たちを呼んで話をするということは、今日の分はすでに目途《めど》がついたということだろう。

近ごろは寵姫《ちょうき》がすぐに変わるなど、私生活はいくらか奔放《ほんぽう》だが、少なくとも職務に関するかぎり、正はきわめてまじめで誠実だった。そのため臣下の者たちも襟を正し、職務に取り組んでいるのである。

「昨日、この書を読んだが、じつにすばらしい」

正は、巻いた竹簡を昌文君に渡した。

「王がなすべきことが、わかりやすく書いてある。筋も通っているし、昔の例もひいてある。文は簡素で明瞭《めいりょう》で、示唆《しさ》に富む。これほど濃い内容の書は、はじめて読んだ」

と手放しで褒めるので、李斯も横から竹簡をのぞきこんでみた。

智術《ちじゅつ》の士は、必ず遠見《えんけん》にして明察《めいさつ》なり。明察ならざれば私《わたくし》を燭《て》らす能《あた》わず。能法《のうほう》の士は、必ず強毅《きょうき》にして勁直《けいちょく》なり。勁直ならざれば姦《かん》を矯《た》むる能わず……。

どこかで読んだ気がした。さてどこだったか……。

「惜しいことに、読めたのはこの二編だけだ。この者の書いた作は、もっとあるだろう。すべて読みたい。また会ってもみたい。会って話ができたら、死んでもいいと思うほどだ」

と、正はぎょっとするようなことを言う。それほど惚《ほ》れ込むとは、いったいどんな書かと李斯はさらに先を読み、裏返して題名を見た。

「孤憤《こふん》」、とある。もう一編には「五蠹《ごと》」と書かれていた。

「おお、これは韓非《かんぴ》です。韓非の書いたものですな」

と李斯は大きな声を出した。

「知っているのか」

「知っているもなにも、荀卿《じゅんけい》の下でともに学びました」

「ああ、同窓なのか。どこの者か」

「韓《かん》です。韓の公子です。いまは新鄭《しんてい》（韓の都）にいると思います」

「韓の公子か……」

正はむずかしい顔になった。おそらく、ただの遊説家だと思っていたのだろう。

「どんな男か。知っているだけ教えてくれ」

「いや、優秀な男です。ご存知のように荀卿は儒者ですが、孔孟《こうもう》の教えにとどまらず、あまねく学を修めました。その学問をわれらに教えてくれたのですが、すべてを理解したのは、まず韓非以外にいないでしょう」

自分と韓非以外、と言いたいところだったが、それも言いかねるほど差があった。くやしいが認めざるを得ない。

「ふむ。それほど優秀な男なら、韓で高い役職についているのか」

李斯は首をふった。

「とは聞いておりません。おそらく公子のひとりとして、飼い殺しも同然でしょう」

王の血を引いている公子といっても、母の身分が低ければ宮中で重用されることは少ないものだ。

「では世に出ればいいものを。韓にとどまることはないではないか」

「いや……。あやつは人前に出るのは苦手としております。書は一流でも、弁舌がその……、うまくないのです」

正は妙な顔をした。しかし深くは訊《き》かず、

「よし、まずは韓非の書いたものをあつめてくれ。なんでもいい。とにかく読みたい」

と言う。以前は筆と小刀を蒐集《しゅうしゅう》していたが、最近はそれも見ない。飽きたようだ。かわりに後宮の女がふえている。すでに十人は超えているだろう。女もすぐに飽きるようで、寵姫といっても三月ほどしかもたない。今度は韓非の書もあつめるつもりのようだが、またすぐに飽きるのではなかろうか。しかしそんなことは言えない。

「承知しました。あの、韓非にお会いになりたいのでしょうか」

「ああ、もちろん会いたいが、韓の公子では無理だろう」

いま、いやずっと以前から秦と韓は敵対している。少し前にも秦は韓に兵を出した。そんな国に韓の王家の者が教えを授けに来るはずがない、と正は考えているようだ。

「もしお会いになりたいのなら、もっと韓を攻めてみてはいかがでしょうか」

李斯はすすめた。

「そうしておいて、和平交渉の使者に韓非を指名するのです。必ず来るでしょう」

正は首をかしげた。損得を考えているようだった。

李斯の頭の隅で、韓非を正に会わせていいのかという声がした。ふたりはおまえにとって最悪の組み合わせではないのか、と。

「考えておこう」

と正は言う。

李斯らは拱手《きょうしゅ》一礼して王の前からさがった。

その夜、自邸にもどった李斯は、妻子とともに空を見あげていた。

東の空に、長く尾を引く星が見える。

今月、また彗星《すいせい》があらわれたのである。

「きれい！」

と子供たちは声をあげた。長男の由《ゆう》と次男の喜《き》はすでに大きくなり、家を出ているが、まだ小さな子供たちがいる。

その長い尾を見あげながら、李斯は不吉な予感にとらわれていた。

——なにか起きるのか。またこの地で戦乱が起きて騒ぎになるのか。

彗星が不吉なことの予兆だ、などというのは迷信だとわかっている。師の荀卿は、日蝕《にっしょく》も彗星もただ自然の動きの一部であって、それで吉凶が測られるものではないと教えてくれた。

しかし四年前、嫪毐《ろうあい》の騒乱を数千の兵で鎮圧する前にも、大きな彗星があらわれたではないか。

あれはまさに、彗星が騒乱を先導したように思えた。

だが、と一方で思う。

あのころ一時は王と自分たちが討たれるかと冷や汗をかいたが、最後は嫪毐という王宮に巣くった害虫を潰《つぶ》し、嫪毐を太后に紹介した呂不韋《りょふい》も、丞相《じょうしょう》の座から下ろした。そして呂不韋はその後、毒を飲んで自裁している。

騒ぎの元となった母太后は、一時は王宮から退出させられ、雍《よう》の地へ移されていたが、それは親不孝だと諭《さと》す人があって、正は王宮へもどした。いまは母太后もすっかりおとなしくなって、国政に口出しはしなくなっている。

結果として正は王の権力を取りもどし、自分の意志で秦の国を動かせるようになったのである。

あの騒乱がなければいまでも嫪毐と呂不韋は権力をもち、ほしいままに秦の国を左右していただろう。それどころか正は殺され、嫪毐の子供が王位に就いたかもしれない。

そう思えば彗星は、凶兆どころか吉兆の星といえよう。

李斯自身もあの騒乱を収めた功績で郎官から出世し、いくつかの階段をのぼって、いまは廷尉《ていい》に昇進していた。

秦国で政務をおこなう重職は、三公九卿《さんこうきゅうけい》と呼ばれている。廷尉は九卿のひとつで、おもに裁判を司る。重職な上に、法律を勉強してきた李斯には、望みの役職だった。

もちろん、正のお気に入りの側近として、毎日のように話をし、また廷尉以外の仕事も命じられてしている。出世街道をひた走っている最中だった。

もっとも、この四年間も決して平坦な道ではなかった。

嫪毐を処刑した直後、呂不韋と嫪毐がともに秦人ではなかったため、外国の者は有害だという声が起きた。

さらにこのころ、外国から送り込まれた間諜《かんちょう》の工作が明るみに出る事件も起きた。

関中《かんちゅう》盆地の中央を流れる渭水《いすい》の北側の地は川が少ないので、水路を開いて灌漑《かんがい》する必要があった。そこで咸陽の北を流れる涇水《けいすい》から水を引き、東に三百里（約百三十五キロ）離れた洛水《らくすい》までの水路を造ろうとした。

これを唱道し、実際に工事にあたっていたのが鄭国《ていこく》という韓人の水工だった。その鄭国が、自分が韓の間諜であると自白したのである。

水路を開くのに、莫大《ばくだい》な費用と人手をかけさせて秦の国力を削《そ》ぐ狙《ねら》いで、韓から送り込まれた、というのだ。

嫪毐や呂不韋のこともあって、やはり外国の者は信用できない、秦の国内から追い出せという意見が、王の一族や昔からの重臣たちから出された。

とくに昌文君や李斯など、楚《そ》国出身者の一派はねらい撃ちにされた。正の側近として、国政を壟断《ろうだん》していると見られたのである。

呂不韋や嫪毐たちが去ったあとでも、古くからの重臣たちの力はまだまだ強かった。現に丞相や御《ぎょ》史大夫《したいふ》など三公と呼ばれる最高位の官職は、古くからの勢力——李斯たちはそれを守旧派と呼んでいた。対して昌平君や李斯らは革新派と自任している——で占められつづけている。

正はその声に抗しきれず、外国人追放を法として発布した。

「逐客令《ちくきゃくれい》」である。

楚人の李斯も追放されるところだった。

だが、せっかく命がけで嫪毒を討った結果、自身も追放されるのではあんまりだと思った。そこで逐客令の矛盾と弱点を突く文を書き上げて、正に提出してみた。もちろん昌文君や昌平君も懸命に正を説得した。

幸いにもこれが正の認めるところとなり、逐客令は撤回され、李斯自身も安泰となったのであるが……。

国王の側《そば》近くに仕えるには、つぎつぎに押し寄せる荒波を乗り越える覚悟が必要だと、教えてもらった気がする。

今年も彗星が東の空に浮いている。

さあ今度はなにを運んでくるのか。

二

朝服に正装して儀式の間の玉座にすわっている正の前に、壮漢《そうかん》が跪いていた。

日焼けして精悍《せいかん》な顔に、短く刈り込んだ口と顎の髭。衣服は筒袖《つつそで》の戎衣《じゅうい》に裾《すそ》をしぼった袴《はかま》。その頭にあるのは鳥が羽を広げたような形の鶡冠《かつかん》で、纓《えい》（顎紐《あごひも》）が胸元まで垂れている。

将軍のつける冠である。

「そなたには平陽《へいよう》の攻略を命ずる。三万の兵を与える。半年で攻略せよ」

正は低い声で命じた。

「つつしんでお請《う》けいたします」

拱手して深く腰を折る壮漢は、桓齮《かんき》という武人である。

年は四十を過ぎていよう。十年ほど前から数千人を統率する軍侯として各地の戦場を渡り歩き、功を重ねてきた。そして二年前に一軍を進退する将軍に昇格している。

「そなたの持ち場を確かめておこう」

正は玉座を下りると、部屋中央の台の前に立った。そこにひろげてある絹布に描かれた絵図には、秦の東の国境から韓、魏《ぎ》、趙《ちょう》といった諸国の城邑《じょうゆう》、山や川、そして道が示されている。

平陽は趙南部の城邑で、ここをとれば魏の北部から趙の南部一帯はほぼ秦の支配地となる。重要な拠点だった。

「すでに王翦《おうせん》と楊端和《ようたんわ》の軍勢が趙にはいっております」

桓齮が、絵図の上にある赤い駒《こま》ふたつを指さした。王翦らは実績のある将軍で、それぞれ数万の兵をひきいている。

「わたくしは西から平陽にせまります。城内にはまだ数万の兵がいるはずですから、城外に引き出して兵を討つ方策をとります」

桓齮はいちいち説明している。本来、戦いの手だては将軍にまかせるべきで、王が知る必要はないのだが、正は知りたがるのだ。

「わかった。まかせる」

今日は案外、あっさりと引き下がった。桓齮を信頼しているようだ。

「では虎符《こふ》を」

正にうながされて、横に立っていた大尉《たいい》（国軍の統括者）の尉繚《うつりよう》が進み出る。

「上郡《じよう》で三万の兵を徴集するがよかろう。すでに郡守には伝えてある」

「承知いたしました」

桓齮は上郡の虎符の半分と、王の御璽《ぎよじ》を捺《お》した封泥《ふうでい》のついた令《れい》の竹簡をうけとり、一礼して立ち去った。

「これで王翦らとあわせれば兵は十万を超える。平陽も日ならずして落ちましょう」

尉繚が言う。

「趙の宮中への工作はどこまですすんでいるのか」

正が問うと、尉繚が李斯を見た。答えてくれというのだろう。李斯は答えた。

「郭開《かくかい》という側近に渡りをつけ、平陽に多くの援軍を送らぬよう、王を説得する手筈《てはず》になっております」

「うまくいきそうか」

「そう願っております」

正は矛《ほこ》をおさめた。尉繚はほっとしたような顔をし、ひとつ大きく息をついた。

――こやつも長くはないな。

李斯は、尉繚の力量と体力を測るように見ている。

尉繚も李斯とおなじく他国者で、魏の都、大梁《たいりょう》の出身である。諸国の王に自分の智恵《ちえ》と策略を説いてまわる遊説の士だった。その説くところは、なんとも具体的である。正の前でこう言ったのだ。

「大国秦の力をもってすれば、他国の諸侯の力は郡県の守ほどにすぎません。しかし諸侯が合従《がっしょう》して兵力を合わせ、不意討ちに出てくると油断なりません。願わくば王は財物を惜しまれることなく、諸侯の臣に賄《まいない》をして、合従策をとらぬよう国内を乱されるように。ほんの三十万金足らずで、すべての国々に賄がゆきわたるのです」

正はこの献策が気に入り、尉繚を大尉に任じて、側近の李斯とともに諸国にはたらきかけさせた。策の効果はすぐに出た。東方の強国である斉国の王、建《けん》が咸陽へ朝貢してきたのだ。

まず斉の宰相《さいしょう》、后勝《こうしょう》という者を賄で懐柔し、斉の賓客多数を秦へ来させてまた賄を与え、秦の間諜に仕立て上げて斉へ返した。すると賓客がみな王に対して、諸国と合従するのをやめて秦へ入貢するようすすめたので、建はそれに従ったのである。

斉と秦とは、正の曾祖父《そうそふ》、昭王《しょうおう》の時代に「遠交近攻」の策――遠い国と同盟し、近くの国を攻める――を結んで同盟しているので、そのつながりも建の頭の中にはあったのだろう。

正は酒宴をひらいて建をおおいにもてなしたが、内心ではあざ笑っていたはずだ。これで合従策は成立しなくなった。秦は自在に残りの五国を攻められるのだ。

しかし尉繚はどうやらこの役職が重荷のようだ。無理もない。秦国にぽっときたばかりで、ひと癖もふた癖もある重臣や将軍たちを相手にしなければならないのだから。

さらに他国へ間諜を派遣する役目も、気をつかうものである。露見すれば殺されるとわかっていながら、行けと命じなければならない。よほど頑丈な心の持ち主でなければ、つとまらないものだ。

尉繚は、この役をこなすにはいかにも線が細い。いずれ心身をやられて倒れるだろう。

昌平君や李斯ら革新派は、楚国出身者だけでなく他国出身の者も多く仲間にしているが、尉繚とははじめから肌合いが合わず、仲間としていない。

そもそも昌平君らは、他国を攻めて併呑《へいどん》する政策には消極的だった。武威を示して他国を圧倒し、その国の王室は生かしておいて、秦に臣従させるだけでいいと思っている。そうでなければ、いずれは母国の楚の王室まで滅ぼすことになってしまうからだ。楚王の一族である昌平君には、耐えられない話だ。

その影響か、正も当初はさほど他国の領土に兵を出そうとはしていなかった。

これまで秦は兵を出して韓、魏、趙などの領土を奪ってはきたものの、王室同士で嫁婿《よめむこ》のやりとりをしたり、人質を交わしたりして外交関係は保ち、国そのものを潰そうとはしていなかった。

しかしいまや尉繚と正は、他国を攻めて王室を滅ぼし、その領土をすべて秦のものにするつもりになっている。秦とほかの六国との力が隔絶したいま、他国の王室をつづけさせておく意味はない、と正は考えているようだ。女を後宮にあつめるように、国をその手にあつめようとしている。

そんな中で李斯は、昌平君らとは一歩はなれて正や尉繚の考えに同調していた。楚国出身といっても、小役人だった李斯は王室にそれほど忠誠心を抱いていない。楚の王室が滅びることになっても、べつに痛みは感じないだろう。

むしろこの秦にきて、荀卿から学んだ治国の策を実践できることに魅力を感じていた。郡や県をおくことも、治国の策として好ましいと思っている。

廷尉として国内の裁判を監督する一方で、使者を隠密に諸国に派する仕事もこなさなければならず、多忙をきわめたが、おかげで諸国の事情に通じることになった。

——これも出世の道だからな。

国内と国外と両方の経験を積むのは、臣として最高の地位、丞相への近道である。忙しい、厳しいなどと言ってはいられない。ありがたいことにいまのところ、心身は快調だ。

「ところで韓非のこと、どうなった」

正に問われて、李斯は答えた。

「すでに韓には申し入れてありますが、まだ返事がありません。あとひと押しのために、軍勢を出すこともお考えになったほうがよろしかろうかと」

やはり韓非に会いたいと正が言うので、李斯は韓の宮中に使者を出したのである。

「ふむ。だれに行かせる。桓齮か」

「は。平陽に行く途中に寄らせればよいかと思います」

「ではそうしよう。大尉から伝えてくれ。なに、まともに攻めることはない。都城から見えるところに大軍をならべて脅してやればよい」

正はじつに細かく指示を出す。

——だれかが韓非の書を届けたな。

韓非のふたつの書を読んでから、正の臣下への指示の出し方が、明らかにちがってきている。おそらく「孤憤」と「五蠹《ごと》」以外の韓非の書も手に入れて読んでいるのだろう。

李斯の知るかぎりでも、韓非は数十編、十万字ほどの書を著している。ほとんどが、いかに国を治めるか、という主題について考え、古今の例をひいて道を示すものだ。正が読めば得るところは多いだろうが……。

——まずいぞ。あまり読ませるな。

韓非の書は、王が読むには強烈すぎる。あれを読まれて実行されたら、臣下はたまったものではない。

だから李斯は書を届けずにいたのだが、思慮の足りないだれかが渡したものと見える。おそらく守旧派の誰《だれ》かだろう。

「ああ、韓非の書はあれからいくつか読んだ」

と正は、李斯の胸の内を読んだように言い、李斯の顔を見てにやりとした。

「やはりいいな。頭にするりとはいってくる。早く会いたいものだ」

本当に人の心を読むのが上手な男だ。ときどきはっとさせられる。

儀式の間を出て自分の執務室へ向かう途中、李斯は背後から声をかけられた。

「これから、お世話になります」

目礼を送ってくるのは、桓齮の副将だ。たしか樊於期《はんおき》といったか。趙の情勢について、これまでに何度か打合せをした。

「なにを仰せか。度重なる出陣、苦労であります。武運を祈っております。わたくしに出来ることでしたらなんなりと。しかし大尉は尉繚どのゆえ、わたくしはさほどお役に立てぬと思いますが」

「いずれ、趙の宮中へ工作していただくこともあろうかと思いまして。そのときにはどうぞよしなに。これは桓齮将軍からの言伝でもあります」

一礼して、ゆっくりと離れていった。

それだけのことだったが、李斯は手のひらに汗を感じた。

将軍、すなわち武人という人種は、どうも好きになれない。その身にまとっている雰囲気が苦手だった。おそらく多くの人を殺してきたからだろうが、目のすわり方、落ち着いた挙措、歩き方まで、どことなく威圧感がある。

いま話したばかりの樊於期も、そんな男のひとりだ。軍歴が長いだけに、何千人、いや何万人と殺しているだろう。

宮中にいるかぎり、さほど位階が高くなく、仕事も戦いの場に出ることにかぎられている武人は、こわい存在ではない。

しかも将軍は賞罰が厳しい。

勝てば金銀や奴隷《どれい》など多くの褒賞をもらえるが、負けると責任を問われ、敗戦の理由を細かく調べられて、最悪の場合は首をはねられるだけでなく、罪が一族にまでおよぶ。

少なくとも李斯にとって、出世の競争相手ではなかった。

しかし、自分のような文官が将軍になったり、副将に任じられることもある。現に、いま韓を大軍で攻めているのは、内史——都の咸陽周辺を治める文官——である騰《とう》という男だ。

また、これから秦が他国の制覇に乗りだすと、大きな手柄をたてた将軍が出世してゆくかもしれない。

——武人のあしらい方も考えておかないとな。

と李斯は思い、頭をふりつつ執務室へもどった。

三

韓非が咸陽にやってきたのは、年が改まってからだった。

韓王の使者として函谷関《かんこくかん》を通過したと、早馬がきてから数日後、李斯は咸陽の城門まで迎えに出た。

春とはいえまだ肌に冷たい風の中、車で王宮まで同道する。

いま三十半ばの李斯より、韓非は五つ六つ年上のはずだ。

満月のような丸顔で眼《め》が細く、鼻の穴は上を向き口がアヒルのように尖《とが》っていて、一見すると愚者に見える。

中肉中背でいたってふつうの姿形だったと憶《おぼ》えていたが、いくらか肥《こ》えたようで、顎の下に肉がつき、腹が突き出ている。

総じてかなり冴《さ》えない容姿で、とても天下有数の賢者には見えない。だが、頭の中には古今のあらゆる知識が詰まっているのだ。

まずは久闊《きゅうかつ》を叙したが、そのあと話ははずまなかった。

李斯と韓非は荀卿門下の同窓生といっても、さほど親しいわけではない。何度か席をおなじくしたことはあるものの、韓非のほうが年上で、李斯が入門したころには門下の俊英としてすでに有名になっていたから、韓非には李斯など目に入っていなかったはずだ。

王宮の賓客《ひんきゃく》の間に招じ入れても、韓非は落ち着かないようすだった。

「し、秦王殿下の御機嫌は、い、いかがでしょうか」

韓非は吃音《きつおん》である。いまだ治っていないようだ。

「貴殿に会うのを楽しみにしておられます。じつは、貴殿の書をずいぶんと読んでおられまして」

というと韓非はおどろいたようだった。

「ええ。感銘を受けておられたようです。それゆえ、貴殿を使者に指名したのです」

韓非は何度もうなずいた。表情はあまり動いていないが、その気持ちは複雑だろう。

自分の書が評価されるのはうれしい。しかし、おそらくもっとも読んでもらいたくない人物に読まれ、しかも苦手な話をしなければならないのである。かなりの重圧に襲われているのではなかろうか。

李斯としては、それは大変ですね、というしかない。

「今回は、どのような話をなされるおつもりでしょうか。もしよろしければ、前もってお教えいただければ、王へよしなにはからいますが」

さぐりを入れてみた。

韓は国土もせまく、さらに西側が秦に接しているため、数十年前から秦に領土を侵《おか》されつづけてきた。いまでは都の新鄭周辺くらいしか、韓王の威令が行き届く土地は残っていない。

それでも韓王はまだ位を保っており、これまでも他国と組むなどして秦に対抗し、生き残りをはかってきた。

その韓王が息子の韓非を送ってきたのは、なにか策があってのことだろう。どんな策なのか、知りたい。

「ええ、むろん、わ、わが王からの書は持参しておりますが、国と国のあいだのことゆえ、じ、直《じか》に秦王殿下にお伝えしなければなりません」

韓非は硬い顔になって言う。

李斯は無言になった。

――やはり著作どおりの人だな。

韓非の著、「孤憤」の内容を思い出していた。それは韓非自身と思われる、遊説家の姿を描いたものだ。

韓非は「智術能法の士」、すなわち法とその運用方法を心得た人物のみが、王の危機を救えると主張する。

法で国家の運営を規定し、その法を上手にあやつってこそ、国の資産を横取りしようとする重臣たちを制御でき、王のために国を運営できる。そしてそれを王に教えられるのは、「智術能法の士」だけなのである。

ところがすでに地位も権力もある重臣たちにとって、そんな「智術能法の士」はうるさいばかりである。

だから「智術能法の士」が王の信頼を得て、国を運営するようになっても、いずれ重臣たちに恨まれ、はかられて非業の最期を遂げる。

それでもいいと覚悟していなければ、「智術能法の士」は王にその法と術を説けない、というのが「孤憤」――ひとりで憤《いきどお》っている、の意――の内容である。まことにいさぎよい書きぶりだ。

おのれを犠牲にしても王のために尽くすというのだから、これを王の立場で読んだ正が感激したのも、うなずけるではないか。

しかし韓非にしてみれば、「智術能法の士」である自分を使ってほしいのは自分の父、韓王であって、韓を侵略している秦の王ではない。なのに韓では用いられず秦で用いられるとは、まったく本意ではないだろう。

さらにいえば、「五蠹」と題した一編も、直截《ちょくせつ》な書きぶりで王の関心をそそるだろう。

五蠹の「蠹」は木喰《きく》い虫のことである。国という大木に巣くって枯らしてしまう五種の木喰い虫がいる、という意味だ。

その五種とはまず学者、とくに儒家。そして任侠《にんきょう》の徒、他国との外交を説く遊説者、王の側近、商人と職人、である。

学者は先王の道を称して弁説を飾り、王の心を乱す。任侠の徒は帯剣して徒党を組み、国法を犯す。遊説者は詐欺《さぎ》のようなもので、他国の力を借りて私欲を満たす。王の側近は賄賂《わいろ》を尽くして重臣に取り入り、ほんとうに功績のある者を斥《しりぞ》けてしまう。商人と職人は、農民の利益を貪《むさぼ》る、と韓非は書く。

よくもまあ、ここまで正直に書いたものだと思う。庶子といっても公子だから遠慮がないのだろうか。

しかし王の側近まで木喰い虫あつかいすれば、反発を受けるに決まっている。

李斯自身も王の側近なので、木喰い虫と名指された形である。

おのれが富貴になることを願って王に仕えているのだから、木喰い虫といわれれば内心ではうなずいてしまうが、表向きは絶対に認められない。王宮で生き残るために反撃せざるを得ない。ほかの四種の蠹たちも、まったくおなじだろう。

それだけ敵を作っては、通る話も通らなくなる。韓非が自国で重用されずに埋もれているのは、おそらくそのせいだ。

正と韓非との会見は、翌日におこなわれた。

広い会見の間に丞相や郎中令《ろうちゅうれい》（王の親衛隊長）など三公九卿が居ならぶ中、正がすわる玉座の前にすすみでた韓非は、跪いた上でまず玉や刀などを贈り、ついで韓王の書を正に捧げた。

儀礼がおわったのち、正はとくに韓非とふたりだけで話したいとのぞみ、韓非をつれて奥の部屋にこもった。

——さあて、どうなるかな。

李斯は部屋の外にひかえて、気を揉《も》むことになった。

韓非は吃音もあって口が重く、その著作ほどには話はうまくない。だから正が期待しているほどには話がはずまないのではないか、と思える。

一方で、韓非の知識の深さ、頭の鋭さは尋常ではないので、正がそれに気づけば、韓非への信頼は深くなるかもしれない。

荀卿の許《もと》にいたときのことを思い出す。

どういう理由だったか、韓非とふたりだけで師の話を聞く機会があった。

そのとき荀卿が話したのは、それまでに聞いたことのない説——あとで調べて墨家《ぼくか》の説だとわかったが――だった。

荀卿は儒家ではあるが、斉の国都、臨淄《りんし》の稷門《しょくもん》近くにある学園――天下の俊英があつまり、稷下《しょくか》の学園として天下にその名がとどろく――で学んだため、諸子百家のさまざまな説に通じている。その一端を披露してくれたのだが、正直に言って李斯にはさっぱり理解できなかった。

ところが韓非にはわかったらしく、熱心に聞いた上でぼそぼそと質問をしたのである。

それが的を射た質問だったらしく、師は満足そうにうなずくと、ていねいに答えた。さらに韓非が質問すると、それにも師はほほえみながら答えていた。

そのようすを見ていると、韓非と師は知識と頭の回り具合において、ほとんど対等のように思えた。なにしろ師は天下の学者があつまったという学園で三度も祭酒《さいしゅ》、つまり首席になったほどの俊英なのである。

李斯には衝撃だった。それと対等とは……。

ということは、おのれと韓非では頭の出来がかなりちがうのだ。

李斯も幼いころから読み書きも物覚えもよかったので、故郷では神童といわれたし、自身もそれなりに期するものがあった。

しかしこの瞬間、知識でも理解力でも、自分は決して天下の一級品ではない、師や韓非にはとてもおよばないと、認めざるを得なくなったのである。

そんな韓非が、いま王と一対一で話している。

もし韓非が気に入られ、側近に採用されたらどうなるか。まれにみる賢人だから、重用されるだろう。

——いや、そうはならない。おそらく韓非は愛想を尽かされるさ。

韓非は吃音の上に口が重いのだから、話をするにしても間がもたないだろう。正も、気が長いほうではないから、そのうち飽きて切り上げるにちがいない。

そこに、韓非がもたらした韓の国書がまわってきた。

さっそく読んでみると、

隣国であり、かつ秦国にこれまで臣下のように尽くしてきた韓を攻めるのは適当でない。組んでいっしょに趙を攻めるべし。

といった内容だった。

取りあげるに足らない提案である。

どうせ韓も趙も、遅かれ早かれ侵すのだ。

趙を攻めるのに韓の手助けはいらないし、韓をそのままにしておくつもりもない。

韓としては、滅ぼされるよりは秦の足許にひれ伏してでも生き残りをはかりたいのだろうが、それでは秦には何の利点もないのである。

読み終えた書を側近のひとり、姚賈《ようか》にまわした。

ふと気がつくと、陽《ひ》が西に傾いている。

韓非と正が部屋へはいってから、もう一刻《いっとき》ほどになる。

ひょっとすると話がはずんでいるのか、と訝《いぶか》しんでいると扉が開いて、正と韓非がほほえみを浮かべながら出てきた。

「いや、楽しかった。また明日も話をうかがいたい」

「き、恐悦至極《きょうえつしごく》です。明日もす、推参いたします」

韓非はていねいに礼をして、郎官に伴われて去っていった。それを正は満足げに見送っている。

李斯はふたりを交互に見ていた。

四

平陽に出陣している桓齮将軍らからは、毎日のように報告の早馬がくる。

すでに昨年、平陽付近の会戦に勝利し、十万の趙兵を殺した上、敵将軍の首を斬《き》って咸陽に送ってきていた。

嫪毐の乱などで国内がごたついていた秦にとって、久々の大勝利である。王宮の中は喜びに沸いた。

そしていま桓齮の軍は宜安《ぎあん》の城を落とし、平陽を落とす寸前まできている。平陽を落とせばつぎは趙の都、邯鄲《かんたん》に迫ることになろうと、王宮では気の早いうわさが飛んでいた。

そんな宮中で、李斯は韓非の評判をおとすべく、さまざまな手を打っていた。

まずは、うわさを流した。

韓非の宿舎から、頻々と韓に向けた使者が出立している、秦のようすを本国に流しているにちがいない、というものである。

以前、韓の間諜であると自白した鄭国とも、連絡をとりあっているようだし、本邦の役人も何人か出入りしている。おそらく金で買われて、秦の機密を伝えているのではないか、とも。

出入りしているという本邦の役人の名までは出さなかった。もちろん嘘《うそ》だからだが、それがかえってさまざまな憶測を呼んだようで、世間で流れているうちに、勝手にいくつかの名前が取り沙汰《ざた》されるようになっていた。

名を使われた鄭国も、迷惑だろう。

鄭国が造った水路はすでに完成し、鄭国渠《ていこくきょ》とよばれて活用されている。

出来てみるとおどろくほど有用な水路で、それまでわずかな作物しかできなかった水路沿いの農地が、豊かな畑地に変わった。

一畝あたり一石《せき》半（約四十五キロ）の粟しかとれなかったのに、鄭国渠ができてからは一鐘《しょう》（約百二十五キロ）、すなわち三倍近くもの取れ高になったのである。これで秦の国力はさらに強まり、大軍を国外に派遣しても兵糧《ひょうろう》に事欠かぬようになった。

鄭国は一躍有名人になったが、それだけに名前は使いやすくなっている。韓非とおなじ韓出身だけに、うわさを聞いた人々も納得してしまう。

九卿のひとりであり、しかも外国の重臣への工作を担当する李斯の下には、こうしたうわさを流すはたらきが得意な間諜がいくらもいる。うわさは着実に流れ、世間に知れ渡った。

そうしておいて、韓非のあつかわれ方をじっと観察した。

最初は毎日のように正に呼ばれていたが、しだいに間遠になって、近ごろでは五日に一度ほどになっている。

いまのところ、秦の機密を相談しているようすは見えないから、まだ正としてもあつかい方を決めかねているのではないか。

韓非はじつに博識で、古今の例をたくさん知っており、自説を補強する例としてその書のうちにあげている。

だが、実際に韓非自らが宰相として国の運営にあたった経験はない。だからその説は鋭いものの、みな机上の論ともいえる。

正もそこに気づいて、果たして使える男かどうか、判断に迷っているのだろう。

「そろそろ、つついてもいいかもしれないな」

李斯は仲間の側近、姚賈をけしかけた。

「そろそろもなにも、あやつは危うい」

姚賈も韓非にいい感情をもっていないようだ。側近として、王の好意が新参の者にうつるのはやはり嫌なものだから、当然だ。

「よし、おれが奏上してみる」

姚賈は世間に流れている悪いうわさをあつめ、さらに呂不韋と嫪毒の例をひいて、韓非を信用するな、と正に伝えた。

これは効き目があったらしく、韓非は正に呼ばれなくなった。正は用心深いところがあるから、献言の正否を判断できるまで韓非を遠ざけたのだろう。

李斯はなにくわぬ顔で、ふだん通り正に仕えている。韓非のことはひとことも口にしないでいる。

韓非が書いたものの中に「説難《ぜいなん》」という一編がある。遊説の士が君主に自分の意見を説くことの難しさと、聞き入れてもらうための心得を記したものだ。読めばいちいちうなずけることばかりで、感心してしまうが、最後にこんなことが書いてある。

そもそも龍というのは従順な生き物なので、手なずけてその背にまたがることができる。ところがその喉《のど》の下に逆鱗《げきりん》がある。龍の鱗《うろこ》の中で、一枚だけ逆向きに生えたものだ。もしこの逆鱗に触れれば、龍は必ずその人を殺す。人の中の龍たる君主にもまた逆鱗があるので、君主に意見する者は、逆鱗に触れないよう気をつけねばならない。

いまのところ、韓非が正の逆鱗かもしれないので、触れぬのが正解なのだ。

ひと月ほどして正から、韓非をどう思うか、と問われた。

「どうと申しましても、優秀な者であることはおわかりかと思いますが。なにしろあの荀卿と対等に語り合ったほどの者です。賢者というに十分です」

李斯は本音とたくらみを交えてのべた。

「それはわかるが、実際に政務についたことはないようだし、どうも口が重い。優秀であっても使えない男、というのは世に多いだろう」

「さあて、韓非にかぎってはさようなことは……」

「それに、韓にこちらの事情を漏らしている、という報告もきている。もちろん韓の使者だから、伝えるのは当然だろうが、それにも節度というものがあろう。そのあたり、調べてもらいたい。韓非が信用できる男かどうか。そしてどう遇するのがよいか、献言してくれ」

「かしこまりました」

内心でほくそ笑みつつ、表向きは慇懃《いんぎん》に礼をして、李斯は御前を去った。

——うまく嵌《はま》ってきたな。もう逆鱗の心配はせずにすむ。

当初のもくろみどおり、自分の手番がまわってきたのだ。

ここからは素早く行動しなければならない。

まずは廷尉として部下を韓非のもとへやり、間諜の罪を問い、取り調べをした。

韓非はおどろいただろう。それも、王である正の指図と聞いて、二重に衝撃をうけたはずだ。そして間諜の罪を否定するだろうが、それは織り込みずみである。本人は否定しているが、さらなる調べが必要、としておけばいい。

別に蒙恬《もうてん》という部下には、世間で流れているうわさの虚実を調べるよう指示した。

「虚実を調べるだけでよろしいのですか」

と、大柄で武骨な顔をした若者は、李斯の顔を正面から見据えて問う。その目に力があるのは、血筋のせいもあるだろう。

蒙恬の祖父は蒙驁《もうごう》といい、斉の国から移ってきた将軍で、秦の兵をひきいて韓や魏と戦うなどかなり活躍した。父の蒙武《もうぶ》も王宮に仕えていまや重職にある。

「ああ、おそらく真実が含まれているだろう。そこを見切ることができるかどうか、だ」

李斯は調書の方向を暗示した。

虚報なのはわかっているが、わずかな事実さえあれば、それを真実らしく見せる、あるいは不確かながらあり得る話とよそおうのは、簡単なことである。

しばらくすると、蒙恬はこちらの意を汲《く》んで、なんとか使える報告書を作ってきた。やはり優秀な男である。

ふたつの報告書をもって、李斯は正に奏上した。

「調べましたところ、本人は間諜の疑いを否定しておりますが、周辺を洗ったところでは、疑いを拭《ぬぐ》いきれないという結果になりました。さらなる調べが必要と思われます」

聞いていた正は、そなたはどう思うか、と問うた。ここぞと李斯はのべる。

「韓非が優秀な男であることは明らかです。ですが優秀な男が秦に忠実に仕えるとはかぎりません。韓非は韓王の子息であり、いくら秦で厚遇しても、ついには韓に忠誠を尽くすものと思われます。秦に仕えさせることは、危険以外のなにものでもありません」

正は肘《ひじ》を机について聞いている。

「といって、いま韓非は咸陽に長くとどまり、わが国の事情にも通じております。このまま韓に返しては、わが国にとっていいことはひとつもありません。まして優秀な男ですから、その見識を韓の国務に役立てるようなことになれば、わが国に不利になりましょう」

正は目を閉じた。そしてひとつ息をついて言った。

「ではどうすればいい」

「もう少し取り調べをすすめましょう。どこまでわが国の事情を知ったか、どこまで韓に伝えたか、はっきりさせた上であつかいを決めても遅くないと思います。そのためには収監し、獄吏にまかせるべきです」

牢《ろう》に入れ、拷問せよ、というのだ。

「しかし、韓非は一国の使者だぞ。そんなあつかいをする法がわが国にあるのか」

正は冷静だ。李斯は一瞬、詰まった。

「この際、やむを得ません。法の網を少しひろげてもやるべきです」

ここまできたらもう引けない。法をゆがめろとは、廷尉として言うべからざることだが、かまってはいられない。

正は考え込んだ。静かに時がすぎてゆく。

——どこまで読んでいるのか。

この男は人の心の内を読むのが上手だ。自分の内心を悟られていないかと、李斯ははらはらしながら見守る。

正は目をあげた。目があって、李斯ははっとした。薄く嗤《わら》っているではないか。

正は、こちらの心の内を見透かしている。李斯にはそれがはっきりとわかった。

冷や汗が出たが、正は抑揚のない声で言った。

「まかせる。そなたを信じているぞ」

つまり、もう韓非は用なしということなのだ。正は、韓非から吸収できるものは吸収し尽くしたと判断したのだろう。

これで韓非の運命は定まった。

さっそく蒙恬に韓非を捕縛させた。

「まことに遺憾《いかん》ですが、王の命令でして、わたくしにもどうすることもできません」

縛られ、青い顔をしている韓非を、李斯は牢舎にたずねてなぐさめた。

すでに夏が近い。盆地にある咸陽の夏は、鍋《なべ》で煎《い》られるような暑さを覚悟しなければならない。まして、風の通らぬ牢舎の中は大変だ。

「こ、これから、ど、どうなるのか」

たずねる韓非に、李斯は答えた。

「正直に自分のしたことをのべればいいのです。秦の法によって裁かれます」

「し、しかし、先日、そ、それは終わったではないか。わ、わたくしはありのままを、の、のべたぞ」

「足りない、と王は判断されたのです。これからは、少し手荒い目に遭うかもしれません。ですから、もしお辛《つら》いときは、これを」

李斯は小さな竹筒を手渡した。韓非は不思議そうな顔をしたが、

「飲めば、すぐに楽になれます」

と言うと、わかったようだ。細い眼を一瞬、見開いた。

「わたくしにできることは、この程度です。せめてもの友情です」

そう言って、李斯は足早に韓非の許から去った。

「あの者、咸陽においておくな。どこでもいい。王宮から離せ」

李斯は蒙恬に命じた。正には韓非のことを忘れてもらいたい。そのためにはまず、咸陽におかぬこ

とだ。

「では雲陽《うんよう》（咸陽の西方の町）に牢舎がありますので、そこへ送りましょう」

「それでいい。なにか韓非が言っても、絶対に取りあうな。牢にとどめて拷問しろ」

と厳命した。ここできっちりと始末をつけておかねば、と思っていた。

それから旬日の間に、職務にいそしむ李斯のもとへ、韓非から書が送られてきた。王に上奏してほしいとの断り書きがついている。嘆願書のようだ。

——釈明して牢を出ようとしても無駄だ。

どんな泣き言をならべて哀訴しているのかと思い、封を切って読むと、「貪欲《どんよく》とは何か」と題してある。

その昔、晋《しん》の国が六つに割れたとき、知伯瑤《ちはくよう》という卿《けい》が趙・韓・魏の三国をひきいて残る二つの国を滅ぼした。しかし知伯は欲を出し、趙・韓・魏からも領地を奪おうとしたため、かえって三国に裏切られ、軍が敗れてその身は死し、領地は三分されて天下の笑いものとなった。ゆえに曰《いわ》く、

「貪欲すぎると国を滅ぼし、身を殺す元となる」

そんなことが書かれていた。

李斯は鼻白み、しばし考え込んだ。貪欲な知伯とは、これから韓や魏などを呑《の》み込もうとしている

正をあてこすったものか。

こんなものを正に見せても、罪が許されるどころか、むしろ怒りを誘うだけだろう。韓非はなにを考えているのか。

――命乞《いのちご》いをするつもりはないのか。

学者として見あげた姿勢だとも言えるが、李斯には不愉快だった。泣き声をあげれば少しは同情してやるものを、牢の中から説教するとは。

「能法の士は、必ず強毅にして勁直なり」という「孤憤」の一節が思い浮かんで、ますます不快になった。

「こんなもの、無用だ」

その竹簡の文字を小刀で削り、まっさらにしてしまった。無論、正に伝えるつもりもない。

しばらくすると、韓非がみずから命を絶ったとの報告があがってきた。

牢内で、李斯が渡した毒薬をあおったのである。

公子の韓非には、汚い牢に入れられての拷問など耐えられぬことだったのだろう。夏の暑さも応《こた》えたかもしれない。もちろん、それを見越して毒薬を渡したのだが。

――まったくあなたの書いた通りですね。

李斯は「孤憤」の内容、とくに智術能法の士の行く末について思い出していた。

彗星は、咸陽の空からいつの間にか消えている。

秦の軍勢には、彗星は凶兆だったようだ。趙を攻めていた桓齮はいったん平陽と武城を平定したが、そこへ攻めかけてきた趙の将軍、李牧《りぼく》と戦い、敗れて命を落とした。

多くの兵を失ったばかりか、副将の樊於期までが責任を問われるのを恐れてか、逃亡してしまった。

正は怒った。

「法に照らして処罰せよ」

と命じたので、李斯は秦に残っていた樊於期の一族を処刑し、樊於期の首に賞金をかけて天下に告知した。これで樊於期は隠れるところもないはずだ。

やはり武人は出世争いの敵ではないと思う。

その後、韓非の死を知った韓王は、秦への臣従を申し入れてきた。

いまさら遅い、と正と李斯は話し合った。

一度は敗れたものの、これから軍をおおいに増強し、秦は天下を平定するのだ。韓はその最初の生《い》け贄《にえ》になるだろう。臣従など許さない。

近いうちに韓は滅ぶ。しかしその公子、韓非の書は、名著として今後も長く伝えられるだろう。

その最初の受益者が、韓を滅ぼすであろう男、正だというのが皮肉だが。

太子の刺客

一

燕《えん》国は、戦国七雄のうちもっとも北方にある国である。

その都は薊《けい》といい、中原《ちゅうげん》の北端にあって、西と北に険しい山地をのぞむ。分厚い城壁に囲まれ、北に王宮と貴族たちの屋敷が、南には庶民の住む町がある。

短い夏が終わりかけ、風が涼しくなったある日、町中にある酒場で男三人が酒を酌《く》みかわしていた。

ひとりは小柄で細い眼《め》をしており、脇《わき》に筑《ちく》という、長さ四尺（約九十センチ）ほどの木製の台に弦《げん》を張った楽器をおいていた。高漸離《こうぜんり》といい、筑の名手として聞こえている。

向かいにすわる、毛皮の袖無《そでな》しを羽織った男はこの地の遊び人。その横にすわる男は長身痩軀《そうく》で、顔は陽《ひ》に灼《や》かれて赤く、髭《ひげ》が頰《ほお》と顎《あご》をおおっている。目には不思議な落ち着きがあり、大きな声で天下国家を論じていた。

「とにかくな、秦《しん》の暴戻《ぼうれい》は目にあまる。このままでは天下は秦のものになってしまうぞ。そうしたらおれたちも、みな秦王の下で畑を打たねばならなくなる」

男は荊軻《けいか》といい、遊説の士として諸侯に説いたこともあるほどで、その声はよく通り、言説は鋭い。少し前に滅んだ衛《えい》の国の者で、読書と撃剣をこのみ、諸国を遊歴してその地の賢人や豪傑とまじわってきた。いまはこの燕にきて、田光《でんこう》先生の客となっている。

「秦は韓《かん》を滅ぼした。つぎは趙《ちょう》だ。そうなれば燕もあぶないぞ。ここにいるみなも秦王の手にからめとられ、法に縛られてものも言えなくなるんだ！」

酔うほどに荊軻の声は大きくなり、言葉は激していった。

「そんなことが許されていいのか！　王宮に人は多いのに、憂国の士はいないのか！」

荊軻は目を赤くし、自分の言葉に酔ったようにますます過激な言葉を吐く。

数日前、秦が趙に攻め込んだとの報が薊にもたらされていた。聞いた燕の君臣は、みな憂いに包まれた。秦と趙では力の差がありすぎるので、趙の滅亡は眼前に迫っていると思われたのである。といっても燕にはなすすべがない。趙に援軍を送っても秦の猛威の前には無益だし、かえって秦に燕を攻める口実を与えるだけだろう。

燕王の喜《き》は、秦とは親交を結んで逆らわぬ方針でいたから、趙が攻められてもようすを見ているだけで、動こうともしなかった。

だがもし趙が倒れたら、つぎに秦は燕に攻めかかるだろう。いまの燕は虎が隣家を襲い、家の者を食い散らしているさまを壁越しに聞いているようなものだ。

やがて高漸離が、竹の撥《ばち》で筑の弦を弾《はじ》いては弦を張ったりゆるめたりしはじめた。

調子がととのったところで、高漸離は筑を弾きながら歌いはじめた。嫋々《じょうじょう》とした筑の音色に、あたりはしんとなる。

「よし、おれにも歌わせろ」

つぎに荊軻が歌う。終わると遊び人が大袈裟《おおげさ》に拍手する。

三人は筑を鳴らして代わる代わる高歌放吟し、互いに拍手しては歌いつづけ、最後には感極まったように泣き出した。まるで周囲に人がいないかのような振る舞いである。

そうして薄暮に至ったころ、三人はようやく酒場をあとにし、荊軻は世話になっている田光先生の屋敷にもどった。ここの離れを借りて寝泊まりしているのだ。

めずらしいことに、いつもは誰《だれ》もいないその部屋に、田光先生の下僕がきていた。

「お待ちしておりました。田光先生がお呼びです。すぐにお越しください」

下僕につれられて、荊軻は赤い顔のまま母屋にゆき、田光先生と会った。

「よく来られた。まずは楽になされよ」

田光先生は侠客《きょうかく》の大立者《おおだてもの》である。多くの舎人《けらい》と豊かな財をもつ。表向きは他国と商売をし、裏では不正なことにも手を染めていて、舎人には盗みや人殺しを平気でする者もまじっている。国の高官とは密《ひそ》かに手を結んでいるので、徴税吏には手が出せない。そんな存在でもあった。先生と敬《うやま》われているだけに、老齢ながら背も高く、声に威がある。荊軻に椅子《いす》をすすめた。

「じつは今日、王宮へ呼ばれましてな、太子にお会いしてまことに重大な話をいただきました」

「王宮で太子と。それは大変なことですね」

どんな話だろうかと、荊軻は訝《いぶか》った。俠客は世間をはばかる存在で、王宮とは関《かか》わりがないはずだ。

田光先生は淡々と、意外なことを言った。

「この国について、あなたと話がしたいそうです。明日にでも王宮に行ってください。そしてわたしのことも、伝えてください」

そう言って田光先生は短刀を手にした。

二

そのころ、秦と趙の国境にある山塊《さんかい》の中で、秦の大軍が滞留を余儀なくされていた。

軍の屯営《とんえい》の中央、柵《さく》で囲まれた内陣のひときわ大きな建物に、将軍の本営がある。

本営には作戦参謀《さんぼう》の「謀士《ぼうし》」、天候を予測し時日の吉凶を占う「天文」、地理をしらべ行軍や宿営を管理する「地理」、兵糧《ひょうろう》を管理する「通糧」など、将軍に仕える羽翼《うよく》の臣が詰めている。こうした者たちを手足のごとく使って、将軍は十万の大軍を動かすのである。

将軍の王翦《おうせん》は豊かな戦歴を誇る武人で、がっしりした上体に鋭い目をもつ。ただし六十に近い年齢は隠せず、額は抜け上がり、残った髪も髭も半ば以上白くなっている。

王翦はいま、部屋中央の大きな机に広げてある絹布に描《か》かれた絵図の前に立ち、腕組みをしている。

秦は昨年、中原の国である韓の王、安《あん》を虜《とりこ》にし、領土をことごとく手にして秦の領土、潁川郡《えいせんぐん》としてしまった。

いま秦は、韓の北にある趙をも呑《の》み込むべく大軍を発し、三手に分かれて攻め込もうとしている。

大将の王翦がひきいる主力は、国境の山地の北方から井陘《せいけい》という地を抜けて平原へ進軍しようとし、楊端和《ようたんわ》を大将とする軍は山地の南方から、そして羌瘣《きょうかい》の軍勢は王翦軍よりさらに北方から、それぞれ趙の領土へ侵入し、都の邯鄲《かんたん》をめざしていた。

だが王翦の軍は、主力でありながら国境からなにほども進めずにいる。

秦から趙の井陘口へ至るには山間《やまあい》の隘路《あいろ》を通らねばならないが、その出口に趙の大軍が待ちかまえていて、出てくる秦軍を打とうとしているのだ。

もちろん、王翦もじっとしていたわけではない。突破口を開くため先遣隊を出すのだが、出すたびに趙の将軍、李牧《りぼく》の手勢に撃破されていた。

全軍で攻勢に出ようにも、せまい井陘口を突破できる目途が立たないため、やむなく手前の隘路に軍をとどめているのだ。

絵図には井陘付近の地形とともに、自軍と敵の位置がしめしてある。

王翦の軍は、山地を東西につらぬく一本の細い道の周辺に散らばって布陣していた。

その先に大小三つの城邑《じょうゆう》――井陘城とその属城――がある。

敵の趙軍はこの三つの城邑を根拠地として抗戦している。王翦の軍は井陘城の前にある小さな城を囲んだものの、敵軍の士気はおとろえず、城は抵抗をつづけていた。

「わが軍を恐れぬとは、やはり大将を信じているということか」

王翦の横に立つ腹心（副将）の蒙武《もうぶ》は首をひねっている。蒙武は腹心といっても王からこの軍につけられた五十年輩の男で、父の蒙驁《もうごう》は将軍であったものの、自身は宮廷勤めが長く軍務の経験は浅い。

「趙兵は秦軍を恐れているのではなかったのかな」

いまから三十年ほど前、趙と秦は韓の国の一部をめぐって争いになった。当時、趙は秦とほぼ互角の戦いができるほど国力があったのだ。

互いに大軍を送って戦ったが、長平《ちょうへい》という山間の地で趙軍は秦軍に包囲され、糧道を断たれて敗戦。全軍四十万人が降参したところ、秦軍はこれを生き埋めにして殺してしまった。生き残ったのはわずかな少年兵だけという、ほぼ完全な皆殺しである。

一挙に四十万の兵――一部、韓の兵もまじっていたが――を失った趙は、そののち国としての勢いを失い、反対に秦はますます強盛になった。邯鄲もそのときに一度、秦軍に包囲されたほどである。

以来、趙は秦に押されつづけている。趙の民も心に恐怖を植え付けられてきたはずだ。

「李牧が大将軍として赴任したと聞こえてきております。とあれば、敵兵が奮《ふる》うのも無理はありますまい。こちらもよほど気を引き締めてかからないと」

謀士が蒙武に教えた。

「李牧か。強敵とは聞いておるが」

うなずいた蒙武は、謀士らに問いかけた。

「李牧の手並みを教えてくれ。戦績、よく使う戦術、人となりなど、なんでもいい。知るかぎりのことを聞かせてほしい」

この数年、趙の将軍李牧は秦軍と戦ってきた。しかし文官であった蒙武はうわさには聞いていても、多くは知らないのだ。

「三年前、わが軍が番吾《ばんご》を攻めたとき、李牧が出てきてわが軍を打ち破りました」

兵法（戦術担当の参謀）のひとりが言う。蒙武は問うた。

「そのとき、李牧はどんな手を使ったのか」

「あらゆる手を使いました。絶道（兵糧攻め）はもちろんのこと、火戦（放火作戦）、突戦（奇襲）、疾戦（速攻）、そして最後は孤立したわが軍を倍する兵力で押し込み、正面から打ち破りました」

蒙武は眉《まゆ》をひそめた。

「そんなことができる将軍がこの世にいるのか。ふつう、突戦が得意な者は突戦ばかりやろうとする。疾戦が得意な者はじっくり組み合う戦いは苦手だと聞く。なのに李牧はすべてを十全《じゅうぜん》にできるというのか」

「おそらく、長年のあいだに多くの戦場を踏み、戦術に熟達したのかと」

「まことであれば、恐ろしい敵だな」

「番吾の合戦の前には、わが軍は赤麗《せきれい》と宜安《ぎあん》を攻めましたが、これも李牧によって破られております。そのときは桓齮《かんき》将軍が討たれました」

「それは聞いている。そうか、あのときの敵将か」

蒙武は顎髭をなでた。桓齮将軍が討たれ、そのあとを継いだ副将の樊於期《はんおき》が、責任を問われることをおそれて逃亡した。いまや樊於期はおたずね者になっている。

「李牧将軍は、もともと趙の北の国境を守っていたとか。匈奴《きょうど》を相手に戦って、腕前を養ったのでしょう」

兵法の言葉に、蒙武はうなずいた。

「なるほど。匈奴を相手にしたのなら将軍として鍛えられるはずだ。百戦錬磨《れんま》の将軍というべきかな」

「おそらくそういうことだろうな」

それまでだまって聞いていた王翦が言う。

「相手に不足はない。ひとつ百戦錬磨の将軍を打ち破ってやるか」

「ああ、いや」

蒙武は手をあげた。

「それより、よき策がございます」

「よき策？　敵将を打ち破る策か」

「は、打ち破るより前に敵を破る策にございます」

王翦は疑わしそうな目になった。

「……どうするというのだ」

「李牧が手強《てごわ》き敵なのは明白。なれば正面から当たるのではなく、敵自身に始末させましょう」

「……」

「李牧は賢将なれど、趙国の王は賢いとはとてもいえませぬ。贅沢《ぜいたく》を好み、甘言ばかりの臣に囲まれて暮らしております。この王を動かし、李牧を大将軍の地位から引きずり下ろせば、わが軍は……」

「待て。どうやって趙王を動かすのだ」

「知れたこと。王のまわりの佞臣《ねいしん》に金を与えて、李牧の悪口を吹き込みます。謀叛《むほん》をくわだてていると言わせるのが、一番効くでしょうな」

王翦は露骨に不快そうな顔をしてみせた。

「そんな手を使わずとも、わしは李牧を打ち破ってみせる」

「おお、そうしてわが軍は李牧に何度も打ち破られてきました。大将軍は桓齮将軍の二の舞を演じたいのですか」

「だまれ！」

王翦は一喝して蒙武の口を封じた。

「……失礼、いたしました」

「まだ緒戦だ。初めから相手にびくついていてどうする。わしは堂々と取り組んで、李牧を下してみせるぞ。以後、その話は出すな」

「……はい」

「下がってよい」

蒙武は一礼して姿を消した。謀士たちも王翦から離れていった。

——せいぜいひと月かな。蒙武が口を閉じているのは。

ひとりになって、王翦は考えに沈んだ。

副将である腹心は、将軍がもっとも頼りとする部下だから、長いつきあいの部下がつく役のはずだった。しかし今回の戦役では王から腹心を押しつけられていた。

つまり腹心は王の見張り役でもあるのだ。

さいわいここまで、蒙武は王翦の邪魔になるような振る舞いはせず、王翦を支える役に徹してきた。そのため何ごともなくきたのだが、戦いが行き詰まるようすを見せるようになると、蒙武もどう出るかわからない。

兵士の前では絶対的な力をもつ将軍といえど、王に仕える身である。戦いに負ければ罰を受けねばならないし、その前に王に無能と思われれば、大軍を率いる地位を奪われる。王翦は自分の身の安否を考えざるを得ない。

一番いいのは、すみやかに李牧を倒してこの井陘の隘路を抜けることだ。そうすればあとは趙国の都、邯鄲まで行く手をさえぎる城もない。間諜《かんちょう》をはたらかせる必要もなくなる。

しかしそうした戦功をあげられないとなると、別の手を考える必要がでてくる。

もし敵の大将軍李牧を間諜を使って除こうとするなら、王翦が王に工作してくれと頼まねばならない。間諜を使いこなすのは、王の役目だからだ。秦国ではそういう制度になっている。

だが、王には頼みたくない。

秦の都、咸陽《かんよう》において王の正《せい》と会見したのは、半年ほど前のことだ。

呼び出しをうけ、広い宮殿の中の正殿を避けて別殿に案内されたとき、出征の令《れい》が下るのだと悟った。

「長いあいだ趙国と戦ってきたが、いまや趙国は衰え、みずから滅びようとしている。この際、軍勢を出して一気にその都まで落とそうと思う」

と玉座から告げた王は若いが、賢くまた度胸もすわっている。その点はいいのだが、猜疑心《さいぎしん》が強い。

出征が決まると斧鉞《ふえつ》の親授式——王から将軍に斧《おの》と鉞《まさかり》を渡し、全権を委任すると宣する儀式——があるものだが、今回それはなく、かえって腹心に王の側近をつけられた。

全権を渡すが、つねにこちらの動きを監視し、場合によっては口をはさむということだろう。

兵をあつめるための虎符《こふ》も渡されたが、なにやらすっきりしないままに出征することになった。あの王に無能と思われたくはない。

「とにかく、まずはあの城を落とす。それも急がねばならん」

王翦は目を閉じた。

三

「なに、田光先生が亡くなっただと！」

燕の宮殿を訪れて、太子の丹《たん》と会った荊軻が、あいさつもそこそこに切り出した話に、丹は仰天した。

「太子閣下は田光先生に、『わたしの話したことも先生の話も、国の大事ゆえ他にお漏らしなさらぬように』と念を押したそうですね。それを気にされたようです」

と荊軻が言う。

丹はまだおどろきが去りやらず、口をあけたまま荊軻の顔を見ているばかりだ。

数日前、秦軍が趙に攻め込んだとの報に接した太子の丹は、心配して太傅《たいふ》（王を助け導く師として国政に参与する、最高位の臣）の鞠武《きくぶ》に相談した。しかし鞠武にもいい智恵《ちえ》はないようだった。

「秦は国土も広く民は多く、兵器甲冑《かっちゅう》もたっぷりもっております。秦が外征しようと思えば、わが国もどうなるかわかりません。だからわが国は東西の諸国と連合し、北は匈奴と和を講じて、秦にあたるほかはありません」

というのだが、それができれば苦労はしない。

斉《せい》や楚《そ》、魏《ぎ》などは秦をおそれて合従策には乗り気でなく、いっしょに戦えそうにない。匈奴と和を講じるのもさまざまな犠牲がともなうし、そもそも急場には間に合わない。

「それではいたずらに日時を費やすだけだ。なにか別の智恵はないか」

と問うと、鞠武はいささか投げ遣《や》りな調子になり、

「そのようなものがあれば、どの国も秦に侵《おか》されはしますまい」

と言った。

じつは丹は、秦の横暴を止める秘策をもっていた。考えに考えぬいて、これしかないという策を思いついたのである。

その秘策を、

「ではこうしたらどうか」

と鞠武に告げた。確実に秦を鎮《しず》められるが、実行するのはひどく困難な策である。案の定、鞠武はおどろき、腕を組んで考え込んでしまった。

「そのような策をやりおおせる者は、朝廷にも軍にもおりません」

といい、なおなにか逡巡《しゅんじゅん》していたが、やがて踏ん切りをつけたのか、

「田光先生という方がおられます」

と切り出した。

「智恵が深く沈勇、ともに国事を語るにふさわしい人物です。このお方とお話しされてはいかがでしょうか」

という。

「田光？　それは何者か」

聞いたことのない名前に問い返すと、田光先生というのは任俠の徒だという。多くの舎人と若いころからの武勇伝をもち、その道では大立者として通っているらしい。

任俠の徒は、世間ではならず者と呼ばれて遠ざけられているが、仲間内では義理堅く、ひとたび盟を結んで約束すれば裏切ることはないから、ここ一番というときに頼りになる、とも鞠武は言う。

「そんな者を頼らねばならぬのか」

丹は嘆息した。この国の法の元締めである王宮が、法を犯す者を頼りにするとは、あってはならぬことである。

「ほかに手はありませぬ。先生の力を借りなされませ」

太子といえど尊大にかまえず、誠意を尽くして話せば力になってくれるだろう、と鞠武は言うのだ。

ひと晩熟考したが、軍や王宮に人がいないとなれば、ほかに手はない。心を決めて丹は田光先生を宮殿に招いた。果たして田光先生は招きに応じた。

丹はみずから出迎え、跪《ひざまず》いて席の塵《ちり》を払うという最大限のもてなし方をし、上座をおりてそばに寄ると、そっと秘策を打ち明けた。

「燕と秦の二国はならびたつこと能《あた》わず。どうか先生のご配慮を願います」

田光先生は静かに聞いていたが、やがてうなずき、口を開いた。

「駿馬《しゅんめ》の壮《さか》んなときは日に千里を駆けるが、老衰すれば駑馬《どば》にも先んじられるといいます。太子はわたくしの壮んなころのことを聞いておられるのでしょう。いまはとてもその任に耐えません。とはいえ、老齢を理由に国事をおろそかにはいたしません。わたくしの友に荊軻という者がおります。これこそお役にたちましょう」

聞けば荊軻は遊客だが、人となりは沈着冷静、しかも頭も回り、凡庸《ぼんよう》な者ではないという。

「生国の衛が秦に滅ぼされたので、荊軻は秦王を恨みに思ってもいるでしょう」

どうやら秘策を託すにふさわしい人物のようだと思えたので、ぜひ紹介してくれ、と丹は願い、承知した田光先生が荊軻を宮殿へ送り込んできたのだ。

その田光先生が、先ほど喉《のど》を突いて自害した、と荊軻は告げたのである。

「たしかにわたしは田光先生に、話を漏らさぬようお願いした。それがどうして……」

丹は信じられぬというように荊軻に問うた。荊軻は答える。

「田光先生は、太子閣下に疑われたと思ったのです。人に疑われるようでは俠客とはいえない、と申しておりました。『わたしはすでに死んだので、国の大事が漏れることはないと言上してくれ』とのお言葉でした。田光先生は立派な俠客です」

丹は両手で顔をおおい、嗚咽《おえつ》を漏らした。そして跪き、田光先生の住まいの方角を何度も遥拝《ようはい》する

と、

「俠客がそれほどまでに信義を重んじるとは知らなかった。わたしが田光先生に他言せぬよう頼んだのは、大事を成し遂げたい思いばかりからだった。田光先生が死ぬのは、わたしの本意ではない！」

と叫んだ。

荊軻はそのようすを無言で見ていた。

しばらくして荊軻が席に着くと、丹は落ち着きをとりもどし、上座を下りて荊軻に向かい、頭を下げた。

「田光先生はわたしの至らなさを咎《とが》めることもなく、あなたを遣わしてくれた。これぞ天がわが燕国を憐《あわ》れみ、見捨てていないしるしでしょう」

荊軻は小さくうなずきながら話を聞いている。

「ご存知のように秦は韓王を虜にしてその領土をうばい、いま趙を攻めております。天下の土地を奪い尽くし、海内の諸王を臣下にするまでその欲は尽きないでしょう。趙が負ければ燕に災いがおよぶのは避けられません。燕は弱小で、国を挙げて戦っても秦にとてもおよびません。諸侯も秦をおそれ、あえて合従する国もありません。そこでわたしは考えました」

丹は言葉を切り、荊軻を見た。荊軻は茫洋《ぼうよう》とした顔つきで丹を見返しただけだった。

「まことの天下の勇士を得て、これを秦につかわし、秦王と対面した上で脅して、諸侯の失地を回復するよう頼むのです」

軍勢同士の戦いでは勝てない以上、もはやこれしか手段は残っていない、と丹は言う。

「その役をわたくしに？」

荊軻がたずねる。丹はうなずいた。

「ええ。お願いしたいと思っております」

「頼んだとて、とてものこと、秦王は聞かぬと思いますが、その場合は？」

「もし聞かなければ、その場で刺し殺してもらいたい」

荊軻は目を見開いた。丹の顔には汗が浮いている。

「王が死ねば、秦の将軍と軍勢は国外にいるので、国内に叛乱《はんらん》が起きましょう。その隙《すき》に乗じて諸侯の合従ができれば、秦は攻められて滅亡し、燕は助かります」

荊軻は首をふって言う。

「しかし使者は、どうあっても助からない。その場で斬《き》り殺されるか、捕らえられて酷《むご》い刑罰に処されるでしょう」

丹は荊軻に向かって頭を下げた。

「これがわたしの策であり、願いですが、この使命を託せる人物を知らないのです。卿《けい》よ、なんとかわが意を汲《く》んでいただけませぬか」

荊軻は目を閉じ、しばし考えていたが、

「これは国の重大事です。わたくしは非才で、おそらくは使命を果たせないでしょう」

と答えた。

「お願いだ。聞いてくだされ。これ以外に燕が生き延びる道はないのだ！」

丹は荊軻の袖をつかみ、幾度も頭を下げた。

荊軻は大きく息をつき、宙を見ている。

四

王翦は、本営の中でいらいらと膝《ひざ》をゆすっていた。

本営につぎつぎと報告があがってくるが、みな敗軍を告げるものだった。

——見事にしてやられた。

支城を落としたあと、井陘城を包囲して攻めていたのだが、李牧のひきいる趙軍が城を助けにきたので、その誘い出しにのって主力の兵を出した。ところがこれが罠《わな》で、主力は城から出てきた趙の騎兵に背後を衝《つ》かれ、挟み撃ちにされて大敗を喫してしまったのだ。

はじめから兵を出すべきではなかったし、出したあとの指揮もまずかった。まったくいいところなく敗れてしまった。

これではまるで、李牧将軍に子供あつかいされたようではないか。

「小川から西の城壁は、しっかり囲んで封じ込んでいたつもりだったのですが」

謀士が言い訳をする。

「まさかあれほどの騎兵が出てくるとは」

城門は柵《さく》で囲い、さらに押さえの兵を配ってあったが、柵は城門から出てきた衝車《しょうしゃ》によって壊された。敵の歩兵によって押さえの兵も打ち破られたあと、数千の騎兵が出てきて、東へ向かった秦軍主力のあとを追った。

騎兵を阻もうとした秦軍は、その勢いに対抗できずみな蹴散《けち》らされ、あとから出てきた歩兵によって大半が討たれた。趙軍の騎兵はそのまま東にすすみ、趙の大軍と激戦を繰り広げていた王翦の秦軍主力を背後から襲った。

敵と戦っている最中に後方から襲われてはたまらない。秦軍主力は崩れ立ち、退却にうつったが、趙軍に追撃されて多くの兵を失った。

「やはり李牧はあなどれぬ敵だな」

王翦はつとめて平静をよそおい、つぶやいた。

実際、大軍同士の戦いでも自在の駆け引きをするかと思えば、籠城《ろうじょう》していても守るばかりではない。まったく油断ならない将軍だ。

「どれほど兵を損じた」

「まだくわしくわかりませんが、おそらく数万の兵を失ったかと」

王翦は控えめにため息をついた。この場にいる部下たちにも、責任を感じさせねばならない。

「兵だけではありません。せっかく築いた高臨《こうりん》（土台を高く盛りあげて、その上に城壁より高い櫓《やぐら》を立て、城内を攻撃する拠点）も、多くは壊されました」

敗れた秦軍が兵を退《ひ》いた隙に、城の周囲も趙軍にすっかり掃討されてしまったという。

「井陘城攻めは、一からやり直しか」

また進軍が遅れてしまう。そもそもこの戦いの目的は、井陘城ではない。趙の都、邯鄲を落とすことなのに、その手前で足踏みをつづけていてはどうにもならない。

「もう一度、城攻めの策を作れ。明日までに具申せよ」

謀士たちに命じておいて、王翦はひとりで部屋にこもった。

李牧のほうが、将軍としての経験でも手腕でも自分より一枚上手のようだ、と認めざるを得ない。これまで秦軍がさんざん苦しめられてきたはずだと思う。

では、自分よりすぐれた将軍を相手にして、どう戦うのか。

野戦におびき出すか。

いや、野戦になっても勝てるとは限らない。今回のようにうまく引き回され、わけのわからぬうちに負かされるかもしれない。

――こいつは、目覚ましい策が必要だな。

あまりやりたくないが、ここに至ってはやむを得ない。

意を決して、王翦は蒙武を呼んだ。蒙武はすぐにやってきた。まるで呼ばれるのを待っていたかのようだった。

「以前に勧められた話だが、やはり頼もうかと思う」

「と申しますと？」

蒙武は首をかしげた。わかっているくせに、こちらの口から言わせたいようだ。少々いらついたが、折れることにした。

「間諜を使う件だ。王宮に頼まねばならぬ」

「それがよろしいかと存じます。策はいくつもあったほうが、敵を振りまわせます」

「そうだな。ではさっそくやってくれ。どうする。そなたが自身で王宮へ使いしてくれるか」

「わかりました。私が行って、よく説明をしてまいりましょう」

「ああ、そうしてくれ。くれぐれも王の機嫌を損じぬようにな」

「承知しております」

蒙武は一礼して下がると、翌朝早く馬に乗り、王宮のある咸陽へと旅立っていった。


井陘から咸陽へは二千里（約九百キロ）、馬で急いでも十日以上かかる。

秦の王、正は、王宮の一室で執務していた。

今年三十一歳の正は、二十歳前後のころにくらべて太り、顎の下にも肉がついてきている。目の下の黒い隈《くま》は、このところ荒淫《こういん》がつづいているからだろう。後宮の寵姫《ちょうき》はふえつづけ、数十名に達している。公子や公主（王女）も十人以上産まれていた。

正は、巻いてある木簡《もっかん》の封泥《ふうでい》をとり去って紐《ひも》を切り、ひろげた。

とある者を南陽《なんよう》郡の郡守に任命するかどうかの決裁をもとめる木簡に、決裁の署名をしようとしたとき、執務室の帳《とばり》の外で声がした。

「はいってよし」

盛大にたくわえた顎髭の中から、正はややしわがれた大きな声を発した。

宦官《かんがん》がしずかにはいってきて、蒙武が王との面会をもとめていると告げた。

「蒙武が？　もどってきたのか」

執務を邪魔されたのは不快だが、戦場からの報告をもたらす者には、何をおいても会うことにしている。

「わかった。虎頭《ことう》の間につれてゆけ」

短く指示すると、決裁の署名をして正は席を立った。

虎頭の間は王宮の中ほどにあり、臣下の者との密談に使われる。入り口の上の壁に虎の顔が描かれていて、そのため虎頭の間と呼ばれていた。

正は奥の扉からはいり、蒙武が跪いて拱手《きょうしゅ》し、腰を折っているのを見つつ、玉座についた。

「面をあげてよい。報告せよ」

蒙武はわずかに顔をあげると、正を見ないようにしつつ、王の健康を祝し面会の労をかけることを謝する文句をすらすらとのべ、のちに戦況を語りはじめた。

「わが軍は井陘にまで進出しましたが、そこの城に行く手を阻まれ、三月あまりもほとんど進軍できずにおります」

蒙武は戦いのようすをこまかくのべようとしたが、正は止めた。

「よい。兵の手だては将軍にまかせてある。それより今日、ここへもどってきた理由はなんだ」

蒙武はまた拱手拝礼すると、意に染まぬことを言った詫《わ》びをくどくどとのべ、正をさらにいらつかせてから本題にはいった。

「ふむ。李牧を将軍の座から引き下ろしたいのだな」

いざ本題にはいってしまえば、話は簡明だった。

「はい。わが軍の兵の損耗《そんもう》を避けるには、それがもっともよい手段かと」

「李牧が名将なのは聞いている。そうか。王翦も手を焼いているのか」

迷う話ではなかった。

「わかった。そのようにしよう。下がってよいぞ」

蒙武を下がらせると、正は李斯《りし》を呼んだ。李斯はすぐに来た。

「いま、蒙武からこんな話があった」

だから趙の王宮に入っている間諜に指示せよと言うと、

「まことによいお考えにございます。すぐに手配いたしましょう」

と李斯は請け合い、瘦《や》せた体を折って一礼した。

「できるか」

「無論でございます。郭開《かくかい》という者がおります。あの者に趙の王宮の中で李牧の悪口を広めさせましょう。謀叛を企んでいるとするのがいいでしょう。ただしかなりの金を積まねばなりません。難しいことだけに、まず三万金は要りましょう」

李斯は各国に間諜をやしなっている。

「わかっている。金は惜しむな。望むだけ与えろ。そして一日も早く李牧を始末するように言え」

間諜にどれだけ褒美《ほうび》をやろうが、十万の兵を一年養うことを思えば安いものだ。

「また地図がふえるな。楽しみだ」

正は近ごろ、ふえた領土の地図をあつめて悦に入っている。王宮の一隅に地図を飾る部屋を作ったほどだ。

「では、頼むぞ」

「かしこまってございます」

と李斯は拱手し、うしろを見せずに下がっていった。

五

秋も深くなり、燕の王宮にも落ち葉が積もるようになっている。

太子丹は、趙から帰った使者の報告にわが耳を疑った。

「もう落ちたのか！」

「は。邯鄲は落城、趙の王は囚われの身となっております」

使者は言う。信じられなかった。あまりにも早い。あの大きな城が、趙の都が、ふた月ともたなかったとは。

「どうやら秦は、趙の宮廷に間諜をしのばせ、李牧将軍の抹殺をはかったようです」

使者の報告は、秦のおそろしさをはからずも描き出していた。

名将とうたわれる李牧将軍は、国境で秦の大軍を抑えこんでいた。そのままなら秦も容易には邯鄲に迫れなかっただろう。

だが趙の幽穆王《ゆうぼくおう》は、秦の間諜にそそのかされ、李牧将軍が叛乱をくわだてていると思い込まされてしまった。そこで将軍を解任し、邯鄲にもどるよう命ずる使者を李牧将軍の陣に出した。

百戦錬磨の李牧将軍には、これが秦の繰り出す手だとわかったのだろう。王に弁明の機会を与えてくれと言って、命令を拒んだ。

すると使者は、李牧将軍をその場で斬り殺してしまった。こうした事態を予見していた間諜によって、「王命を聞かねば誅殺《ちゅうさつ》すべし」と命じられていたのである。

李牧と交替した将軍は無能で、あっという間に秦軍の突破を許してしまい、国境の趙軍は壊滅。南から進撃してきた楊端和の別働隊とともに秦軍は邯鄲に迫った。

そうなると、すでに大軍を国境に出していた趙に、邯鄲を守るすべはなかった。

「趙の太子は北の代《だい》の地に逃げたようですが、もはやどうにもなりますまい」

「で、秦軍はいまどこに」

「まだ邯鄲にとどまっております。いずれ北方へ抜けて易水《えきすい》のわが国境に迫るでしょう」

使者の報告を聞いたあと、丹はしばし呆然《ぼうぜん》としていた。

いよいよ燕の滅亡が近づいている。

こうしてはいられない。

丹は衣服をととのえて外出し、宮殿近くの瀟洒《しょうしゃ》な屋敷に車を寄せた。

そこには荊軻が住んでいる。

丹に懇願され、荊軻は秦へ刺客として行くことを承知していた。いまは丹によって上卿《じょうけい》に任じられ、広大な屋敷と車馬、美女そして豪華な馳走《ちそう》を与えられて日々を過ごしていた。

丹は屋敷の門をはいった。美しい筑の音色と、それに合わせて歌う荊軻の声が聞こえてくる。

歌え、汝龍《なんじりゅう》たりし日々を
酌《く》め、我が美酒を偕《とも》に
悠々《ゆうゆう》たる蒼天《そうてん》、
久久《きゅうきゅう》、相忘《あいわす》るる莫《な》かれ

屋敷の広間で、荊軻は昼酒を飲みつつ歌っていた。

となりで筑を撃ち、嫋々とした調べを奏でているのは高漸離だ。

いくらかあきれつつ、丹は邯鄲が落城したことを荊軻に告げた。

「もはや猶予はありません。秦の大軍はすぐにも燕に迫るでしょう。早く出立していただけませんか」

すでに鋭利な匕首《あいくち》を百金で手に入れ、荊軻に渡してある。毒薬を匕首の刃に塗り、それで罪人を傷つけ、効き目も試した。ほんのひと筋の傷をつけるだけで、死なぬ者はなかった。

準備はできているのだ。

すると荊軻は丹を別室にさそい、ふたりきりになると言った。

「もとより申しあげようと思っていたところです。早くせねばなりません。ところで太子は秦の王に会うのに、なにか手だてをお考えですか」

「いや、別段、何もしていないが。燕の使者といえば会えるのではないかな」

丹の言葉に荊軻は首をふった。

「それではよくて丞相《じょうしょう》どまりでしょうな。確実に秦王に会える手だてを講じなければ、秦に行っても無駄です」

「では……、どうするおつもりで？」

「樊於期将軍が、こちらにおられますね」

荊軻は意外な名前を出した。丹はおどろきながらもうなずいた。

「……ああ。わたしがかくまっている」

数年前、李牧に敗戦した責任を問われ、秦から逃亡してきた樊於期を、丹は保護していた。窮して身を寄せてきた者を見捨てるわけにはいかない、という義侠心もあったが、じつは丹自身も秦から逃げ出してきた経験があったので、他人事《ひとごと》とは思えなかったからでもある。

丹は幼いころ趙で人質となっていたが、そのときおなじく人質となっていた秦王の正と、年頃《としごろ》が近いこともあり、よく遊んでいたのである。

その後、正が帰国して秦王となったので、顔見知りの丹が人質として秦におかれた。小国の燕としては、強国秦に外交使節をおいておく必要があったのだ。

幼なじみ同士だから、大切にあつかわれて外交の相談などもあると期待していたのだが、正はとくに親しみも見せず、相手にもされなかった。まさに人質以外の何ものでもない待遇しか与えられなかったのである。

人質といっても太子であり、燕を代表する人物として秦にきたつもりの丹には、耐えがたい屈辱だった。

たまらず、丹はひそかに秦を抜け出て、燕まで逃げ帰ってきたのだ。

だから秦に対する恨みもあり、臣下の者に「秦に燕を攻撃する口実を与える」と諫《いさ》められても、樊於期を守り通してきたのである。

荊軻は言う。

「将軍の首には金千斤と一万戸の食邑《しょくゆう》が、賞としてかかっているのをご存知でしょうか」

「……そのようですね」

丹が答えると、荊軻はおどろくべきことを言った。

「樊於期将軍の首を持参し、それに燕の督亢《とっこう》の地の地図を添えて献上すると伝えれば、秦王はわたくしでも会ってくれるでしょう」

督亢の地は燕国の内部にあり、肥沃《ひよく》で知られる。その地図を差し出すということは、領土として献上するという意味になる。

丹は一瞬とまどったが、あわてて首をふった。

「いや、それはなりません。樊於期将軍はわたしを頼って逃げてきたものです。窮した者をこちらの事情で打ち捨てるわけにはいきません。なんとか別の手だてを考えていただきたい」

困惑する丹を、荊軻はじっと見ていた。

丹が帰ったあとで、高漸離が荊軻に話しかけた。

「どうしてまた、損な役目を引きうけたんだい」

「一国の太子に頭を下げて頼まれたんだぞ。引き下がったら男じゃない」

答える荊軻に、高漸離は言う。

「行けばまず生きては帰れないんだろ。燕のために死んでやるほどの義理はないんじゃないかな。今夜にでもこっそり逃げたら？」

小柄で物静かな高は、細い眼をさらに細くして心配そうに荊軻を見る。

「そうともかぎらん」

荊軻は盃《さかずき》を傾けながら言う。

「秦王を殺さずとも、匕首で脅して、諸国の領土を放つと約束させればいい。多くの臣が見ているだろうから、いったん口にしたら約束は破れない」

「そんなの、無理だよ」

高は首をふる。荊軻は言う。

「いや、その昔、曹沫《そうばつ》という男が大国斉の桓公《かんこう》を匕首で脅して、小国魯《ろ》の領土をとりかえしたって話がある。脅されてでも一度約束したなら、強い者ほど守らねばならんからな、できないことではない」

読書家の荊軻は、その故事を知っていた。だから引きうけたのである。

「秦王に近づき、つかまえて匕首を突きつければ、それでこちらの勝ちだ。そこまでなら成算がある。まあ九死に一生のことだろうが、うまくいけば生きて帰ってくるさ」

荊軻は盃を干した。


そのころ、正は邯鄲にきていた。

邯鄲は、正が生まれた町である。

父の荘襄王《そうじょうおう》が人質として趙にいたとき、呂不韋《りょふい》の愛人である踊り子を請いうけ、産ませたのが正だった。九歳までいたのち、母とともに秦に引き取られて邯鄲を去ったのである。

邯鄲の町を囲む城壁は、南北十一、二里（約五キロ）、東西七里（約三キロ）ほど。その東南には王城と呼ばれる離宮がある。

正が乗る車は、南門をくぐったのち、多数の騎馬と戦車に守られて町の大道をゆく。

城の中心には、民衆の家や作業場が群がり建っている。

城内の中ほどを東西に流れる沁河《しんか》を渡ると、王宮に近づく。正は、町場と王宮のあいだのこの地域で暮らしていた。

正は車に揺られながら、町のようすを眺めていた。

町の景色からは、なんの感興も湧いてこない。懐かしさも親しさも、色も香りも感じられない。

生まれ故郷であっても、愉快な町ではなかった。

趙は秦に領土を侵略され、何十万という兵を殺されていたから、その都で秦の王子の息子が歓迎されるはずはなかった。母とともに、ただ息をひそめるように暮らしていたのである。遊び相手もあまりなく、日常は灰色に閉ざされていた。

公子という立場と、人々に憎まれ、危険を感じながら暮らす日々に、どうやら自分は他の者とはちがう特別な存在らしいと、幼い心に感じたことを憶《おぼ》えている。

自分の住んでいたあたりを一瞥《いちべつ》すると、正は車を回すよう命じ、城外へ出た。

しばらく行くと、荒野に数十人の人々が立たされていた。縛られてはいないが、兵たちが見張っており、逃げられなくなっている。

車から降りた正は、そこにいた郎中《ろうちゅう》のひとりから説明を聞いた。

「お名指しのあった家の者たちは、みなあつめております」

というので、連れてきていた母太后の古くからの侍女を、確認に差し向けた。

侍女はひとりひとりの顔を見て、より分けをはじめる。

「おや、久しぶりだね」

「ああ、あんたはいいよ」

あつめられた人々は、ふたつに分けられていった。

正は、母太后から聞いていた。

邯鄲で踊り子をしていた母は、秦の王子の妻になったことで、秦を恨む住人たちから疎《うと》まれ、いじめられたと。面と向かって罵《ののし》られるくらいは軽いほうで、水を掛けられたり石を投げられたりもしたらしい。

子供のころのことで、正はあまり憶えていないのだが、そういわれてみれば思い出すこともあった。とすれば許してはおけない。王の威信を穢《けが》すことになる。

そのころ母と正が住んでいたあたりの住人が、みな一ヵ所にあつめられているのだ。

「終わりました。あちらがみな太后閣下をいじめた者たち。関《かか》わりのない者たちはみな帰しました」

と侍女が言う。

ざわめいている数十人の者たちを眺めてから、正は兵を指揮する郎中に低く沈んだ声で命じた。

「みな阬《あなうめ》にせよ」

この報を聞いた燕の太子丹は、震えあがった。

秦王・正は、そういう酷薄な性格の持ち主なのだ。恨みは忘れず、必ず復讐《ふくしゅう》する。またそれだけの力もある。

自分が秦から逃げ出したことも憶えているに違いない。そして樊於期をかばったことも。

もし燕が攻められ、降参する事態になったら、さっそく正は自分を処刑するだろう。

たまらず丹は荊軻を急《せ》かした。樊於期のこともあり、まだ出立していなかったのだ。

「秦軍は易水に迫っております。もはや猶予もなりません。どうか出立していただきたい」

荊軻は落ち着いた調子でこれを聞き、もう二、三日待っていただきたいと申し出た。

やむなく引き下がった丹のもとに、二日後、荊軻から使者がきた。

樊於期が死んだという。

あわてて樊於期の屋敷に飛んでゆくと、血の海の中に倒れている樊於期の姿があった。その傍らに荊軻が立っている。

「わたくしから将軍にわが策を伝えました。こうすれば秦の王を倒せると。すると将軍は、それこそ自分が望むことだとおっしゃって、たちまち喉《のど》を切り裂いたのです」

丹は言葉もない。樊於期の遺体に取りすがり、泣いて死を悼むしかなかった。

「将軍の志を無駄にしてはなりません。首を切りとって塩とともに桶《おけ》に入れ、太子の印で封じてください。この季節ですから、ひと月やふた月はもつでしょう」

と荊軻は乾いた声で言う。

そのあとも副使の人選でひと揉《も》めあった。丹は燕で有名な勇士、秦舞陽《しんぶよう》という男——十三歳で人を殺したという——をすすめたが、荊軻は自分の知り合いを伴いたいと思っていたのだ。しかし知り合いは旅に出てなかなか帰ってこない。丹の強い望みによって、やむなく秦舞陽を副使として出立することとなった。

太子や事情を知る者たちは、みな白装束（喪服）で見送りに出る。易水のほとりに来ると、そこの道祖神に旅の安寧を願い、冬空の下で別れの盃を酌みかわした。

ここで高漸離は筑をとりだした。調子をととのえると、荊軻に歌をうながす。

荊軻は悲哀の調子で歌をうたう。見送りの人々はみな頭《こうべ》を垂れて聞いている。

最後に荊軻は、声を張りあげてうたった。

風は蕭々《しょうしょう》として易水寒し
壮士ひとたび去って復《ま》た還《かえ》らず

「利を貪《むさぼ》り、大欲とどまるところを知らぬ秦王め、おまえのせいでどれだけの人々が不幸になっているか、どれだけ恨みを積もらせているか、思い知らせてやるぞ！」

うたい終わると、荊軻は怒りにまかせて叫んだ。見送りの者たちも賛同する。そして荊軻は車に乗り、ついにふり返ることなく去っていった。

六

正は玉座にあって、側近の蒙嘉《もうか》から話を聞いている。

「燕より使者がきました。燕は、王の威光に震えおののいております」

蒙嘉はそう切り出した。

「ゆえに軍勢を出すことなく、国をあげて秦に下り、諸侯となって貢ぎ物を奉り、先王の宗廟《そうびょう》を守りたいと願っております」

「そういう手はよくあるな」

正は蒙嘉の言葉をさえぎった。

「韓も一時はそんなことを言ってきた。しかしのちに他国と組んで逆らったではないか。燕もおなじで、言葉巧みに時を稼ごうとしているだけだろう」

正に言われて蒙嘉は恐懼《きょうく》したように一礼したが、さらにつづけた。

「韓のことは知らず、燕については信じてもよいかと思われます。というのは、樊於期の首を持参してきているからです」

「樊於期？　あの者を斬った、と申しているのか」

「御意。さらに燕の督亢の地図も持参し、ふたつとも献上したいと申しております。願わくば王のお指図を賜らんことを」

「ふむ。そなたはどう思う。請けてよいのか。どちらも欲しいが、罠ということもある」

正は傍らにいた李斯にたずねた。

「樊於期将軍の首が届くのなら、わが法が厳正に執行されている証拠となります。嘉《よみ》すべきでしょう。督亢も、よい土地です。請けてもよろしいかと存じます」

李斯の言葉に正はうなずき、

「では使者と会おう。支度をせよ」

と命じた。

その日、咸陽の王宮は門から掃き清められ、儀典の行われる大広間には、賓客《ひんきゃく》に対する礼儀として、丞相以下の重臣たちがすべてそろっていた。当然、重臣の吏僚《りりょう》たちも出席し、大広間は隅々まで人で埋まっている。

燕の使者、正副のふたりは広間の中央に待機させられている。ふたりは広間に入る前に、佩《は》いていた剣をとり上げられただけでなく、厳重に衣服をあらためられ、身に寸鉄も帯びぬ姿にさせられていた。手にした贈物の桶と小箱も、もちろんあらためられている。

王が玉座に着くのを待っていると、やがて楽士が荘厳な曲を奏しはじめた。それが終わると一同は立ち上がった。

十二本の旒《りゅう》をつけた冕冠《べんかん》をかぶり、朝服《ちょうふく》に威儀を正した王・正が上座の壇上右手から出てきて、ゆっくりと玉座につく。

儀典長の声がかかり、一同が跪いて拝礼した。

「燕国の使者、すすまれよ」

声に応じ、ふたりの使者が前後して上座の階《きざはし》へとすすむ。正使の荊軻が首のはいった桶を、副使の秦舞陽が地図の小箱をささげ持っている。

ふたりのうち、秦舞陽のようすがおかしい。顔色が真っ青で、唇が震えている。

階の前にきたとき、秦舞陽は体まで震えはじめ、ついに歩けなくなった。

群臣たちが不審に思う中、荊軻はうしろの秦舞陽をふり返って笑顔になり、言った。

「北方蛮夷《ばんい》の卑賤《ひせん》の者ゆえ、はじめて天子に拝謁するのに震え畏《おそ》れております。願わくばこの無礼をお許し願いたく。また使者の儀を御前にて全うさせていただきたく、つつしんで希《ねが》い奉ります」

堂々たる物言いに、ざわついていた座は静まった。

「されば地図をとりだし、ここに広げて見せよ」

と正は命じた。早く地図を見たい、と顔に出ている。

荊軻は地図の小箱をとりあげると、階をあがって壇上の玉座の前に進みでた。

「は。御意のままに」

小箱から地図をとりだし、うやうやしく正に捧げる。

それは絹布の巻物だった。

正は、荊軻の前で巻物を開いてゆく。

彩色された絵図がつづく。山があり川が流れ、田畑が緑で描かれている。

なるほど豊かな土地だなと思って見てゆくと、最後になって細長く青光りするものがあらわれた。

巻物の芯《しん》にしては不思議なものだと一瞬、気をひかれて手を止めた。

しかしそれは芯ではなかった。

匕首！

と思った途端、正は袖をつかまれ、引っ張られた。匕首はすでに荊軻の手にある。

「秦王閣下。お話があります」

しっかりと袖をつかんだ荊軻が、匕首を正の喉元に突きつけつつ、落ち着いた声を出した。

「どうぞこれまでに強奪した諸国の領土を……」

正は反射的にのけぞり、立ち上がった。はなすまいと、荊軻は袖をにぎる手に力をこめる。朝服が引き伸ばされた。

布の裂ける音が大広間に響く。

荊軻の手は袖をつかんでいるが、正の体は二、三歩向こうにはなれていた。

袖がちぎれたのだ。

「無礼者、なにをする！」

正は腰の剣を抜こうとした。だがあわてて鞘《さや》をつかんでしまった。

抜けない。

そこに匕首をもった荊軻が襲いかかってくる。

正は飛びのき、壇上を逃げた。柱を楯《たて》に荊軻をかわす。荊軻は追う。正は剣を抜こうとするが、飛びのいた拍子に鞘ごと背に回ってしまい、つかめない。

時ならぬ壇上の騒ぎを、あつまった重臣たちはただ傍観していた。

秦の法では、壇上へは臣下の者は許しを得ずには上がれないし、また尺寸の武器も帯びることを許されない。法を犯せば、その結果は死罪である。だから王が剣をもった刺客に襲われているのに、だれも壇上に登ろうとしない。

「者ども、なにをしている。こやつを討て！」

正は叫ぶ。

警護の郎中の者たちは剣を手に階下で見ているだけだったが、正の呼びかけに応じ、はじめて壇上にあがってきた。だが剣をもてないので、素手で荊軻にうちかかっては匕首で刺されて倒れている。

逃げ回る正を荊軻が追う。

だれかが荊軻の顔に袋を投げつけた。それがあたって荊軻はしばし立ちすくんだ。

「王よ、剣を背負いなされ！」

との声が聞こえた。正ははっと気づき、手を背に回して肩越しに剣を抜いた。

抜けた。

そのまま荊軻に斬りつけると、剣先がその左腿《もも》を切り裂いた。荊軻は尻《しり》もちをついて倒れた。そのとき、荊軻は匕首を正に投げつけたが、あたらなかった。

正は夢中で荊軻に斬りつける。額を割られ、指を切り落とされて血まみれになった荊軻は、柱によりかかり、足を投げ出して笑った。

「わが事、成らず。王を脅し、秦の奪った土地を返す約束をとりつけて、燕の太子に復命するつもりだったからな。殺すつもりならとっくに成就している」

とうそぶいた。それが荊軻の最後の言葉となる。壇上から蹴り落とされた荊軻は、郎中たちの剣に切り刻まれて絶命した。

趙にいて満を持していた王翦に、燕攻略の命令がとどいたのは、その十日ほどあとのことである。兵も増員するから、早く燕を攻め潰《つぶ》せという。王の燕への怒りははなはだしい、との使者の言葉もついていた。


「世の中にはたいした男がいるものだな」

荊軻のことを聞いた王翦は、感心してつぶやいた。たったひとりでこの強大な秦に立ち向かったのだから、その意気は買わねばならない。

「自分は安全なところにいて、刺客を送り込んだやつは感心しないが」

「太子の丹ですな。捕まえて王の前に引き出せば、よろこばれるでしょう。それにしても、王は強運の持ち主であられますな。匕首をもった相手に迫られて、傷ひとつ負わぬとは」

蒙武は感心したように言う。

「そのとおりだな。さあ謀士どもに作戦を練らせろ。手柄に飢えた兵どもが待っている。われらも強運の王にあやかろうではないか」

王翦の本営はまた忙しく動きはじめた。

老将は去れ

一

燕《えん》の都、薊《けい》は、厚く高い城壁と頑丈な門に守られた巨大な城塞《じょうさい》である。

いまその城壁と門の周辺は、砂塵《さじん》がうずまき、怒号と悲鳴と矢音が響き合っている。

王翦《おうせん》がひきいる秦《しん》の大軍に囲まれ、攻められているのだ。

その長大な城壁にいくつもの雲梯《うんてい》（攻城用の長い梯子《はしご》）がかかり、兵が蟻《あり》のようにむらがり登ってゆく。城壁の下からは、援護の弩《ど》兵が城壁上の兵をねらって鋭い矢を飛ばす。

城門には大きな衝車《しょうしゃ》が、兵たちに押されて突っ込んでゆく。その尖《とが》った先端が門扉《もんぴ》にあたるたびに、木が軋《きし》む異様な音が響く。

秦軍は猛獣の群れと化し、城に襲いかかっていた。

王翦は、二頭立ての戦車にのって軍勢の中を移動しつつ、麾下《きか》の将兵たちを督励《とくれい》してまわっている。

「いいか、今日一日で落とせ」

王翦が将兵たちにかける言葉は決まっている。

「そのために一年以上もかけてきた。今日落とせなければ、わが軍の恥と思え」

言葉のとおり、秦王・正《せい》の命令をうけて以来、王翦はじっくりと燕国の攻略に取り組んできた。

趙国《ちょう》を攻め破ったのが、一昨年のことである。

趙の将軍、李牧《りぼく》が趙王の命令に背いたかどで斬《き》られてしまうと、交替した凡庸《ぼんよう》な趙将の軍を打ち破るのには手間もかからなかった。李牧が死んでからわずか三ヶ月で、都の邯鄲《かんたん》を落として趙王を虜《とりこ》にし、趙の領土を奪ったのである。

趙の太子の嘉《か》は代《だい》の地へ逃げて王家を保ち、抵抗する姿勢を示しているが、もはや秦を撃つだけの力は残っていない。

趙を破った大軍は帰国することなく、そのまま北に向かって燕に攻め込むことになった。

燕の太子丹《たん》から刺客を向けられ、危うく一命を落とすところだった秦王・正から、

「燕国を攻め潰《つぶ》し、太子丹の首をとるまでは帰ってくるな」

との厳命をうけたのである。

命を狙《ねら》われた怒りで激昂《げきこう》している王の命を受けた王翦は、しかし急がなかった。いったん趙国内で軍勢を休め、失った兵士をおぎない、十分に兵糧《ひょうろう》をたくわえてから燕に向かった。

戦いに際しては、どんな敵に対しても慎重にのぞむのが王翦の流儀だったから、ゆっくり動いても

べつに不思議なことではないが、このときの王翦は特にゆっくりしていた。

別の思惑を抱えていたからである。

――もう、先が見えている。

燕は、小国である。おそらく一年もかからずに滅ぼせる。するとあと残る敵国は斉《せい》と楚《そ》しかない。いまの秦の力をもってすれば、数年で天下を統一するだろう。

となると、将軍は用なしになる。

「飛鳥《ひちょう》尽きて良弓《りょうきゅう》かくれ、狡兎《こうと》死して走狗《そうく》烹《に》らる」

ということわざを知らぬ王翦ではない。自分の身の振り方をどうするか、そろそろ考えねばならないと思っていた。

いまの王、正は切れ者だが、あまりに切れすぎて自分を恃《たの》む心が強く、人の意見を聞かない。猜疑《さいぎ》心《しん》も強い。暗殺されそうになったため、いっそう人を信じなくなっているようだ。

そういう主君に仕えるのは危険である。邪魔者あつかいされる前に、うまく身を引かねばならない。

そんなことを考えつつ、王翦は軍をひきいて燕へと向かった。

国境の易水《えきすい》のほとりで燕の軍勢と一戦してこれを蹴散《けち》らすと、燕の領土深く侵入し、まずは遠巻きに薊を囲んだ。

どんな城であれ、兵たちだけでなく、住人の老弱男女がみな力を合わせて戦いにのぞめば、簡単には落ちない。ましてや国都のような大きな城邑《じょうゆう》は、大軍で囲んでも、城壁に手をかけることさえ容易でないものだ。

王翦はそれがわかっているので、まずゆるく囲んで薊へ兵糧がはいるのを止め、それから城壁の外にある柵《さく》や濠《ほり》などの障害物をのぞいていった。

そしてだんだんと軍勢を近づけ、城門の周囲を柵で囲んで城兵が出られないようにすると、つぎに城壁の近くに高臨《こうりん》を築きはじめた。

もちろん攻城用の兵器、雲梯や衝車、大型の弩なども作る。

薊は孤立無援なので、秦の城攻めの準備がととのってゆくのをただ見ているしかない。矢を飛ばして、高臨造りを邪魔するくらいがせいぜいだった。

一方で、副将の蒙武《もうぶ》は咸陽《かんよう》の正と相談の上、燕の王宮にはいりこんだ間諜《かんちょう》を使って城中で叛乱《はんらん》を起こそうともした。しかしこれは未然に防がれてしまった。少なくとも王の周辺の兵は、忠誠心も戦意も旺盛《おうせい》のようだ。

準備がととのったところで、王翦は慎重に攻めはじめた。

まずは高臨から火矢《ひや》を飛ばす。城壁より高い櫓《やぐら》から射る火矢は、風にのって城内の町にとどき、火事を起こす。

そうかと思えば夜、城中が寝静まった頃合《ころあ》いをみはからい、突如として喊声《かんせい》をあげ、太鼓や鉦《かね》を打ち、住人たちをあわてさせて眠れなくする。

また城内から見えるように穴掘りをはじめ、地下から城中へ侵入しようとする意図を見せて脅す。

そのあいだに大声の者を使って、城中の兵たちに寝返りをうながしもした。寝返って城攻めに協力すれば褒美《ほうび》を与えるが、でなければ城を落としたあと、城中の者たちは皆殺しにする、と宣告したのである。

「わが軍に味方しようとする者は、石に名を書いた文を結びつけ、夜中に城壁の外へ投げよ。けっして悪くはせぬであろう」

と結ぶその宣告は、城中を動揺させようとするものだが、一定の効果はあって、夜ごとに城外へ投げられる石が多くなっていった。

そうして幾重にも揺さぶりをかけた上で、城内の者の弱り方を見定め、ころはよしと総攻めにかかったのである。

夜明けから攻めはじめた秦軍は、陽《ひ》が高くなるころ、南の城壁の一角を確保することに成功した。そこに雲梯をあつめて兵をつぎつぎと送り込み、城壁上の守兵を追い落とす。そうはさせじと、城兵たちも南の一角にあつまってくる。城壁上の戦いがはげしくなり、斬られて地面に落ちてくる兵がふえた。

兵の屍《しかばね》が折り重なってゆくが、秦軍の攻勢はゆるまない。

南の城壁を攻めているのは、王翦麾下の李信《りしん》という若い武将だった。若いだけに向こう見ずで、引くことを知らずに攻めたてる。

「いまぞ。敵はあわてているぞ。すべての面から攻め登れ！」

と王翦は号令をかけてまわった。秦軍は十万を超える大軍である。城兵が南面にあつまって手薄になったところを狙い打つだけの余力がある。

しばらくして、秦軍の衝車が東の門を打ち破った。

秦兵が群がり、破れた門扉を押し広げてゆく。城兵が矢を集中するが、倒されても秦兵はあとからあとから押し寄せてくる。

とうとう門を乗っ取ってしまった。

東門攻めを受け持っていたのは王翦の息子、王賁《おうほん》である。こちらもまだ二十代の若さで、父親譲りの軍略と壮《さか》んな血気をそなえ、武将として頭角をあらわしつつあった。

秦兵が喊声をあげて城中に侵入してくるのを見て、城兵たちの士気は一気に下がった。

城壁上で秦兵の攻めを防いでいた城兵は、背後から矢をうけることとなった。

東門の近くにあった町に火がかけられ、黒煙が天に昇る。それは燕の敗亡を告げる狼煙《のろし》でもあった。

城内のあちこちで寝返りがはじまった。秦に味方する、と称して味方を討つ一団があらわれ、それが徐々に勢力を拡大してゆく。

こうなると、もう城兵たちは指揮官の命令を聞かなくなる。逃げ出す者、寝返って秦軍に味方する者とばらばらになり、秦軍の侵入を防ごうとする者はいなくなった。

城内へ押し入った秦軍は、寝返った燕の兵を引きつれ、城の北半分を占める王宮へと向かう。

王宮は高い城壁と堅固な門をそなえ、それだけでひとつの城となっている。

「待て。勢いだけで攻めかけては痛い目にあう。ようすを見てゆるりと攻めはじめよ」

とみずからも城内へはいった王翦は命じたが、その前に、一番手で王宮前に到達していた李信が攻めかけていた。

王宮の城壁からは防ぎの矢が飛んできて、易々《やすやす》とは落ちそうにない。

これを見た王翦は、まず城内を平定することを優先した。王宮以外の地域を押さえ、反撃の芽をつんでおいてから、新たに備えをたててゆっくり王宮を攻めようとしたのだ。

城内は広い。隅々の町まで兵を派遣し、抵抗する者は容赦なく殺していった。

そうしているあいだに、気がつくと城外が騒がしくなっている。

なにごとかと思っていると、城外にいた蒙武から伝令が飛んできた。

「ただいま北門より、戦車をふくむ数百騎が駆け出し、北へ向かって逃走しております！」

と言うではないか。

「おお、囲みが手薄になっていたか」

王翦はうなった。東門が破れたので、城を囲んでいた兵たちが東側にあつまってしまい、北の門の押さえがおろそかになったのだ。

北門は王宮につながっている。ということは、逃げたのは王とその一族、それに親衛隊だろう。

「それで、追ったのか！」

「逃げた一団はみな騎馬か戦車で、われらの兵は追いつけません」

王翦は渋い顔になった。城を囲む兵は、ほとんどが歩兵である。馬の足にはかなわない。といって手をこまねいているわけにはいかない。誰かに追わせねば。

王翦は李信を呼んだ。

王宮を攻めていた李信は、北門から王の一族が逃げたと聞いて、自分の膝《ひざ》を掌《てのひら》で打ってくやしがった。

「追わせてください。必ずやつかまえて見せます」

と王翦に迫る。王翦も、もとよりそのつもりである。ただしそれはかなり危険な仕事になる。

「わかった。しかし相手は騎馬だ。そなたも騎馬でないと追いつけぬぞ。それにここは敵地だ。大丈夫か」

王翦は李信に念を押した。

騎馬の兵は少ない。王翦の全軍からでも追跡に回せるのは、せいぜい千騎だろう。その少ない兵で敵地深く侵入することになる。並みの武将なら尻込《しりご》みするところだ。

「もちろん、千騎もあれば十分です。さっそく命令をお出しください」

ためらいもなく言い切った李信は、追跡の準備をすべく王翦の前を去った。

二

咸陽の王宮で、正は絹布に描《えが》かれた絵図に見入っている。

周囲には丞相《じょうしょう》、大尉《たいい》、御史《ぎょし》大夫《たいふ》の三公と、李斯ら側近の重臣がはべっていた。

「つぎは楚か」

「一番の大物ですな」

丞相の王綰《おうわん》があいづちを打つ。

「しかしいまなら、秦にかなう国はありませぬ。一、二年でけりがつきましょう」

正は絵図を見たままうなずいた。以前より顎髭《あごひげ》をいくらか短くしてあるが、太って顔にも肉がついたせいか、重々しく見える。

いまや秦は韓《かん》と趙を滅ぼし、燕の都、薊も落とした。燕の王と太子は逃げて遼東《りょうとう》の城に籠《こ》もったが、領土はほぼすべて失ったから、もはや反抗する力は残っていない。

あとは魏と斉と楚の三国である。

このうち魏は領土のほとんどを秦に奪われ、残るのは都の大梁《たいりょう》だけになっている。いま趙と燕を攻め滅ぼした王翦の軍のうち、一部を息子の王賁がひきいて大梁を囲んでいるので、近いうちに陥落し、魏の王朝は滅亡するだろう。

斉は後まわしにしてもよい。中原の東の端にあって遠いし、斉王の建《けん》は、以前に咸陽まできて朝貢したことがあるほどで、秦と友好を保ち、他の五国が秦に侵されても助けようともしなかった。また宰相《さいしょう》の后勝《こうしょう》をはじめ重臣たちは、みな李斯《りし》の手引きで賄《まいない》を受けとって骨抜きになっている。討とうと思えば手もかからず討ち果たせるだろう。

となるとつぎの標的は南方の大国、楚ということになる。

「趙を討つのには、三人の将軍が三十万の兵をひきいて一年かかった。燕はそのあと王翦ひとりが一年足らずで潰《つぶ》した。楚を討つには、やはり三十万と一年か」

「楚は大国ゆえ、もう少しかかるかもしれませぬな」

「そうかな。大国とはいえ……」

正は額に手をあてた。

「多くても三十万ですませたい。あまりに戦役がつづくと、民が疲れるからな」

聞いていた李斯は、おやと思った。民のことを心配する正の言葉を、果たしてそのまま理解していいものか。

いま、外征に使える兵は六十万ほどだ。多くても三十万の兵とは、もしその将軍に背かれても、まだおなじだけの兵があって対抗できる、というところから来ているのではないか。

「兵数は、将軍と相談せねばなりませぬ」

李斯は言った。兵がどれだけ必要かは、将軍の考えによる。

「そうだな。さあ、将となるのはだれだ。推挽《すいばん》せよ」

戦いの勝敗は、将軍の能力によるところが大きい。だれを将軍として楚に差し向けるのか。これは重要なことだ。

じつは将軍の候補となる者を、別室に待機させてある。幾人かに絞り込まれたら、すぐに呼び入れて話をする予定である。

「いや、お言葉ですがその前に」

と昌平君《しょうへいくん》が声をあげた。

「いかがでしょうか。楚を攻める前に、楚王を説得してみては。よろしければ、わたくしがまいりたいと存じます。領土を秦に割譲し、臣従するよう、説き伏せてきます」

正は首をふった。

「またそれを言うか。楚王を生かしておいて、どんな得があるというのだ」

「まず、秦の兵を損じずにすみます。楚は大国なれば、攻めれば多くの兵を失いましょう。説得すれば、一兵も失わずにすみます。それで広大な領土を獲得できるのなら、試みても無駄ではありませぬ」

「楚は何度も秦を攻めた。その恨みを忘れるわけにはいかぬ」

「海のごとく深い寛恕《かんじょ》の心でもって、恨みを恩で返すことこそ、王者の態度かと存じます」

昌平君は言葉を尽くして正を説得しようとしている。だが正は薄笑いをうかべて言った。

「楚王を虜にし、目の前に跪《ひざまず》かせて謝らせる。それが孤《こ》ののぞみだ」

これで昌平君は言葉をのんでしまった。ひと息おいて拱手《きょうしゅ》拝礼し、下を向いた。

あきらめたほうがよい、と李斯は胸の内で昌平君に語りかけた。正は、そういう男だ。自分の欲望に忠実で、欲しいと思ったものはしつこく追い求める。いったん思い込んだら、他人の言うことに耳を貸さない。

それにしても、と思う。嫪毒《ろうあい》の乱のときの、あの素直で従順だった正は、どこへ行ったのか。人は変わるものだとはいえ、助けをもとめて卑屈にさえ見えた正は、いまや片鱗《へんりん》さえ見えない。職務に熱心なのは変わらないが、それ以外は変わりすぎだ。

いや、あの姿は演技で、いまの正こそが本当の姿なのだろう。

そう、正は演技がうまいのだ。天性のものかもしれない。みな演技にだまされて正に力を貸し、あとで正体に気づいてぞっとする。そのときにはもう、正の力は強大になっていて、逆らえなくなっている。正に六国征服を吹き込んだあの尉繚《うつりよう》も、いつの間にか逃げ出していなくなっていた。

——それでも……。

李斯は思う。自分はうまく正とやっていけるようだ。なんとか荒馬を、いや龍を乗りこなしてやろうではないか。

「さあ、だれだ、将軍にふさわしいのは」

と正が話をもどした。

「まず第一には王翦どのでしょう」

丞相の王綰が言った。見事に趙と燕をほろぼして昨年、凱旋《がいせん》してきている。国内で一番の将軍だろう。その手腕はだれもがみとめている。

しかも王翦は、王綰ら守旧派に属している。王翦が手柄を立てれば立てるほど、古くからの重臣たちの発言力も増すというものだ。

「ふむ。しかし王翦ももう年寄りだ。ほかには？」

正はみなを見回す。

――王翦を年寄り呼ばわりするのか。

その言葉に、李斯はちょっと引っかかった。

歴史をふり返れば、戦いに強い将軍を若い王が師とあおぐこともあった。戦いに勝つには戦略戦術だけでなく、人のあやつり方にも習熟していなければならないため、王の師として適当なのだ。

だが正は、だれかを師とあおぐような素振りを見せたことがない。韓非《かんぴ》もついには見放し、殺してしまった。将軍としてあれだけ功績のある王翦もさして重く見ておらず、顎で使おうという姿勢だ。

それも当然かもしれない。出会ったころはひ弱だった雛鳥《ひなどり》は、もはや恐ろしい龍にそだってしまっているのだから。

王翦を年寄りと呼ぶなら、同時に趙を攻めた楊端和《ようたんわ》、羌瘣《きょうかい》らもおなじく老齢といえる。もう使えないだろう。

「蒙武どのも考えていいかと」

御史大夫の霍去疾《かくきょしつ》が言う。

「あの男は副将であろう」

たしかに蒙武は有能だが、将軍として大軍をひきいた経験はない。

「では王賁どのは。魏を滅ぼしたならば、大手柄ですから」

王翦の息子で将軍としての血筋は申し分ないし、軍歴は長い。いま将軍として魏を攻めているから、大軍をひきいる経験もある。

「ふむ。王賁か」

正は顎に手をやった。王賁は正よりいくらか若い。親しみがあるのだろう。

王賁で決まりかと思っていると、正は意外な名を出した。

「王賁の名が出るなら、李信はどうだ」

「は。なるほど、李信とはまたお目が高い」

丞相は、とまどいつつも正の発言をみとめた。

「あの男ならやるかもしれませぬ」

燕を攻めたとき、目覚ましい活躍を見せた男だ。

王翦の大軍が薊を攻め落とし、燕王の一族が北門から逃げ出したあと、李信は千騎をひきいて燕の領土深くまで攻め込み、燕王の一族を追いつづけた。

追われた燕王は領土の東端、遼東まで逃げ、そこで城にこもって抵抗を見せる。

いくら恐れを知らぬ李信でも、千騎では城は落とせない。それでもあきらめずに城のまわりをうろつき、隙《すき》をうかがっていると、城から使者がきた。李信はその話を聞いておどろいたという。

太子丹の首を差し出すから、それで勘弁してくれというのだ。

李信も手持ちの兵が少ないので、敵地に長居はできない。話を受け入れて、丹の首を得て兵を引いた。

王翦も、薊を落として丹の首を得たので、まずは王命を達したと判断して大軍を引き揚げた。だから燕は東の端の地でまだ余命を保っている。

丹の首を手みやげに帰国した李信を、正はおおいに賞賛した。そんな経緯があるから、李信の名を出したのだろう。

「しかし、李信はまだ将軍として大軍をひきいた経験がありませぬ。楚のような大国を攻めるのには、経験が足りぬのでは」

と王綰が言うのも無理はない。李信は若く、ついこのあいだまでは数千の兵をひきいる武将のひとりでしかなかった。

「なに、若くても燕の太子の首を得た者だ。ほかのだれも、太子の首を得られなかったではないか」

正は言う。たしかにそのとおりだ。

それではというので、李信と王翦のふたりが部屋に呼び込まれた。

李信は髭も髪も黒々とし、赤ら顔の肌は艶光《つやびか》りしている。大柄で、中背の王翦を見下ろしていた。

王翦はがっしりした体をしているが、半白の髭に髪は少なく、顔には深い皺《しわ》が刻まれている。動作もいくらか鈍くなっていると見えた。

楚を攻め落とすのにどれほどの兵が必要か、との問いに李信は、

「楚などは二十万の兵で十分」

と答え、王翦は、

「楚は大国なれば落とすべき城も多く、兵は士気高く強悍《きょうかん》ゆえ、趙や燕のようにはまいりませぬ。六十万はなければかないますまい」

と言う。楚に対して二十万はやや少ないかと思えたが、六十万というと秦の兵力ほぼすべてにあたる。ひとりの将にそれだけの兵力を与えるわけにはいかない。

これで答は出た。

「では李信にまかせよ。やはり期待通りだったな。頼むぞ」

正は李信に微笑《ほほえ》みかけると、王翦をふり返って言った。

「それにくらべて王翦、そなたは老いたな」


楚を攻める兵があつめられ始めたころ、王賁が魏の都、大梁を攻め落としたとの一報が伝えられた。追って、

「なんと、城を水攻めにしたそうな」

という話も伝わってきた。

大梁のあたりで黄河《こうが》は北へ折れているが、そこから灌漑《かんがい》用の水路が引かれていた。王賁は、黄河が

増水する時期にあわせて、水路の水を高低差を測って城の近くへ導き、高い位置から城へ向けて注ぎ込んだのである。

水流がぶつかると、粘土を突き固めて造った城壁がもろくなる。さらに城のまわりが水浸《みずびた》しになって、城内の建物も水に浸《つ》かった。

大梁は、それでも三ヶ月は持ちこたえた。

しかし城壁が溶け始めたため、もはや秦の攻撃に耐えられないと判断した魏王は、秦の臣下になって社稷《しゃしょく》だけは保とうと考え、降伏した。

しかし正はそれを認めず、魏王一族は滅ぼされてしまった。

王賁は手柄をたてて凱旋したが、すでに楚を攻めるのは李信と決まっている。正に手柄をたたえられたのち、将軍の任を解かれ、兵は故郷へ帰された。

ここでいったん天下は静まり、咸陽も落ち着きをとりもどす。

王宮の中では、それぞれの派閥に動きがあった。

正から老いたと言われた王翦は、病気と称して隠退を申し出て、故郷の頻陽《ひんよう》に引き籠《こ》もってしまう。

昌平君と昌文君《しょうぶんくん》は、楚王の説得をあきらめておらず、機会を見て楚王に会ってみると言い残し、咸陽を去って楚へと向かった。

守旧派も、革新派も、それぞれ人が変わりつつある。そうした中で、李斯は革新派の中で中心的な存在になりつつあった。

一方で秦国内では、楚を攻めるべく徴兵がはじまる。正は、李信に副将として蒙武の子、蒙恬《もうてん》を配した。

王宮で李斯の下で仕えていただけに、蒙恬は法律に通じており、しかも父も祖父も将軍としてはたらいた。若い李信を支え、また監視するにはうってつけと正は考えたようだった。

李斯にしても、蒙恬が活躍してくれるのなら自分の一派のためにもなる。文句はなかった。

そのとき、ふと思った。これは正の蒐集癖《しゅうしゅうへき》のひとつではなかろうか。将軍も古いものから新しいものまで、さまざまに取りそろえようというつもりなのではないか。

正の蒐集癖は止《や》まず、それどころかますます大規模になっている。近ごろでは他国を滅ぼすたびに、人をその都へやって宮殿の大きさと造りを測りとらせ、咸陽にそっくりなものを建てている。そしてそこに滅ぼした国の美女と楽器をおき、時折たずねては悦《えつ》に入《い》っていた。そのため、いまや寵姫《ちょうき》は百人に迫っている。

――天下は目に見えないから……。

そうして自分の成し遂げたことを確かめているのだろうと、李斯は見ていた。

三

年が変わると、春の吉日をえらび、李信は二十万の兵をひきいて出陣していった。

秋風の中、地鳴りの音が楚国の平原を震わせている。

砂塵を蹴《け》たてて行軍しているのは、騎馬、戦車、歩兵を合わせた大軍団である。

李信は、十万の軍勢をひきいて西に向かっていた。

咸陽を出陣して半年。楚の攻略は順調にすすんでいる。

楚の広い領土を切り裂くために、李信は二十万の軍勢を二手にわけた。自分は半数をひきいて西から侵入し、副将の蒙恬に残りの半数を与えて北から進軍させる策である。

いまのところ、秦軍は連戦連勝だ。李信は平与《へいよ》という城邑を、蒙恬は寝《しん》を落とし、救援にきた楚軍をも打ち破った。そののち李信の軍勢は西辺を、蒙恬の軍勢は北側一帯を荒らしまわり、いくつかの城を落とした。

そうして東西に長く広がっている楚の領土のうち、半年で李信は西半分を攻略した。これより蒙恬と合流し軍勢をひとつにして、いよいよ楚の都、寿春《じゅしゅん》の攻略に乗り出すつもりである。

陽が西に傾いたころ、先遣隊が定めた野営地についた。

「よし、今日はここまでだ。全軍、野営の支度にかかれ」

と命じて、李信は戦車を降りた。

歩兵たちは、休む間もなく土塁の構築にかかる。野営地を囲むように堀を掘り、その土を掻《か》きあげて土塁を築く。敵襲にそなえてのことである。一方では夕餉《ゆうげ》のために炊飯をする兵もいて、あちこちで煙があがった。

李信の本陣は、戦車を円形に配置した中央にある。先遣隊によってすでに小屋が建てられていた。

李信は参謀《さんぼう》らを召集し、明日の行程をたしかめた。蒙恬の軍と会うには、もう二、三日かかるようである。

打ちつづく勝利に、李信は鼻高々だった。もはや恐いものはない。寿春を蹂躙《じゅうりん》するにもあとせいぜい半年、いやいや三月もあれば十分、などと参謀らと話し合った。

「では兵たちを休ませろ。見張りを立てて警戒をおこたるな」

長い行軍で疲れ切った秦軍は、夕餉を終えると満天の星の下、眠りについた。

が、眠りは長くつづかなかった。

深夜、不意に喊声と矢音、悲鳴と怒号が湧《わ》きあがり、陣中をゆるがしたのである。

騒ぎで目が覚めた李信は、近くにいた当番兵から敵の夜襲のようだと聞いたとき、容易には信じなかった。

「嘘《うそ》だろう。この先何十里にもわたって敵はいなかったぞ。斥候《せっこう》をはなって確かめてある！」

と言ったが、雄叫《おたけ》びや悲鳴、矢音は大きくなるばかりだ。

「敵は土塁を乗り越えて攻め込んできています。その数、数万！」

「不意を突かれたので、味方はまだ戦いの支度ができていません！」

つぎつぎに報告がくるが、起き抜けでもあり李信にも事情がつかめない。しかも、李信はこれまで将軍として敵の夜襲をうけたことがないので、どう手を打っていいのかわからない。あせるばかりだ。

だが味方が混乱しているのは事実だ。騒ぎが広がってゆくのがわかる。

ここまで連戦連勝できたのに、たった一夜の油断で負けるなど、あっていいことではない。

「情けない者どもめ！　ええい、太鼓を打て。敵が見えたら突撃せよ！」

李信は小屋を飛び出ると、怒りにまかせて怒鳴り散らし、あつまった参謀たちに命じて突撃の合図の太鼓を打たせた。

しかし月と星が出ているといっても夜中であり、どこに敵がいるのか、どちらから攻めてきているのかすら判然としない。

命令をうけた味方は、手近な敵を攻撃する。攻撃されたほうも応戦し、野営地のあちこちで戦いがはじまった。

やがて明るくなると、多くの兵が同士討ちで倒れたことが判明する。そしてそれ以上の兵が野営地から逃げ出しており、李信の手に残った兵は一万にも満たなかった。

残兵をまとめて一戦しようとしたが、多くの指揮官を討たれていて、兵を思うように動かせない。敗軍の中の一万は、勝ちにのった一千騎よりもろく弱いのだ。これでは李信にも手の打ちようがない。

勝ち誇った楚兵は、逃げまどう李信の兵を追撃してくる。

楚兵に追われつつ、李信は這々《ほうほう》の体《てい》で秦に逃げもどった。

そのころ故郷の頻陽に帰った王翦は、古くからの家で老妻と悠々自適の暮らしをおくっていた。

軍務から隠退すると、毎日が退屈で仕方がないのではないかと予想していたが、そうはならなかった。数々の戦いに勝ち、国の英雄となっていた王翦の許《もと》へは来客が絶えず、朝から晩まで話し相手に追われ、疲れるほどだった。

世間のうわさ話は、頻陽までも伝わってくる。李信が楚で勝ち進んでいるとの話がしきりに聞こえてきた。寿春を落とすのも間もなくだろうと、咸陽から来た昔の部下が語ってゆく。

「なるほど、二十万でよかったか。これでは老いぼれ呼ばわりされるのも無理はないな。隠退してよかったわい」

と妻と話して納得していた。

実際、王翦は、うまく隠退できたものだとほっとしていた。活躍したわりには褒賞は少なかったが、それでも死ぬまで召使いにかしずかれ、楽々と暮らしてゆけるほどの資産はある。まずは十分だと王翦は思っていた。

そんな秋のある日、県令から使者がきて、王宮へ参内するよう命じられた。

「隠退したこの老いぼれに、どんな御用ですかな」

とたずねると使者は、

「これはまだ内密ですが」

と前置きし、

「楚で秦軍が大敗した」

とおどろくべき話をささやいた。

楚の将軍、項燕《こうえん》は、正面からまともに戦っては秦軍にかなわぬと考え、李信の軍が隙を見せるのを待っていた。そして軍の移動をかぎつけると、最初は追わぬ素振りを見せておいて李信を油断させ、そのあとで三日三晩にわたって休みもせずあとを追った。そして追いつくと、ただちに襲いかかったのだ。

李信も前方には斥候を出して敵がいるかどうかをさぐっていたが、後方は盲点になっていた。不意を突かれて軍勢は木《こ》っ端微塵《ぱみじん》に打ち破られ、攻守は逆転した。いまや楚軍二十万が国境に迫っているという。

「そこで、将軍に出馬願いたいとの王命であります。王宮に来てくだされ」

と使者は言う。

王翦はしばし無言でいたが、やがて、

「もう隠退したこの老いぼれを頼りにされても困ります。お断りいたしたい。若い者を使ってやってほしいと、さよう王にお伝えくだされ」

と言って使者を追い返してしまった。

その後も二度、使者がきたが、王翦は承知しない。故郷に居すわったままでいた。

——ようやく安穏な日々を手に入れたのに、かき乱されてはたまらん。

王翦はそんな思いでいる。

武人は、活躍するときは華やかだが、終わりを全《まっと》うすることがむずかしい。桓齮《かんき》のように戦死したり、樊於期《はんおき》のように罪を着せられて追われたりする。あまりに大きな手柄をたてて人気を得ると、叛乱を起こすのではないかと王や重臣たちに疑われ、味方に討たれたり自決を迫られたりする。長平《ちょうへい》で大勝し、趙の兵四十万を阬《あなうめ》にして凱旋した白起《はっき》将軍も、最後には自決させられた。

さまざまな落とし穴に落ちず、功成り名遂げた形で隠退したのである。もうそっとしておいてほしいと王翦は思っていた。

しかし、その思いはかなわなかった。

数日がすぎたあと、王翦の家の前に騎馬の軍勢が着いた。兵たちが家をとりまき、郎官が門前を警護する。そこに一乗の安車《あんしゃ》が止まった。

突然のことにあわてる家人たちを王翦はしずめて、家の奥にある祖廟《そびょう》の前に椅子《いす》を用意しろと命じた。

「あの車は王にちがいない。あるいはと思ってはいたが、本当に来るとはな」

ゆっくりと家にはいってきたのは、やはり王の正だった。重臣たちはひとりも従えておらず、ついてきたのは郎官《ろうかん》と宦官《かんがん》ばかりである。

「これはわざわざのご来臨、恐れ入ります」

王翦は入り口に跪いて拱手し拝礼する。

正は腰をかがめてその手をとった。

「将軍よ、孤の不明を嗤《わら》ってくれ」

「いえ、嗤うなど」

王翦はおどろいて首をふった。王に手をとられたことなど、初めてだ。

正と目が合った。なんとも打ちひしがれて悲しそうな顔をしている。こんな正も初めて見た。

「まあ聞いてくれ。そなたの意見を用いなかったばかりに、李信は大敗して孤に恥をかかせてくれた。しかも楚の大軍はこちらに向かって進軍している。もういくつもの城を落として、武関《ぶかん》に迫っている。このままでは咸陽も危うい。将軍は病気だそうだが、よもや孤を見捨てるつもりではないだろうな」

声もふるえて、哀願せんばかりである。正がここまでへりくだるとは思っていなかった。王翦が知っている正は、いつも玉座でふんぞり返っていたではないか。

「見捨てるもなにも、この老いぼれは病み衰えて、もはや心がまえもできておりませぬ。王にあられては、どうかもっとすぐれた者を将軍にお選びくださいませ」

飢えた狼《おおかみ》に狙いをつけられたようで背筋が寒い。とにかく辞退しようとした。

「それを言うな。老いぼれ呼ばわりして悪かった。許してくれ。若い者は頼りにならぬとよくわかった。そなたしか、いま秦を救う者はおらぬ」

正が頭を下げた。王翦の困惑は深まるばかりだ。

「いや、わたくしなどでは……」

「まあ聞いてくれ。楚王を説得に行ったはずの昌文君と昌平君も、許せぬことだが、楚軍に加わったというぞ。あやつらはこちらの軍の内情もよく知っている。もはや若い者では手に負えぬ。となればわが国で最強の将軍、そなたしか頼む者はいまい」

ここまで言われてなおも断れば、王をないがしろにすることになる。王翦は半ば観念しつつ、最後の抵抗をこころみた。

「どうしても他に人がなく、わたくしをと思《おぼ》し召しであれば出馬いたしますが、六十万の兵なくては無理でございます」

この条件ばかりははずせない。二十万で足りないことははっきりしている。

さあ、これを呑《の》むかどうか。

と、正は晴れ晴れとした顔になった。

「わかった。将軍の言う通りにしようと思ってここまで来たのだ。六十万の兵は請け合う。将軍、すぐに咸陽へきてくれ」

かなわない、と思った。この王は、自分の望みはどうしてもかなえずにおかない。ここで断れば、態度が豹変《ひょうへん》してたちまち自分は犯罪人に仕立て上げられるだろう。

「光栄でございます。この老体、王に捧げましょう」

謹直な顔でそう言いつつ、王翦は胸の内でため息をついていた。

四

咸陽にのぼった王翦に、秦国内のどの郡の虎符《こふ》でも好きに使うがよい、との許しが出た。王翦は、屈強な兵が多いとされる上郡《じょう》などを中心に徴兵にかかった。

しかし楚軍はもう国境まで来ている。王翦は全軍があつまるのを待たず、咸陽付近にいた十数万人だけをひきいて出陣すると表明した。正は副将として、以前とおなじく蒙武をつけた。

王宮で出陣の儀式が執り行われたあと、王翦は兵をひきいて出立したが、このとき異例なことが起きた。正が見送りにと、王翦と車をならべて咸陽の南、灞水《はすい》のほとりまで同行したのである。

王が将軍を王宮の外まで見送るのはいつ以来かと、古老たちも訝《いぶか》ったものだった。それほど正は王翦に気を使っているのだ。

岸辺で小休止し、別れを告げる段になると、王翦は正の前で跪いてささやいた。

「では、楚を討ちにまいります。願わくば勝利の暁《あかつき》には、褒賞として田畑屋敷の多い豊饒《ほうじょう》な土地を、たくさん賜りますように」

正は微笑みを浮かべて答える。

「将軍、勝利を信じておるぞ。なあに、この門出に貧乏の心配など無用ではないか」

「仰せの通りにございます。しかし、お言葉ではありますが、王の御代《みよ》となって以来、戦いで手柄を立てたとて、封じられて諸侯となった者はついに出ておりませぬ。それゆえ、このような老いぼれまでお目をかけられる始末となりました」

正が苦笑いする。

父の荘襄王《そうじょうおう》は、臣下に気前よく封地を与えて諸侯とした。呂不韋《りよふい》も嫪毐《ろうあい》も、封地をもらって文信侯《ぶんしんこう》や長信侯《ちょうしんこう》と称したものだ。

しかし正は親政を敷いて以来、重臣たちが土地を私財とするのをきらって郡県制を押し進めてきたので、手柄をたてた将軍にも封地を与えなかった。

将軍たちは、勲功によって得た爵位によって収入が決まる。たとえば将軍ともなれば爵十三級以上で、少なくとも三百家以上の税収と賜邑《しゆう》をもつ——村を領有し、そこから家臣や奴婢《ぬひ》を徴することもできる——ことになる。

しかしこれも現役の時だけで、隠居したとなれば国に返さねばならない。王が特に与えた田地でもなければ、老後は蓄えによって食いつないでいくことになる。

正のやり方は、見方によっては、吝嗇《りんしょく》のあまり臣下への褒賞を惜しんだともいえる。そこを王翦は ちくりと突いたのだ。

「わたくしもいまこそ、子孫まで伝えられる田地を頂戴《ちょうだい》しておくよい機会と存じております」

王翦は笑いもせずしつこく迫る。傍らにいる者には、王翦が子供のように正におねだりをしていると見えた。

「はは、将軍よ、褒賞は心配せずともよい。それは請け合っておこう」

正はやんちゃな子供をあやすような屈託のない笑顔を見せ、王翦を送り出した。

王翦の軍勢は南東へすすみ、武関まできた。ここから先は、もはや戦地である。

「使者を出せ。ああ、王宮へだ。勝利の暁にはよい田地を賜りますようにと、それだけを奏上せよ」

王翦は部下に命じた。使者が出立すると翌日にも、

「もう一度、念を押すように。褒賞をお忘れなくと、王翦が申していたと王に奏上せよ」

とまた使者を出立させた。

これが二度、三度ではなく、五度にもおよんだので、副将としてつけられていた蒙武が、

「将軍、あまりに度がすぎませぬか」

と注意した。すると王翦は、

「いや、そうではない。王に疑念を抱かせぬためには、これでも足りぬくらいよ」

と言う。

「は？　どういうことでしょうか」

蒙武がたずねると、王翦は暗い顔になって告げた。

「そなたほどの者がわからぬか。べつに封地がほしいわけではない。しかし、このたびは秦国の兵をこぞって駆り出し、おれの手につけたのだぞ。そんなつもりはさらさらないが、いまおれが謀叛を起こせば、秦国はひっくり返るだろう」

「おおせの通りで」

「だから封地をいただきたいとねだりにねだって、おれには子供じみた願いしかないとしっかり思い込ませておかねばならぬ。でなければ、王にゆえなく謀叛の疑いを抱かれることになろう」

「いや、それは……」

「なにしろ王は気位が高くて人を信じぬお方だ。その王がここまでおれに気を使っている。毛筋ほどでも疑いを抱けば、気を使っている分、たちまち信頼は逆転して憎悪となるにちがいない。その恐れを消すには、こうでもするしかないではないか」

これには蒙武も、むっとしてだまってしまった。

武関を出た王翦は、まず楚軍の前に防塁を築き、守りに専念した。

楚の将軍、項燕は、国中の兵をひきつれて対峙《たいじ》し、小勢を出して挑発したり、時には全力で防塁に攻めかかったりしたが、王翦は相手にしない。ただ防ぐばかりで、防塁からはまったく兵を出さなかった。

防塁の中では、兵に上等な飲み物や食べ物をあてがい、入浴もさせてのんびりとさせ、時に王翦もいっしょに食事を楽しんだ。

そのあいだに、だんだんと各地で徴した兵があつまってきて、兵数がふえてゆく。

とうとう兵数は五十万を超えたが、それでもまだ王翦は動かなかった。

「どうだ。兵たちは陣中でなにをしておる」

とある日、王翦は部下にたずねた。

「は、石投げや跳躍をしております」

との答えに、王翦はにやりとした。どうやら兵たちはつらい農作業から解放された上、たっぷり飯を食って体力をつけたので、精力をもてあましているようだ。

「よしよし、兵どもも役に立つようになったな」

と王翦は言い、それ以上は聞かなかった。

半年ほどすると、いくら挑発しても秦軍が出てこないので、楚軍は東へと後退をはじめた。多くの兵を前線に張りつけておいたため、兵糧が底をつきかけたのだ。

王翦はこの時を待っていた。

「いまぞ。打って出よ!」

と命じて全軍を出撃させ、楚軍のあとを追った。

防塁の中で英気を養っていた秦軍は、猛然と楚軍に襲いかかる。退却にかかったところを襲われた軍は弱い。楚軍はたちまち打ち破られ、甚大《じんだい》な損害を出して後退した。

秦軍はさらに追い討ちをかける。楚の領土深くに攻め込み、旧都の陳《ちん》をはじめ、多くの城を落とす。

とうとう蘄《き》という地で楚の大軍を壊滅させ、項燕将軍を討ちとった。

その翌月、落城した楚の旧都、陳に、咸陽から数千の兵と騎馬、数十両の車が到着した。

王翦の軍が大勝し、楚の北西の地を平定したので、正が視察に赴いたのである。

楚出身の李斯は、案内役を命じられて正に同行した。

南国の楚は、生えている木々や家の造り、人々の衣装まで秦とはちがっている。たとえば服にしても、楚の人は右肩を脱いで着ているのだ。

正はそうしたものを興味深そうに見て上機嫌だった。李斯に向かって言う。

「この国が手にはいれば、秦はまた豊かになるな」

「御意。楚では金や銅、錫《すず》などが採れますし、美しい玉《ぎょく》も産します。長江の近くではうまい米も多く穫《と》れますれば、秦はますます富みましょう」

「そなたはこの近くの生まれか」

「いえ、もう少し南の上蔡《じょうさい》で生まれ育ちました」

上蔡の風物を説明しようかと思ったが、正は興味なさそうに小さくうなずいただけだった。つづいて問うてきた。

「さて、この地をどうするかな」

「もちろん、これまでどこの地でもしてきたように郡と県をおき、役人に支配させればよろしいでしょう」

秦のやり方で統一するのだ。あの右肩を脱ぐ服の着方も、改めさせせねばならないだろう。

「楚王は、どうする」

「虜にして、閉じこめておけばよろしい。そのうちに老いて死ぬでしょう」

「では、王翦は？」

「約束どおりに褒賞を与えて、隠退させましょう。楚がなくなれば、もはや天下に強敵はありません。将軍も多くはいりません」

李斯は仲間の蒙武から、王翦がわざと子供のように褒賞をもとめたことを聞いていた。

正は、あざ笑うように言う。

「王翦も、必死だったな。孤に疑われぬようにしようと、駄々っ子を演じていた。かわいいものよ」

李斯はだまった。見抜いていたのか。

「王翦は隠居させ、王賁を使うとしよう。蒙武も今度で終わりで、つぎからは蒙恬だろう。あとは昌平君だな。あれは許せぬ。孤を裏切った。八つ裂きにしてやりたい。寿春にいるのか」

「さて、おそらく。楚王の許にいると思われます」

「王翦に伝えておけ、虜にしたら、見せしめのためにも酷《むご》い殺し方をしろと」

「御意。さよう伝えます」

淡々と応じたが、昌平君はかつての仲間、というより一派の盟主だっただけに、動揺は隠せなかったようだ。

「そなたは孤を裏切らぬだろうな」

と正に問われて、どきりとした。

「とんでもない。これまでも忠実に尽くしてまいったつもりです。これからも誠心誠意、お仕えいたします」

懸命に説くと、正はべつに感謝するでもなく、

「頼むぞ。どうも孤は運が悪いのか、頼みに思っていた者に裏切られることが多いようでな。まあ、王とあっては仕方がないのかもしれぬが」

と淡々と言う。李斯はただ下を向くだけだった。


王翦の軍勢は翌年も楚の地を荒らしまわり、ほとんどの領土を占領した上、寿春を落とし、楚の王、負芻《ふすう》を虜にした。昌平君はそのときの戦いで討死した。昌文君もおなじころに死んだようだ。

そうして楚を滅ぼしたあとも、王翦はさらに南の百越《ひゃくえつ》の地に軍勢を向け、小さな国の土豪《どごう》たちを服属させた。秦の領土をふやしたのである。

「ここまでやれば、もうよかろう」

王翦は蒙武と話し合い、兵を引くことにした。

「あとは隠居の許しを得るまでよ」

王に疑心を抱かれる前に、すっぱりと軍務から身を引き、故郷に帰る。望みはそれだけだったが、果たしてうまくいくかどうか。

「終わり方はむずかしい。戦いにしても、人生にしても、な」

王翦はひとりごちた。それを聞いた蒙武は首をひねり、

「そんなにむずかしいでしょうか。将軍ほどのお方なら、楽々と目指すところに達するように思いますが」

と問うた。

王翦は答えなかった。ただ凱旋したのち、咸陽宮で王・正にどのように奏上すれば疑心を抱かれないですむかと、それればかり考えていた。

天下統一

一

五月の陽光が降りそそぐ中、咸陽《かんよう》城内の広場では、冠をつけていない老若の男たちが、盃《さかずき》のやりとりをしていた。

「めでたいな。これからは酒がいつでも飲めるってのは、本当か」

顔を赤くした百姓が言う。

「さあ、そこまではお触れになかったぞ。とにかく今日一日は、飲んで騒いでもいいってことだろうよ」

別の百姓が答える。

「長くつづいた戦国の世が終わったのさ」

「どんな世になるのかな。もう兵に行くこともないのか」

「たぶんな。暮らしは楽になるだろうな。命がけで戦場に出ることもねえから」

「そのかわり、もう出世はできねえ。敵の首がとれないんじゃあ、爵位をあげる手だてがねえぞ」

「どっちがいいかだ。戦いがなくて穏やかだが出世もできない世と、出世できるかもしれないが、敵の矢にあたって死ぬかもしれない世と。どっちにしても、そういいことはねえ」

「そうだな。まあ飲め。飲んでりゃいやなことは忘れる。おれたちにゃ、それで十分だ」

王翦《おうせん》が楚《そ》をほろぼした翌年、王翦の子、王賁《おうほん》を将軍、李信《りしん》と蒙恬《もうてん》を副将とする秦《しん》の大軍が、燕《えん》の王喜《き》が籠《こ》もっていた遼東《りょうとう》の城を落とした。

そののち王賁は軍を返して趙《ちょう》の太子、嘉《か》が籠もっていた代《だい》の城をも抜いた。そしてふたりの王を虜《とりこ》にしたため、領土のほとんどを秦に奪われてもしぶとく生き長らえていた燕、趙の二国は、ここに名実ともに滅んだ。

秦は韓《かん》、趙、魏《ぎ》、燕、楚の五国を征したのである。残る国は斉《せい》だけで、秦はいまやほとんど天下を征したに等しいのだ。

正《せい》は五月の一日を祝賀の日とし、この日ばかりは民百姓に群れあつまって酒を飲むことを許したのである。

民百姓だけでなく、王宮も祝賀の空気につつまれていた。

しかし李斯《りし》は、その中でひとり執務室にこもり、竹簡《ちくかん》の山をかたわらに置いて、熱心に読みふけっていた。

李斯は、先を読んでいる。天下に残る国はあと斉だけである。もし斉が抗《あらが》う気でいても、秦とは力の差がありすぎるので、とても生き残ることはできない。まず一、二年のうちにも王賁の軍に滅ぼされるだろう。

そうなると、本当に天下が統一される。正が天下の王となるのだ。歴史を顧みれば、周《しゅう》の王朝以来の偉業である。

だが何百年も前の周王朝とちがい、今度の天下はあまりに広大で、人も多く、また世の仕組みも複雑になっている。

どうやってこの広大な領地を治めてゆくのか。

それこそ、いま考えねばならない課題だ。

兵で天下を征服しただけでは意味がない。がっちりと領民を抑えこみ、秦の治世を永続させてこそ、天下を統一したといえるのである。酒を飲んで浮かれている場合ではない。

もちろん、賢明な正もわかっている。丞相《じょうしょう》の王綰《おうわん》をはじめ、三公九卿《さんこうきゅうけい》はもちろん、側近たちも、天下を治めるための仕組み作りを考えるよう、命じられていた。

——王綰らを抑えねば。

李斯の胸にあるのは、守旧派がこの状況を仕切ってしまうことへのおそれである。

天下を治める仕組み作りは、一度決まってしまえばひっくり返すのは困難となる。やつらに有利な仕組みとするわけにはいかない。

それでなくとも、革新派は昌文君《しょうぶんくん》、昌平君《しょうへいくん》を失い、不利になっている。だから楚国攻めに失敗した李信も、守旧派に支えられて失脚せず、蒙恬とともに王賁の副将におさまっている。

天下統治の仕組みは、こちらの思うようにしたい。そうすれば他国出身者もこの国で生きるのが楽になる。そのためには、正が納得するよう、しっかりとした提案をしなければならない。

参考になるのは、歴史である。

いにしえからこれまで、どんな王朝がどんな仕組みを作りあげ、どんな結果に終わったのか。その長所と短所は。それがいまの秦国にどう応用できるのか。

調べて考えることは山ほどある。


翌年、正はやはり斉を滅ぼすと決め、王賁に斉攻めの勅命を出した。

王賁の軍勢が斉に向かうと、斉の王、建《けん》はおどろいたようだった。自分の国だけは攻められないと思い込んでいたようだ。あわてて国境を閉ざし、西に向かって守りをかためた。

これを見た王賁は軍勢を南に回し、一気に攻め込んで斉の都、臨淄《りんし》にはいった。すると王の建は戦わずに投降した。

なにしろ重臣たちがみな秦の間諜《かんちょう》になっている。秦の軍勢が迫っても、誰《だれ》も戦おうとしなかったのだ。

正は建を共《きょう》という地に移し、斉を滅ぼしてしまった。

いささかあっけない幕切れだったが、これで秦の天下統一が成った。正が統一に乗りだしてからほぼ九年で、誰も成し遂げたことのない大事業が完成したのである。

斉王を虜にしたとの上奏があったのち、最初に正がしたのは、臣下の者に褒賞を与えることでも、祝宴を張ることでもなく、みずからの王としての名号をあらためることだった。

「六国の王がみな罪に伏し、天下が定まったいま、王の名号をあらためねば、この大業にかなない、成功を後世に伝えることができないだろう」

として丞相、御史《ぎょし》大夫《たいふ》らに王にかわる新しい名号を定めよと命じた。

これをうけて三公九卿は学識の深い博士らと相談し、「泰皇《たいこう》」という名号を提案した。

「いにしえは黄帝《こうてい》、尭《ぎょう》、舜《しゅん》など五帝といわれる王がいて、また天皇《てんのう》、地皇《ちこう》、泰皇《たいこう》の三皇の神がありました。しかし五帝の時代、その領土はわずか千里（約四百五十キロ）四方で、その外には夷狄《いてき》がいて天子は制御できませんでした。いま陛下は広い天下を平定されました。これは五帝もおよばないところです。そこで三皇のうち、もっとも尊ばれるのは泰皇ですので、われらは陛下に泰皇という尊号をたてまつり、その自称を孤《こ》から朕《ちん》に、その命を制《せい》、令《れい》を詔《みことのり》に変えたく思い、つつしんで奏上たてまつります」

だが正は気に入らないようだった。

「泰皇では昔とおなじではないか。今度のように広い天下を統一したのは天地開闢《かいびゃく》以来のことだ。

そのことにふさわしい新しい名号がほしいのだ」

と言う。そしてしばし考えたのち、

「泰皇の泰を去り、五帝の帝をとって皇帝《こうてい》と号することにするのはどうか」

と言った。誰も反対しなかったので、名号はこれに決まった。

ここで史上初めて「皇帝」が誕生したのである。三皇五帝を合わせたほど偉い、というつもりなのだろう。

そして王の死後に諡《おくりな》をつけるやり方もあらため、正を始皇帝《しこうてい》とし、後世は二世、三世とかぞえて万世にいたるように、という方針も定まった。

また斉の鄒衍《すうえん》という学者がとなえた終始五徳説を調べた正は、前の王朝の周が火の徳をそなえていたので、秦は水の徳をそなえているはずだと言い出した。

この説は、王朝は火・水・土・木・金のどれかひとつの徳をそなえており、命運が尽きると新しい王朝にとってかわられるが、その交替は理法によって順が決まっているというものだ。東国の斉や燕などは文化が進んでいるので、さまざまな説がある。正は秦に東国の先進文化を取り入れたいらしい。

そこで、衣服や旗などは水の色である黒をもちい、数は六を基本――水の数とされる――とし、車は六尺、長さの単位である一歩も六尺、車を引く馬の数は六頭、黄河の名は徳水《とくすい》とあらためることにした。

さらに民を黔首《けんしゅ》（黒い頭の意。冠をつけていないことから）と呼ぶことにする。

ここまで定めてからはじめて、昨年とおなじく飲酒をゆるし、天下統一を国中で祝賀した。

「さて、では領土の統治をどうするか。みなの意見を聞きたい。それぞれ思うところを述べるがよい」

王宮で開かれた祝宴のあとで正が言った。きたな、と李斯は思い、はげしい論戦を予感して心を奮い立たせた。

ここからは臣下の勢力争いになる。

二

まず丞相の王綰から正に奏上があった。

「諸国が滅んだばかりであり、民たちは動揺しがちです。ことに燕、斉、楚など遠方にある国には、王をおかないとうまく治められないでしょう。皇帝におかれては、諸公子を立てて各地の王とすることをお許し願いたい」

秦はこれまで他国の領土を奪うと、その地に郡と県をおいてきた。そして郡守《ぐんしゅ》や郡尉《ぐんい》を派遣し、法律にのっとって治めさせているのだが、郡守らの権限はかぎられていて、大きな問題はすべて咸陽にあげられる仕組みになっている。そして最終的には王が決裁したのである。

いまは正が尋常ではない勤勉さと優秀さでこれをこなしているのだが、天下すべてをひとりで決裁するとなると、大変なことになる。

おそらく一日に読むべき竹簡だけでも、正の執務室を埋めてしまうだろう。実際はそんなことは不可能で、決裁は遅れてすべての行政が滞ることになる。民政は乱れ、各地の民衆は不満を抱くだろう。だから各地に王をおき、その地のことはその地で決裁させるようにすべきだ、というのが王綰らの言い分である。

これは一面、もっともな話ではあった。むかしからの王朝も、すべてそうしてきたのだから。ただ、王綰は守旧派の総領だから、この奏上には別の思惑が隠れている。すなわち各地においた王の周辺を、守旧派でかためようというのだ。もともと人数の多い守旧派にとっては、役職をふやすいい機会と映っているのだろう。

しかし人数の少ない革新派にとっては不利な話だ。王宮の権限が削られる上、守旧派の増長をゆるしてしまう。

だからどうしても阻止したい。

とはいえ状況は予断を許さない。これまでの王朝の例があるし、実務の上でも利があると思われるからだ。

案の定、丞相をはじめ多くの者は王をおくことを是《ぜ》とした。誰ひとり、郡県制を維持しようとは言わない。

李斯は鼻白んだ。不利なのはわかっていたが、ここまでとは思っていなかった。革新派の者たちも、勢いに押されてだまってしまっている。

だが、ここで言わねばならない。李斯は立ち上がり、発言した。

「臣、李斯、おそれながら奏上いたします。いにしえをふり返れば、周の文王《ぶんおう》、武王《ぶおう》は子弟や同族を多数封じて王としました。しかし後世になると王は皇室と疎遠になってあたかも仇敵《きゆうてき》のようになり、また王同士も互いに誅伐《ちゆうばつ》し合って、皇室はその争いを抑えることができませんでした」

これは事実である。だから戦国の世になったのだ。誰も反論できない。李斯はつづけた。

「いま天下は統一され、みな郡県となり安定しております。諸公子や功臣は国家の得た税で厚遇すればそれで十分で、また制御しやすいのです。天下に異心を抱く者がいないようにするのが安寧《あんねい》の術。諸国に王をもうけるのは上策ではありません。このまま皇帝が郡県を治める形がもっともよいと愚考いたします」

李斯が述べ終わると、群臣は一瞬だけ静かになったが、すぐに不満の声を出して騒ぎはじめた。その声は堂内を圧するほどだ。

——駄目か。

李斯は唇をかんだ。このままでは守旧派に押し切られてしまう。

「静かに！」

そのとき、正の声が群臣の上に飛んだ。

「天下が戦国となり、安息の日がなかったのは諸国に王がいたためである。いま天下が定まったときに、また王を立てるのは兵を挙げさせるにひとしい。それでは天下の安寧はたもてぬ。よって」

そこでひと息入れると、正は李斯を見ながら重々しく宣した。

「廷尉《ていい》の論が正しい」

堂内が静まりかえる中、李斯は背に汗を感じていた。

天下を統一したその年は、李斯の上を嵐《あらし》のように過ぎていった。

短いあいだに多くの施策が提案され、実行されてゆく。

まず天下を三十六の郡に分け、その郡を多くの県に分けた。

国ごとにちがっていた枡《ます》、丈尺《ものさし》、衡石《はかり》を秦のものに統一し、車の幅や銭、文字も統一する。そして天下の富豪十二万戸を咸陽にうつした。

また諸国から武器を供出させ、叛乱《はんらん》を起こしにくいようにした。武器は咸陽にあつめ、溶かして鐘《かね》や太鼓をかける台と大型の像――金人《きんじん》という――を造った。これから天下は平和になる、と示したのである。

そのあいだには長信宮《ちょうしんぐう》という宮殿を渭水《いすい》の南に新造した。さらに滅ぼした楚と斉の宮殿を模したものを咸陽に建て、六国の宮殿をそろえもした。

こうした建築には膨大な経費がかかったが、止める者はいない。諫止《かんし》しようとすれば役職を免じられるか、悪くすれば獄に落とされてしまうからだ。

――正の蒐集癖《しゆうしゆうへき》がまた出たな。

と、李斯も苦笑いしながら見ているしかなかった。

統一の施策のうち、いくつかは李斯が提案したものだった。とくに王宮から出す法律や指令が天下の各地にゆきわたるよう、官吏が使う書体の手本を自分で作って「蒼頡篇《そうけつへん》」と名付け、全国に配布した。

――荀卿《じゆんけい》のめざした世の中は、これだな。

李斯は思う。法律で世のあらゆることが細かく規定され、民草はそれにしたがって暮らすことで、争いのない平穏な世が保たれる。まさに善《よ》き世の中ではないか。それが秦一国ではなく、天下にひろがるのである。

こんなことが実現するとは、と李斯は陶然とした。

勢力争いに勝ち、自分自身が出世して富貴となることも大切だが、若いころに学んだあるべき善き世をこの手で実現できたことの喜びは、また何物にも代えがたいものだった。

とはいえ、すべてがうまくいったわけではない。

いくら咸陽で決めたことを全国に通達しても、地方によっては昔のやり方を変えないところもあった。天下は広すぎて、皇帝の威令もなかなか行き渡らないのだ。

法を司《つかさど》る廷尉としては、秦の法律を全国に行き渡らせねばならないのだが、そのためには大量の法律を書いた木簡《もつかん》、竹簡を作って送り、実際の運用を地方の者に教えるなど、おびただしい手間がかかる。

その上、あちこちで小さな叛乱があったりして、その裁きもつけなければならず、いくら時間があっても足りない。

部下たちと悪戦苦闘していると、正が西のほうへ行幸するという。先祖の廟《びょう》にまいって天下統一を報告するというのだ。

当然、李斯もお供をした。数千の兵と騎馬、長い車列が西へ向かう。古都の雍《よう》をすぎ、さらに西の隴西《ろうせい》へ。

ふた月ほどの旅を通じて、正は宮殿にいるときよりも生き生きとしていたように見えた。

——新奇なものが好きだからな。

と李斯は思った。だからこそ天下統一に乗りだし、東方の新しい文化も喜んで受け入れているのだ。行幸には後宮の女たちもお供したが、別にひとり、筑《ちく》の奏者として盲目の男も同行した。毎夜のように筑を奏でて歌い、正と女たちをうっとりとさせたものである。

その男は高漸離《こうぜんり》といい、燕から来た。

筑の腕前が素晴らしいので王宮に推挽《すいばん》されたのだが、以前に正を襲った刺客、荊軻《けいか》の友人だったという。本来なら王宮に入れるのも忌む人物だが、正は筑の腕前を惜しんで許し、危険を除くために目を燻《ふす》ぶりつぶした上で、側《そば》に侍《はべ》らせている。

ある晩、正とともに高漸離の筑と歌声を聞きながら、李斯は思いついた。

——正に東方への巡幸をすすめてみよう。

まだ秦の天下統一がどういうものかわかっていない者たちに、始皇帝・正の姿を見せて、今後はこの皇帝の下で天下が動くということを教えるのだ。

百聞は一見に如《し》かず。これは効くだろう。

自分も同行すれば、行く先々で秦の法律がどれだけ浸透しているかも、知ることができる。その地の郡守や県令などを督励して法律を行き渡らせるには、やはり直《じか》に話すのが一番だ。

「皇帝閣下、いかがでしょうか。東方へ巡幸なさっては」

と話しかけると、正はうなずいた。言われるまでもなく、以前から考えていたという。

「東方にはいろいろ興味深いものがある。ことに封禅《ほうぜん》の儀式は是非ともしなければならん」

封禅とは天と地を祀《まつ》る儀式で、天命をうけた帝王だけが行えるとされる。黄帝《こうてい》や周の成王《せいおう》など、歴史に名を残す王たちが行ってきた。正もそれをするというのである。

「それと」

と言ってから、正ははにかむような笑みを見せ、小声で言った。

「海というものを見てみたいしな」

その若者のような様子を見て、李斯も自然と笑いがこみあげてきた。

初めて会ったときの、怜悧《れいり》ながら素直だった正を見つけたような気がして、うれしくなったのである。

「お供いたします。是非とも封禅をし、そののち海辺でたわむれましょう」

三

西方への巡幸から咸陽へ帰ると、さっそくつぎの東方への巡幸の支度がはじまった。

まずは、咸陽から東方への道を造った。「馳道《ちどう》」と名付けたその道の幅は、なんと五十歩（約七十メートル）。

皇帝専用の道で、諸人は立ち入りできない。いったん事があれば軍勢も送れるよう、金槌《かなづち》で叩《たた》き固めて——馬の蹄《ひづめ》と戦車の輪に耐えられるよう——強固な道とする。道造りに駆り出した人夫には爵一級を与え——耕地と宅地が加増される——、完成を急がせた。

また皇帝専用の車として轀涼車《おんりようしや》を作った。四頭立てで、窓を開け閉めすることで車中の温度を調節できる、贅沢《ぜいたく》な車である。

準備がととのった翌年、正は東方巡幸に出た。四十一歳になっていた。

正の乗る轀涼車を中心に、お気に入りの美姫たちと日常の世話をする宦官《かんがん》、数百人の官吏が広い馳道の中央をゆく。その前後左右は、ことさらきらびやかな装いの近衛兵数千が守っている。この堂々たる行列を見て、畏怖《いふ》しない者はいないだろう。

従う重臣は、丞相の王綰と隗状《かいじよう》、列侯の王賁と王離《おうり》の父子——王翦はすでに亡くなっている——、五大夫の趙嬰《ちょうあん》など。もちろん李斯もついていった。

一行は函谷関《かんこくかん》を出たあと、まっすぐ東に向かう。

行く先々で郡守や県令の出迎えをうけ、皇帝専用に建てられた離宮で泊まる。正は各地の有力者の謁見をゆるし、威厳を見せつけて忠誠を誓わせる。

李斯は李斯で、各地で法令を司る者を離宮に呼びつけ、その仕事ぶりをたしかめていった。

なにしろ皇帝自身が来臨しているのである。少しでも落ち度があれば首が飛ぶと思っているのか、郡守、県令らの気の使いぶりは見ていて痛々しいほどだった。応対は丁重をきわめ、そのせいか、なにごともなく一行は東へと進んでゆく。

咸陽を出て二ヶ月ほどで鄒《すう》という地に着いた。

今回の巡幸の目的である、封禅の儀式を始める地である。

まずはそこにある嶧山《えきざん》にのぼった。

さして高い山ではないが、全山を奇岩がおおってなんとも神々しい景観を呈している。

この山頂に秦の徳を頌《しょう》した石碑をたてた。そしてこの地の儒者・博士ら七十人をあつめ、封禅の儀と地の神を祀《まつ》ることを議論した。

封禅の儀というのは帝王だけがするもので、大昔になされたと伝わっているが、どうやっていいのか誰も知らない。儒者たちの合議によって手順を決めてゆくしかないのである。

儒者たちの議論を、正は上座でじっと聞いている。

李斯もつきあったが、まことに退屈な議論だった。どの書にこうある、という者がいると、別の者が異を唱えるが、どちらもその正しさを証明できない。不毛な議論が延々とつづく。

だが正は飽きもせずに聞いている。頭がよくてよく書も読んでいる正には、議論が理解できるのかもしれない。

その姿を見て李斯は、ふっと正の弱みを見たような気がした。

——心細いのかもしれないな。

と思う。皇帝と称してこの世の頂点に立ってしまうと、もはや頼るべき人も教え導いてくれる人もいない。ひとりで天下を切り回すとなれば、心細くなっても無理はない。

おそらく心の支えとして、自分が天下の第一人者であるという証明がほしいのだろう。それが、封禅という儀式を仕上げることによって得られると考えているようだ。だからこれほど熱心なのではないか。

ふだん、正は臣下の者に心の内を見せない。二十歳のころから仕えている李斯でさえ正の考えていることがわからないのだから、わかる者などこの世にはいないだろう。

そのため正は冷酷な決定を平気で下す果断な主君という印象があるが、じつはいつも震え迷いながら決断しているのかもしれない。

そんな正がこれから頼るのは、いったい何なのか。人でないことは確かだが……。

李斯が考えているうちに、どうやら議論も終わったようだ。これから一行は北に向かい、泰山《たいざん》にのぼるという。

嶧山から泰山へは、北へ三日ほどの道のりだった。

泰山のある山地は、さほど高いわけではない。しかし黄河《こうが》の作った広い中原《ちゅうげん》のまっただ中にあり、四方をにらんで屹立《きつりつ》しているその姿は、人々にある種の畏怖を感じさせ、古来から聖なる山と崇《あが》められてきた。

正は輿《こし》にのって山頂に達すると、そこに石を積んで、儒者たちが議論の末に決めたとおりに儀式をした。少数の儒者だけが立ち会ったので、どんなことをしたのか、李斯にもわからない。

ともあれ、これで天下を治める皇帝として天を祀ったのである。ふつうの人より神に近づいたことになる。

下山する途中で雨が降り出したので、正は松の木の下にはいって休んだ。そのため供の者たちはずぶ濡《ぬ》れになったが、正だけはあまり濡れずにすんだ。

雨が上がり、下山のためにみなが動きはじめたとき、輿に乗った正は言った。

「朕《ちん》を助けたこの松に五大夫《ごたいふ》の位を贈ってやる。そうあつかうよう、この地の者たちに達しておけ」

聞いた李斯は冗談かと思ったが、正の顔つきは真面目《まじめ》そのものである。はっとして、

「かしこまりました。そのようにいたします」

と拱手《きょうしゅ》して引き下がった。

李斯は衝撃をうけていた。

――正は、もはや人間ばかりでなく、天地をも臣下とするつもりか。

そうとしか思えない。封禅の儀式をしたから、正は「人間を超えた存在」になったということなのだろう。

心細くて、震えながら決断をしていたなどと正を見ていた自分にあきれた。正は、そんなやわな心などもっていないのだ。

四

泰山からはまた東へ向かった。斉の都であった臨淄をすぎ、さらに東へ。

車の中で李斯は思う。

封禅の儀式を終えたので、今回の行幸の大きな目的は果たしたといえる。あとは新しく領土となった地を見てまわり、領民に皇帝の威厳を見せつけ、無事に咸陽へ帰るばかりである。

しかし、その前にお楽しみもある。

ゆるやかな丘を越えると、独特な香りとともに突然、目の前に見たこともない光景があらわれた。

目の届くかぎりまで深緑色の水がつづいている。その果ては青い空と交わっていた。

海である。

「おお、これか」

轀涼車を止めて浜辺に出た正とならび、李斯も砂浜に立った。

足許《あしもと》に波が打ち寄せる。初めて目にする光景に、ふたりはしばし黙り込んだ。

「あの果てにはなにがあるのか」

やがて正が問うた。

「さあ。蓬萊《ほうらい》の国があるとか申しますが」

李斯にも答えられない。

「博士どもにたずねよ。そして天下というのはあの向こうまでつづいているのかどうか、答えさせよ」

天下の主としては、自分の領地がどこまでなのか気になるようだ。

博士たちに答申を命じておいて、行列は海沿いにさらに東に向かった。

地元の者たちが、ここが東の果てだという地の、海中にある山——引き潮のときには砂浜でつながる——にのぼり、皇帝は天下の果てを見極めた。ついでここに秦を顕彰する石碑を立てるよう命じた。

ここからは南へ向かう。途中で博士たちから、

「海の果てにはいくつかの島があるが、そこは人の住む地ではない。したがって天下の東の果てはここである」

との答申を得て、正は納得していた。

数日後、琅邪山《ろうやさん》に着いた。入り江のような湾にあり、三方が海に面し形は台のようで、頂上からの

見晴らしがじつによい山である。

よほど気に入ったのか、正はここに逗留《とうりゅう》して動かない。日がな潮風に吹かれ、高漸離の筑を聞き、くつろいでいる。

李斯たちにとっても悪い日々ではなかった。正の機嫌がよければ、臣下は安心して仕えていられるのだ。

結局三ヶ月もいた挙げ句、山頂を削って平らにして琅邪台と称し、秦の徳をたたえる石碑をおいた。そして付近の住民三万戸を山麓《さんろく》に移住させ、十二年のあいだ賦税《ふぜい》を免じることとした。

正としては秦の徳を見せるべく、善政を敷いたつもりだろう。実際、移住した民たちは喜んでいた。

石碑を立て終えたころ、斉人が書をあげてきた。皇帝に取り次ぐ者がいて、李斯も同席して話を聞く。

「この東の海中に三つの神山があり、蓬萊、方丈《ほうじょう》、瀛洲《えいしゅう》といいます。ここには僊人《せんにん》が住んでいるので、さがしてきたいと思います」

というのは徐芾《じょふつ》という方士《ほうし》で、簡素な冠をつけ、袖《そで》の広い儒者のような衣を着ている。顔つきは茫《ぼう》洋《よう》としており、細い眼《め》の奥にどんな考えがあるのか窺《うかが》い知れない。

僊人は、老荘《ろうそう》の教えによれば人間の究極の形である。不老不死の法をおさめ、神変自在の術を体得しているという。海中の島に僊人が住むというのは、斉の人々が信じている話のようだ。

「僊人をさがしてどうするというのか」

正の問いに徐芾は答えた。

「僊人は神薬をもっており、それを飲めば老いもせず死にもしないと申します。是非とも神薬を得て、献上したいと存じます」

あやしい、と李斯は思った。海中に島があるのは、本当だろう。あっても不思議ではない。深い山奥や海中に不老不死の術を会得した僊人がいるというのも、昔から言われていて子供でも知っていることだ。

しかし神薬はあやしい。孔子《こうし》は怪力乱神《かいりょくらんしん》を語らなかった。荀卿が聞いても、法螺話《ほらばなし》と斬《き》り捨てるだろう。

ところが正は興味をひかれたようだ。

「その神薬を飲めば、不老不死になれるのか」

「さように聞いております」

「そなた自身は僊人にならぬのか」

「いまだ修行が浅く、僊人にはなれませぬ。僊人に会って教えを乞《こ》いたいとも考えております」

「どのようにさがすのか」

「は。この身は斎戒沐浴《さいかいもくよく》し、さらに穢《けが》れなき童男童女をつれてゆけば、その気を感じて僊人は姿をあらわすと申します」

そのためには童男童女もひとりやふたりではだめで、数百人、数千人を連れてゆきたいという。

「船を仕立てるのか」

「はい。大船を何艘《そう》か仕立てて、さらに水や食料、僊人への贈り物を積み込み、日和《ひより》を待って大海へ漕《こ》ぎ出します」

そのためにはかなりの金穀がかかるので、これまで実現できないでいた。皇帝がこの地まで光臨されたのは幸いである。是非ともお許しと援助をいただきたい、と言う。

あやしげな話である。叩き出すか、刑を科すかと李斯は考えていたが、

「わかった」

おどろいたことに、正は即決した。

「丞相に命じておく。要るだけ申し出よ」

徐芇は拝礼して去っていった。

やめたほうがいいと思いつつも、李斯はなにも言わなかった。

正は五十歳を前にして、寿命を意識するようになったのだ。自分にも憶《おぼ》えがある。若いころはいくらでもあると思っていた自分の時間が、もうあまりないと気づいたときの衝撃。おそらく誰でも歳《とし》をとればそうなるだろう。これはやめろと言っても無理だ。

——ま、国を傾けるほどのことはあるまい。

後宮の女を増やし、建物を建て増しすることを考えれば、僊人さがしの費《つい》えなどどうということはない。そう考えて李斯は自分を納得させた。

秋風が吹きはじめたころ、正はやっと琅邪台から腰をあげ、行列を南へと向けた。

いくつか川を渡り、彭城《ほうじょう》という地についた。

ここに来たのはわけがある。近くの泗水《しすい》に周《しゅう》の鼎《かなえ》が沈んでいるとされているからだ。

周の鼎とは三本足の祭器で、伝説の王朝とされる夏《か》王朝の始祖、禹《う》王が天下に命じてあつめた金によって鋳造されたものだ。

夏王朝が滅びたのちは殷《いん》に、殷が滅びたのちは周王朝のものとなり、これをもつ者がすなわち天子とされた。しかし数十年前に周が滅びたとき——滅ぼしたのは秦、つまり正の先祖だが——、混乱の中で泗水に落ちて失われてしまったのである。

正は、それを探せと命じた。

周辺から千人の役夫があつめられ、川の中へはいって探しはじめた。

しかし何十年も前のことである。数日探したが、痕跡《こんせき》さえも見つからない。秋も深まっており、冷たい水に浸《つ》かる役夫たちは体を震わせている。焚《た》き火《び》で暖をとりたくても、正が河原に車を据えて見ているので、長くはあたっていられない。役夫たちが不満をつのらせてゆくのが見てとれる。千人の役夫たちが暴れ出したら、近くにいる正も危ない。

「もうよろしいではありませぬか」

見かねて李斯は正に上奏した。

「いまや皇帝陛下は、周などおよびもつかぬ広い領土を治めておられます。なにも昔のことにこだわる必要はありません。鼎のようなものが欲しければ、新しく作ればよいのです。それこそ最初の皇帝のすべきことではないでしょうか」

というと、正はひと息おいてうなずいた。

「それもそうだな。では帰ったらさっそく新しい神器を作るとしようか」

眉《まゆ》ひとつ動かさずにあっさりと認めたところからすると、正は危険など感じていないようだ。ただ単に鼎探しに飽きていたのだろう。

——どうも、危ないな。

封禅の儀式を終えて、正は変わった。おかしな自信をつけてしまったようだ。

李斯は胸の内でため息をついた。

一行はふたたび行列をつくり、西南へ向かう。

淮水《わいすい》をわたり、聖山のひとつとされる衡山《こうざん》をおとずれたのち、長江《ちょうこう》に行き着いた。向こう岸が霞《かす》んで見えるほど川幅があり、黄河よりはいくらか澄んだ水がとうとうと流れている。

ここで郡守の出迎えをうけて、正は木の香も新しい離宮に泊まった。

その晩のこと。

正と寵姫たちが泊まっていた離宮で、騒ぎが起きた。

女の悲鳴と正の叫び声、床を踏み鳴らす音と什器《じゅうき》が壊れる音が外にまで響く。

郎官《ろうかん》の注進をうけて李斯が駆けつけると、荒れた室内でひとりの男が郎官たちに取り押さえられ、うつ伏せに組み伏せられていた。

高漸離だった。

「いきなり筑を振りまわして襲ってきた」

と正は言った。右の肩を押さえている。

「今日は筑の音がいつもより鈍かった。それを叱《しか》ったら……」

いきなり両手で筑を持ちあげ、棍棒《こんぼう》のようにして殴りかかってきたという。とっさによけたが、筑は正の肩をかすめた。女たちの悲鳴を聞いて郎官が駆けつけるまでに、高漸離は筑をふりまわし、正を追いかけたようだ。

筑を調べると、裏に鉛が多量に込められていた。相当な重さがあり、まともに頭にあたればただでは済まなかっただろう。

「こやつの目を潰《つぶ》しておいてよかったわい」

正は言う。さすがに表情は強張《こわば》っている。

「友人を殺された恨みか。それとも目を潰された恨みか」

李斯は問い詰めたが、高漸離はなにも言わない。

「許せぬ。廷尉、裁きをつけよ」

正は大声で命じる。李斯は拱手してこれを請けた。調べるまでもなく、謀叛《むほん》の罪で車裂きは免れない。

引かれてゆく高漸離は、最後にひと声、放った。

「こんな世が長つづきするものか。諸国の恨みをうけて、いまに倒れるぞ！」

「こら、だまれ！」

郎官たちが高漸離の口をふさぐ。

「早く引いて行け！」

李斯は郎官たちに怒鳴った。正に聞かれると、機嫌を損じてあとが面倒だ。

しかし遅かった。ちらと正を見ると、その眼が吊《つ》り上がっていた。


翌朝、薄曇りの中、正は船で長江を渡った。

いくらか風があり、波が立っていたので、水神を鎮めるために璧《へき》――円板状の玉の中央をくり抜いた宝玉――を水中に投じて安全を祈った。この璧がのちに騒ぎの元となるのだが、このときは知る由もない。

南郡の離宮に着くと、郡守に案内されて湘山祠《しょうざんし》という名所を訪れることになった。雲夢沢《うんぼうたく》という広大な湖（洞庭湖《どうていこ》）の南にあるという。

正はまた船に乗り、湘山をめざした。

軍勢と供の者の多くは岸を歩かせたので、船に乗るのは警護の郎官と、李斯ら側近の重臣たちだけである。

漕ぎ手が二十人いて、百人は乗れるかという大きな船の中で、正は不機嫌な顔で黙り込んでいる。

高漸離の一件が、かなりこたえたように見える。いまは寵姫たちも側においていない。寵姫といっても他国から連れてきた女なので、燕人の高漸離に襲われたこともあり、用心しているようだ。

重臣たちの中には、晴れやかな顔でおべっかを使う者もいるが、正は相手にしない。むすっとした顔で無言を通している。しだいに重臣たちも話をしなくなり、船の上は櫓《ろ》音だけがひびく異様な雰囲気に包まれていった。

出発した朝のうちは薄曇りだったが、昼が近くなるにつれて雲が多くなり、南のほうには黒雲も見えるようになっている。

船はやっと湘山の麓《ふもと》近くまできたのに、風が出てきて、雨もぽつぽつと降ってきた。

「これはひと雨きましょう。皇帝陛下には屋形の中へお入りくださるよう、謹んで申しあげます」

船頭が拱手拝礼して言う。正はむっつりとしたまま、船の中央にある藁《わら》葺《ぶ》きの小屋へはいった。

船は大きいが、船上にある屋形は小さく、多くの人は入れない。李斯たちは船倉へ下りた。

——いまごろは、高漸離が車裂きにされているかな。

郡守に命じた刑が確実に執行されているかどうか、李斯は思いを馳《は》せつつ船倉にすわりこんだ。

しばらくすると、船の揺れがはげしくなってきた。雨ばかりか風が強くなり、波が立つようになったのだ。しかも稲光と雷鳴までが襲ってきた。まるで天の怒りをこうむったかのようだ。

「船を岸に着けろ！　皇帝の御身を少しでも濡らしたら、きさまらはみな死罪だぞ！」

腹に響く雷鳴の中、李斯は船倉を出て、船頭に迫った。船頭はあわてて舵《かじ》にとりつき、船を岸辺に向ける。しかしそのせいで船が大きくかしぎ、船上は叫び声で満ちた。

混乱しつつも船は岸に着き、乗っていた者は無事に降り立った。みながざわめく中で、

「湘山祠とは、だれを祀ってあるのか」

責めるように地元の博士を問い詰める正の声が響く。

「はい。尭帝《ぎょうてい》の娘で、舜帝《しゅんてい》の妃となった者を葬ってあると伝えられております」

古代の伝説上の王で、徳を以《もっ》て天下を治めたとされるふたりの名を出して博士が答えると、

「そのような者が朕を湖に沈めようとしたのか！」

と正は怒りはじめた。どうやら祠に参るのを山の神に拒まれたと感じたらしい。しばらく腕組みをして考えていたが、

「あの山の」

正は湘山とされる山を指さして言った。

「すべての木々を伐《き》り倒し、裸にせよ。女ならば辱めてやる」

郡守はこれを聞いて顔を引きつらせたが、皇帝の命とあっては逆らえない。

「御意のままに。手がけるまでしばらく時をお貸しください」

と言い、すぐさま役夫の調達にかかった。

結局、南郡だけでなく周囲の郡からも罪人をあつめてきて、三千人を投じて山の木を伐りにかかっ

た。

半月ほどもそこにいて、山が半分ほど裸になったところで、正は腰をあげて帰路についた。かわいそうに、あと半月で湘山は丸裸になるだろう。

——やはり正は変わってしまった。

一部始終を見ていた李斯は、やりきれない気分になった。

これまで正は冷酷なところはあったものの、理屈の通らないことはしない男だった。しかし天下を手にし、封禅の儀式をしてからというもの、人だけでなく、天地や神々をも服従させようとし始めている。いくら皇帝でも、それは無理だ。

しかし正は本気のように見える。

こんなに変わってしまった正を、どうあつかえばいいのか。

天下を治める上では、守旧派などよりよほど大きな問題ではないか。

だがどうすることもできない。李斯自身、夢中になって出世の階段を登ってきて、気がつけばすでに降りられないほどの高みに達していた。もはや自分の運命は、正と一蓮托生《いちれんたくしょう》なのである。正の行くところに従うしかないのだ。

——なあに、あくまで法と術で天下を治めるために力を尽くすだけだ。

自分の立場を確かめ、いくらかうそ寒い気分になりながら、李斯も武関《ぶかん》をとおって咸陽にもどった。

遺勅《いちよく》

一

咸陽《かんよう》の空に、また彗星《すいせい》があらわれた。

こんどのは西の空に低く、右側に長い尾を引いている。いくらか小さくて見にくいが、他の星とはやはりちがう。

夜空を見あげながら、

——何年ぶりだろうか。

と李斯《りし》は思った。

以前、彗星を見たのは、正《せい》が韓非《かんぴ》の書を読み、韓非に会いたいと言いだしたころだった。

ということは、もう二十年ほども前になるのか。

「韓非に会うためには、韓《かん》を攻めるのがよろしい」

と正にすすめたのを思い出す。

結果、韓非が正に会いにきて、そして雲陽《うんよう》の獄中で死んだ。その三年後には韓も滅んだ。韓非は死んだが、法と術を使って国を富強にするその教えは、いまも秦《しん》で生きている。

正は韓非の教えを実践することによって、まだ弱かった王としての立場を強め、秦の国内を引き締めた。その勢いをかって、天下までも平定してしまった。

自分も韓非の教えに共鳴し、法と術の使い方を考えつつ正に仕えて、いまや丞相《じょうしょう》にまで出世している。まさに韓非のおかげである。

天下が統一されたいまでも、いや、平穏な世にあってこそ、ますます法と術は重要になるだろう。いまや丞相府（丞相の仕事を行う官吏たちの仕事場）には、法律の原典となる大量の竹簡《ちくかん》や木簡《もっかん》が収められている。また正が好んであつめた多くの地図も、いまはここに収まっていた。天下を治める政令は、こうした資料をもとに自分が出しているのだ。

韓と韓非にとって彗星は凶兆だったが、秦と自分にとっては凶兆どころか大吉兆だったのである。するとと今度の彗星も、なにかよいことの兆しだろうか。

自分は丞相になっている。人臣の位はここに極まっており、もうこれ以上に高い役職はない。出世の一方で家庭にもめぐまれた。長男の由《ゆう》は三川《さんせん》郡の太守となっているし、ほかの息子はみな公主（皇女）を娶《めと》り、娘たちは公子に嫁している。

由が休暇で三川から咸陽に帰ったとき、自邸で酒宴を催したが、門前の広場は馬車で埋まり、百官がみな出席して自分の健康を祝してくれた。これほどの栄誉を受ける者は稀《まれ》だろう。

これ以上のよいこととは、なんだろうか。そんなものが、果たしてあるのだろうか。

あるとすれば自分が王に、いや皇帝になることくらいだが……。

まさか。

李斯は小さく首をふった。そんなことがあるはずはない。いや、あってはならない。考えるだけで恐ろしい。正に悟られたら、どんな目に遭うかわからない。

正も、天下を手にしたいまはいくらか気を抜いている。以前ならば決裁をもとめる竹簡や木簡は、来たその日のうちにすべて決裁したが、いまは秤《はかり》で重さをはかり、一日に一石《せき》（約三十キロ）しか決裁しない。

少々気になることがある。荀卿《じゅんけい》は言っていた。

「ものごとは盛大すぎるのを戒《いまし》めなくてはならない」

すべてものごとは、極限に達すればあとは衰えるしかないのだと。

富貴をきわめているいまはとても想像できないが、荀卿の言うことが正しいとすれば、あとは衰えるばかりということになるが……。

そして、彗星はたしかに空にある。

おなじころ、蒙恬《もうてん》も彗星を見ていた。

「ろくなものではないわい」

なぜか悪い予感がして、蒙恬は吐き捨てた。

夜空に浮かんだ奇妙な形の星は、どうにも禍々《まがまが》しく見える。

「一度、博士に占わせるか。なにが起きるのかをな」

といってもこの地に博士はいない。

蒙恬は、北の果てにきている。

昨年、皇帝が巡幸し、帝国の北辺をめぐって上郡《じょう》から咸陽にもどった。帝国の北の境界をたしかめるとともに、強敵、匈奴《きょうど》のようすを視察したのである。

その巡幸の最中、盧生《ろせい》という方士——燕《えん》の人である——が皇帝の前に出てきて、僊人《せんにん》を探しだして仙薬を手に入れると請け合った。しかし半年ほど探したが僊人を見つけられず、かわりとして鬼神のお告げという図書を皇帝に提出した。その中に、

「秦を滅ぼす者は胡《こ》」

とあったのである。

これをもとに皇帝と重臣たちが協議したところ、河南《かなん》の地（黄河《こうが》の南の意。オルドス地域）に匈奴、つまり胡が居すわっているので、これを追い払えばよいということになった。

そこで蒙恬が将軍を拝命し、匈奴を討つために三十万の兵をひきいて進軍しているのだ。

側近に、つぎに王宮へ行く使者には咸陽にいる博士への依頼をもたせよと命じた。

「直《じか》に頼んでもいいが、毅《き》に頼んだほうがいいかもしれん。そこはまかせる」

弟の蒙毅は、いま皇帝の側近となっている。どの博士に頼めばいいかも判断してくれるだろう。

「さて、遅くなった。おれは寝る。しっかり見張りをしておけ」

側近にそう言って蒙恬は天幕にはいった。

蒙恬の軍勢は、星が降るような大草原の中で、騎馬と戦車で円陣を組んで野営している。遮《さえぎ》るものがないだけに、敵襲には最大の警戒をしなければならない。

匈奴の王は、頭曼単于《とうまんぜんう》という。

頭曼とは万人の長の意であり、単于は天をさす。天によって立てられた首長、ということだ。

遊牧民である匈奴は、部族ごとに多くの馬と羊を養い、草原を移動しつつ暮らしている。

いざ戦いとなると、兵はみな馬に乗って弓を使う。その動きの速さに中原《ちゅうげん》の軍はついてゆけず、追い払うことはできても、捕まえて殲滅《せんめつ》するのは至難の業だった。そのため秦だけでなく、趙《ちょう》や燕の兵も、ずっと守勢を強いられてきた。

ついには匈奴を防ぐために、長城というものが築かれた。

高さ十尺（約二・三メートル）、巾《はば》十〜十五尺（約二・三〜三・五メートル）の石積み、または土を叩《たた》き固めた版築の壁を、領地の端から端までずっと築いてゆくのだ。

これなら馬や人が乗り越えられないので、長城のところどころに城塞《じょうさい》を築いておき、匈奴が攻めてきたら、城塞から弓や弩《ど》で応戦すればよい。

中原でも北に位置する趙や燕はこの防壁に頼って匈奴をふせぎ、秦も北方には長城を築いてきた。だが天下を征したいま、皇帝は匈奴を恐れて防ぐだけではなく、この大草原を秦の領地にするつもりになっている。

オルドスの大草原は、一国に相当するほど広い。

そのため蒙恬に与えられた使命は、じつに壮大なものとなった。

匈奴を追い払うだけでなく、大草原に城を築き、耕地を広げて人の住む町にする。そしてそののちに匈奴の侵攻を防ぐことまでまかされているのだ。

国を一から築くような大事業である。

そこで蒙恬は、通常の町=城を築いたあと、大草原を守るように長城を築くよう皇帝に提言し、受け入れられた。

これまで秦の長城があった位置よりずっと北、黄河を越えたところに長城を築き、さらに趙と燕が築いた長城につなげる、という案である。その長さは、まさに万里を超えるだろう。

これが匈奴の騎馬を止めるから、長城の内側ならどこでも耕地をひらいて町を造れるようになる。三十万の兵は、そのためのものだった。戦うだけでなく城や町を築くためにも使うのである。

さらに、北方へ人や兵糧《ひょうろう》を迅速に運ぶため、咸陽の北西にある雲陽から北の大草原の地、九原郡《きゅうげん》まで、およそ千八百里（約八百キロ）にわたって、広くまっすぐな道を開く予定もある。蒙恬はその工事をもまかされることになっていた。

道の名を直道《ちょくどう》という。

名のとおり、どこまでもまっすぐな道であって、山や谷があろうと迂回《うかい》しない。しかも幅は、戦車が何乗も一度に通れるよう三十歩から五十歩（約四十～七十メートル）とする。

そのために硬い岩を砕いて山を切り開き、深い谷を埋め、と工事そのものがむずかしくなる上、毎日、何万という人足をはたらかせねばならない。

長城とこの直道の工事のため、天下のあちこちからあつまってくる人足たちに、寝るところを与え食事も給してと、生かしてはたらかせるだけで大変な作業になる。

そして怠けている者は、見せしめとして刑に処する。その監督も重い仕事になっている。

北方では長城と町の造営も見ておかねばならない。匈奴が長城の外側をうろついているので、守備のための兵の配置も手を抜けない。

蒙恬は上郡に本拠をおいているが、昨日は長城の監督に北方へ行ったかと思えば、今日は直道の縄打ちのためにもどってくるなど、まったく寝る暇もないほどだった。

「無理もないわい。ひとつの国を造るのにひとしい仕事だからな」

蒙恬は側近にこぼす。

「八面六臂《はちめんろっぴ》の活躍とは、まさにこのこと。いずれ皇帝より褒賞がありましょう」

と側近が言う。お世辞とは思えない。それほどはたらいているという自覚がある。どんな褒美《ほうび》があるだろうか。

直道ができれば兵も迅速に北方へ送れるので、もう匈奴に悩まされることはなくなる。そうなればオルドスの大草原は本当に秦のものとなる。

だがいまはまだ、匈奴との戦いの最中だ。

蒙恬は、それまでのように正面を切って匈奴と戦う方法をやめた。そして匈奴の集落を見つけては、まずその周囲を囲むように兵を配置し、袋の鼠《ねずみ》にしてから攻撃をかけるようにした。

大軍ゆえにできる戦法である。

いまも、一群の包《パオ》の集落を、十万の軍勢で包囲していた。翌朝を期して襲いかかる手筈《てはず》になっている。

短い夜が明けると、

「ひとりも生かしておくな。女子供まで皆殺しにせよ」

と命じて蒙恬は軍を送り出した。

秦軍に出会えば惨殺《ざんさつ》されるとわかれば、匈奴も恐れてこの地から出てゆくだろう。どうせ遊牧の民である。土地に未練はないはずだ。

とにかく、まずはこの大草原から匈奴を追い出すことだ。

二

彗星があらわれた年の翌春、正は咸陽の王宮の大広間で酒宴をひらいた。

大広間のところどころに置かれた卓には、肉、魚などの料理、めずらしい果物などが山盛りになっている。そして各地から取り寄せられた酒の大きな甕《かめ》が置かれていた。

楽人の一団は美しい音楽をかなでて場を盛りあげ、侍女たちは美しく着飾って給仕をし、宴に彩りを添えている。

丞相など三公九卿《さんこうきゅうけい》はもとより、その下の官員など数百人があつまっての大がかりな酒宴である。

正は高い玉座にすわり、この酒宴を眺めていた。

天下を征して八年になる。

この一、二年では、蒙恬が北方の匈奴を討って大草原を奪った。南方へも兵を送って蛮夷《ばんい》を討ち、そこに三郡をおいた。

中原の国々を征しただけでなく、南北に領土を大きくひろげたのである。もはや正の勢いを止める者はどこにもいなかった。

年齢は五十に近づいたが、まだまだ体は壮健だった。跡継ぎの子供も、二十人以上いる。

ふつうの人なら、これ以上なにを望めばいいのかと思うところだ。

それでも正は、十全に幸せだとは感じていなかった。まだまだ、どれほども満足できていないとも感じていた。

天下を征したといっても、戦いを指揮して敵国を打ち破ったのは将軍たちだし、その後に領土を平穏に治めたのは文官たちで、自分は宮殿の奥から指図を出していただけだ。何かを仕遂げた感じがしない。だからいまでも刺激がほしいし、人々の賞賛もまだまだ足りないと感じている。

それに、寿命がある。六十歳をすぎて生きる人が少ないことを考えれば、自分もあと十年も生きられるかどうか。あと十年足らずの人生と考えると、心のどこかに穴があいて、そこを冷たい風が吹き抜けてゆくような気がする。

——もっと長生きしてこの世を楽しみたい。死ぬのは嫌だ。

だから、それほど酒が好きでもないのに酒宴をひらきたくなる。多くの者たちが明るい顔で正の前に跪《ひざまず》く姿を見ると、そのときだけでも穴が塞《ふさ》がって、冷たい風が止まる気がするのだ。

高官たちが、順番に正の前にあいさつに来る。みな正の偉業をたたえる言葉をならべるばかりだ。正は適当に聞き流していた。

小さな争いがおきたのは、重臣のひとり、周青臣《しゅうせいしん》が正にあいさつをしてからだった。

「昔、わが国の領土は方千里にすぎませんでした。皇帝陛下の神霊明聖によって天下を平定し、蛮夷を追い払い、いまや日月の照らすところ、陛下に服さぬ者はありません。諸侯の地を廃して郡県としたので、人々は安楽して兵火の憂いがなくなりました。これを万世に伝えることになったのですから、上古より陛下の威徳にならぶものはありません」

とのべる。その通りである。正はうなずく。

しかしこれが大きな声だったので、周囲に聞こえたらしい。

近くにいた博士のひとりが、玉座の前にすすみでて跪いた。

「ただいま周閣下のお言葉が耳にはいりましたので、まかり出ました。ひとこと奏上するお許しを願います」

正は許した。

「なんなりと述べるがよい」

「ありがたき仕合わせ。されば失礼して」

博士はひと息おいて声を張りあげた。

「殷《いん》、周は国を保つこと千余年でしたが、それは子弟や功臣を封じて王室の藩屏《はんぺい》としたからです。いま皇帝陛下は天下をお持ちでありながら、ご子弟はなお匹夫《ひっぷ》にすぎません。もし国を奪う佞臣《ねいしん》が出たら、助ける者なしにどうして国を保てましょう。いにしえを師とせずに長久した例を聞きません。いま周閣下が郡県の制を褒めたたえるのは、陛下におもねっているものです。忠臣であれば、陛下のあやまちを指摘しなければなりません」

あたらしく始めた郡県の制をやめて、昔どおりに諸侯に領地を与えて各地に封ぜよというのだ。それが秦帝国を長く保つ策だと。

正にしてみれば、郡県制をとるか封建制にするかというのは、天下を統一した直後の八年前に結論を出した議論だった。自分のとった策がまちがっているというのかと憮然《ぶぜん》としたが、物知りの博士の言葉だけに、臣下の多くはこれを聞いてもっともと思うだろう。無視はできなかった。

——いや、いい機会かもしれぬな。

一瞬の逡巡ののち、正は小気味のいい策を思いついた。自分の考えにしたがわない者たちをあぶり出すために、利用できそうだ。

そこで酒宴が終わってから日をあらため、博士たちと丞相をはじめとした重臣たちとで、議論させることにした。

いまの制度を築き上げた丞相以下の者たちが、それを批判する博士たちと討論すれば黒白がはっきりするはずだし、学者諸生のうち、どんな考えをもっている者が批判しているのかもわかる。

宮殿内の一室でおこなわれた御前会議には、七十名いる博士の中から五人を、そして丞相たち高官の中からも、手をあげた五人を出席させた。

果たして、議論は白熱した。

博士たちは例を挙げて昔の制度の利点をのべる。

五帝三代の昔の制度は忠孝を礎としており、堅固なのは当然であり、長く国を保ってきた例がいくらもある。対していまの制度は古今に例がなく、うまくいく保証はどこにもない。そうである以上、国として危ない橋は渡るべきではない、という。

堯舜《ぎょうしゅん》の世が政治の理想とされているだけに、昔にならえという話は説得力がある。

対して高官たちは、郡県制のほうが皇帝の指令が天下にとどきやすいとか、適材適所の処遇によって天下の人士に不満がなくなるなど、利点をあげて反論する。

どちらも譲らないが、博士たちのほうが議論になれているせいか、例とする話が豊かで面白く、肩を持ちたくなる。

そんな気分の中、高官たちの最後に発言に立ったのは、丞相の李斯だった。

李斯は博士たちをにらみつけると、静かに低い声で語りはじめた。

「博士たちは五帝三代の世をもちあげておりますが、五帝はそれぞれおなじ政治をせず、三代もまた先の世を踏襲してはおりません。なのに世は治まっておりました。これは政道が違う以前に、時勢が違ったからです。時勢が違えば政道を変えるのは当然でしょう」

と、まずは真っ向から博士たちの主張を否定した。

「皇帝陛下は天下をひとつにするという万世の功を立てられましたが、これがどれほど大きな功なのか、愚かな儒者たちにはわかっていないようです。博士が言ういにしえとは三代の時のことで、いまの時勢に合うはずがありません」

愚かといわれた博士たちが色めき立つが、李斯はかまわずつづける。

「昔、諸侯が並び立ったころには、遊説の士をまねいて手厚く遇しましたが、いまは天下が定まり、遊説の士の智恵《ちえ》は必要ありません。百姓は農耕につとめ、士人は法令を学んでこれを遵守《じゅんしゅ》しております。なのに学者諸生だけがいまを重んじず、いにしえに学び、当代の治世を非難しております。よってこの丞相、臣である斯は、死を冒《おか》してあえて申しあげます」

ひと息入れてから、李斯はさらにつづける。

「いにしえは諸侯がならび興り、天下が乱れて統一がありませんでした。学者諸生はみなそんないにしえをたたえていまを誹謗《ひぼう》し、虚言を飾って真実を乱し、おのれの学んだことを最善として、朝廷の建てた制度を否定したのです。いまや皇帝陛下が天下を治め、黒白を分かって政令を一途に定めましたのに、学者諸生は一令が出るたびに、おのおの学識をもとに非難する始末です。これを罪といわずして何を罪とされますや」

博士たちは、今度は青くなった。丞相たる者が博士たちを罪人呼ばわりしているのだ。これはもはや論争ではなかった。丞相による弾劾《だんがい》である。

「朝廷にあっては心の中に秘めておりますが、巷間《こうかん》にある者たちは公然と非難し、君主に従順でないのを名誉と心得、異見を立てるのを手柄として、群下の衆を率いて誹謗《ひぼう》する。これを禁じるべきです。でなければ君主の威勢が衰え、世間に小人の徒党ができるばかりです」

博士たちはしんと静まってしまった。

正はいつものように表情を動かさずに聞いていたが、内心では大きくうなずいていた。

まずいにしえといまは違うという観点。

これはあの韓非も指摘していた。

尭舜の世といっても、いまとは人の多さも違えば暮らしの豊かさ、富の多さもまるで違う。だからいにしえの政治はまったく参考にならない。

そして少し前までは、七雄がならび立って中原に覇を競っていた。だから遊説の士という新しい意見をのべる者が必要だった。さまざまな見解からいいものを取り入れなければ、国は富強になれず、戦いに敗れてしまうからだ。

だがいまは国と国とが競い合う時代ではない。

自分が天下を征したいま、もはや誰も経験したことのない時代になっており、手本となる王朝などどこにもないのだ。とすれば、古例をよしとする学問は無用ではなかろうか。

はたらきもせず、古例をもちだして主君をそしる学者諸生などいらない。

李斯は韓非の説を下敷きにして論を展開している。かの韓非も、学者諸生を五蠹《ごと》のひとつに数えあげていた。

やはり有害無益の徒なのだろう。

「丞相よ」

正は裁決を下した。

「そなたの言やよし。法令にして出せるよう、書を調えて奏上してくれ」

李斯が深く一礼し、会議は終わった。博士たちは声もなかった。

数日して、李斯から法令案の竹簡があがってきた。

朝廷への非難を禁ずるためには、よい書と悪い書を取捨することが肝心だ、とある。

「官吏があつかうものは、国の記録以外はみな焼き捨て、博士が司《つかさど》るもののほか、天下にある詩、書、百家の語録などはすべて郡の守尉に提出させて焼くこととする。あえて詩書を語り合う者あれば、市にて斬殺《ざんさつ》し、晒《さら》し者にする。いにしえをもっていまを非難する者は一族討滅。官吏のうちこれを知って見逃す者も同罪。法令が出て三十日以内に従わぬ者は入れ墨のうえ城旦《じょうたん》（築城に従事する徒刑）に処す」

とかなり厳しい。李斯らしい、と正は読みつつ笑った。李斯も韓非の考えを受けついでいるのだから、厳しい法令で民を縛ろうとするのは当然だ。

「ただし医薬、卜筮《ぼくぜい》、種樹《しゅじゅ》の書は例外とす。もし法令を学ぼうとする者あれば、官吏を師とすべし」

実用の学問はそのままとするのだから、十分だろう。やはりこのあたりは李斯にやらせておけばよい。

正はこれを裁可した。

三

翌年、正は、

「咸陽は人がふえているのに、宮殿がちいさいままだ。昔の王よりもっと大きな宮殿にするぞ」

と言って渭水《いすい》の南側——いまの宮殿は渭水の北にある——の阿房《あぼう》の地に新しく宮殿を建てはじめた。

咸陽の周辺には三百もの宮殿と離宮があるが、天下を治める皇帝の身にはまだまだ足りないと思えたのだ。

新宮殿は、その中心となる本殿だけで東西五百歩（約七百メートル）、南北五十丈《じょう》（約百二十五メートル）。二階建てで、一階は五丈もの高さがあり、二階は万人がすわれるほど広いという、途方もなく大きな建物である。ひとつの村が建物の中にすっぽり入ってしまうほどだ。

しかも建てるのはこの本殿だけではない。中心の本殿を取り巻くようにいくつもの建物がならび、そこから復道《ふくどう》という二階建ての道が渭水をわたって、いまの王宮へつながる設計になっている。もちろん、工事には莫大《ばくだい》な人手がかかる。

さらに、王位についたときから着工していた驪山《りざん》の北にある自分の墳墓も、規模をうんと大きくすることにした。

敷地の南北の幅は渭水の南岸から驪山の北麓《ほくろく》まで、およそ二十二、三里（約十キロ）、東西の幅もおなじ程度とし、その中に裾野が一里（約四百五十メートル）四方の墳丘を築く。墳丘の地下を深く掘り下げて水が入ってこないようにし、その中に築く宮殿に墓室をもうける。外には水銀の川を流し、盗掘を防ぐために踏み込むと矢が飛ぶ仕掛けもつける。そして墳丘の周囲には護衛の兵士や軍馬の俑《よう》（人形）を造って埋めるなど、さまざまな仕掛けをほどこすことにした。死後も、生前とおなじ暮らしができるように支度しておくのである。

北方から石を切り出し、南方の蜀《しょく》や荊《けい》から木材を運ぶなど、こうした建築は天下を挙げての大事業となっている。使役する人夫は囚人ばかりで七十万人にものぼった。

さらに長城を築くために蒙恬のもとに三十万人、南方の国を征するためにも数十万人、そして南北両方の戦地へ兵糧を運ぶためにも、何十万という役夫を動員している。

――あまりに民を使役しすぎるのもよくないかな。

ちらりとそんなことを考えもした。

しかし、天下の三十六郡には、およそ二千万の人々が暮らしている。その中から二百万の人々を使役しているだけだ。田畑を耕す者が足りなくなることはなかろう。いまのところ、足りないという報告はどこからもあがってきていない。

宮殿も長城も墳墓も、欲しいのである。建てるための費用も人手も調達できるし、止める者もいない。であれば、節制するほどのことでもなかろうと思う。

建築の指図をする一方で、方士の盧生と会った。仙薬を見つけると請け合った男である。

「天下をめぐってきましたが、いまだに仙薬は見つかっておりません。幾重にもお詫《わ》び申しあげます」

と盧生は叩頭《こうとう》する。

「なぜか。理由は」

と正は迫った。盧生にはここまで多くの金穀を遣わしてきた。ちゃんとやっているのか、と言外に問うている。

「は。方術によれば必ず見つかるはずなのですが、これまで見つからないのは、なにか障《さわ》りがあるようです」

「障りとはなにか。どこにあるのか」

「なにか、はまだわかりません。ただ、在処《ありか》はわかっております」

「どこだ」

「皇帝陛下の中です」

正はむっとした。

見つからない理由が、よりによってこの自分にあるというのか。言い訳にしても失礼すぎる。罰としてこの男を生き埋めにしてやろうか、それとも車裂きにしようかと考えていると、盧生は下を向いたまま言った。

「方術ではこう申します。『人主（君主。王、皇帝など人の上に立つ者）、時に微行し、もって悪鬼を辟《しりぞ》く』と。体にこもった悪気があると、人主は真人《しんじん》になれず、仙薬も見つかりません」

「真人？　真人になれるというのか」

真人とは僊人とおなじである。人の限界を超えた存在だ。

「真人は水中にはいっても濡れず、火中にはいっても焼けず、天地とともに長久のものです。人主は悪気が去れば真人になれます」

「ふむ」

人主は真人になりやすいというのだ。初めて聞いたが、魅力的な話ではある。

そうだ。自分が欲しかったのは、これかもしれない。

人を超える存在になること。

これまで誰ひとりとして達したことのない高みに達すれば、心の穴も埋まり、冷たい風も止まるだろう。

「微行さえすればいいのか」

「ええ。ただしふつうの微行ではありません。決して人に見られぬようにする必要があります。居所を臣下の者が知れば、神気に障りがあります」

「朕《ちん》が人に見られぬようにすれば真人に、つまり不老不死になる仙薬が見つかる、というのだな」

「ええ。皇帝陛下は天下を得られましたが、まだ恬淡《てんたん》の域には達しておられません。居場所を人に知られないようになされませ。そうすれば仙薬が見つかり、真人になれましょう」

正は盧生をにらみつけた。

「まちがいなく見つかるのだな。もし偽りであったのなら、どうなるかわかっているな」

盧生はきょとんとした顔になった。

「なぜわたくしが偽りなど申しましょうか。もしわたくしの言うとおりになさって、それでも仙薬が見つからなければ、煮るなと焼くなと御意のままになされませ」

盧生も方士として修行を積んでいる。その態度は悠揚《ゆうよう》としたもので、嘘《うそ》をついているようには見えない。

はたして信じていいものやら、とは思ったが、居場所を隠すというのは惹《ひ》かれるものがある。

これまでに、何度も刺客に襲われてきた。

敵国をすべて平らげ、天下を治めたいま、軍勢に襲われて殺されるおそれはない。いま命を落とすとすれば、病に冒されるか刺客に襲われるかだ。長生きのためには、刺客を避けなければならない。居場所を隠せば、刺客に襲われることはなくなるだろう。とはいえ刺客が恐くて居場所を知らせないと思われては、皇帝の威厳にかかわる。

その点、真人になるためという理由ならば、威厳が損なわれることはない。それで不老不死の仙薬も得られるなら、さらにいうことはないではないか。もし駄目なら盧生を罰するだけである。

「よし、その言葉、忘れぬぞ。であれば……」

どうしたら居場所を知られずにすむか、恬淡の域に達するのかと盧生と側近をまじえて突き詰めた。

その結果、咸陽の周辺にある二百七十の宮殿のあいだを、屋根と壁で囲った復道や甬道《ようどう》でむすんで行き来を人に見られぬようにし、さらに各宮殿に皇帝専用の幄坐《あくざ》をもうけ、鐘鼓《しょうこ》と美人をおけばよい、という結論に達した。

これで皇帝・正がどこにいるのか、側近以外にはわからないはずだ。

側近たちには、もし微行先を漏らす者があれば死罪にすると宣した。そして急いで復道・甬道を造り、世間の者たちの目につかぬように行き来して数ヶ月暮らしてみた。

とはいえ、すぐにうまく居場所をくらませたわけではない。ささいなことから居場所はわかってしまう。

ある日、正は梁山宮《りょうざんぐう》へ微行した。山上から下界を眺めていると、右丞相の霍去疾《かくきょしつ》の行列が近くを通りすぎてゆく。そのお供の車や馬が、やたらと多い。微行できている自分の供より多いほどである。

正は側《そば》にいた宦官《かんがん》たちに、

「なんだあれは。丞相は驕《おご》っているのではないか」

と言った。しかし、だから丞相を罰せよと命じたわけではない。ひとりごとのようなものである。

数日後、宮殿にきた丞相の車列を見る機会があった。

すると、あきらかに車も馬も減っているではないか。

すぐにぴんときた。

「宦官の中にわが言葉を漏らした者がいる」

言葉を漏らしたのでは、どこで見ていたのか、居場所もわかってしまう。

だれが漏らしたのか。

正は郎官《ろうかん》に命じて、梁山宮でそばにいた宦官たちを調べさせた。

だが、だれも白状しない。

郎官からこの結果を聞いて、正はすぐに命じた。

「そこにいた者を皆殺しにせよ」

皇帝の命令は絶対である。守らぬ者は定めどおりに罰しなければいけない。

宦官数名の命が刀の露となって消えた。引き替えに、皇帝の居場所や言葉を他人に漏らす者はいなくなった。

しかし皇帝がこの世の者である以上、姿を完全に隠すことはできない。

劉邦《りゅうほう》という貧しい四十男は、住んでいた旧楚《そ》の地、沛《はい》県の豊邑《ほうゆう》から、阿房宮造営の役夫として咸陽へ送られてきていた。ある日偶然にも、甬道の隙間《すきま》から皇帝の姿を見た。

何百という兵と官吏を帯同し、皇帝専用の道をきらびやかな車に乗って堂々と通ってゆく皇帝の姿を見て、劉邦はため息をつき、つぶやいた。

「男と生まれたからには、あんなふうになりてえもんだ」

とはいえ、四十を過ぎて人生の先が見えてきた男には、とてもかなわぬ夢である。立ちつくして見送るばかりだった。

四

秋になったが、盧生は一向に仙薬をもってこない。

正が居場所を隠すようになって何ヶ月もたつので、話がちがうと使者をやって詰問した。

ところが、すぐに御前にうかがいますとの返答があったきり、一向に姿を見せない。再度使者を出したら、どこをさがしても盧生が見当たらない、というではないか。

「逃げたのか！」

正は思わず声をあげた。

「さがしだせ。目の前に引っ張ってこい」

と命じたが、どこに隠れたのか、なかなか見つからない。

それどころか、盧生が逃亡前に周囲の者に語った言葉が世間に流布《るふ》している、と告げる者があった。

どんな内容かと問えば、

「皇帝は天性傲慢《ごうまん》無情で、自分ほどすぐれた者はいないとうぬぼれている。刑罰で民をおどすのを楽しむので、天下の者はおそれてあえて忠を尽くす者がいない。臣下はおそれてひれ伏し、ただ欺《あざむ》いて上に容《い》れられることばかり考えている」

とさんざんである。さらに、

「方士は秦の法によってふたつの方術（医術、占い、養生術など）を兼ねることができないので暮らしが苦しくなる上に、霊験がなければ即座に殺される。天の星気を観《み》る者は三百人もいるのに、皇帝の機嫌を損ねるのをおそれて、だれも過《あやま》ちを指摘する者がいない。これでは仙薬は得られない」

と、仙薬を得られないのは皇帝のせいだと言わんばかりである。

「あやつめ。なにが方士だ。なにが真人だ！」

やはりだまされていたのだ。

「先には詩書を焼き捨てて方士をとりたて、方術をもって太平を興そうとした。しかし方士どもは奇薬を作れず、徐芾《じょふつ》たちは巨万の金を費やしながら、いまだ神薬を得られない。盧生なども厚く遇してやったのに、仙薬はおろか、誹謗《ひぼう》で報いてきた。これはどうしたことだ！」

方士や学者諸生という者たちは、無駄飯を食らうだけで役に立たぬどころか、上を誹謗中傷さえする。まったく信用できない。韓非が「五蠹」で書いていたとおりではないか。

正の怒りは大きくなるばかりだった。

「この際ですから」

と怒りのおさまらない正に、李斯がささやく。

「方士や学者諸生を取り調べたらいかがでしょうか。人々を惑わし、皇帝陛下を批判する者が中にはいるようで。とるに足らぬ者どもでしょうが、小さな芽でも先に摘んでおいたほうがよいでしょう」

いま国の南北に大軍を送っている上、宮殿造りや驪山の造営で多くの民を使役している。負担が重くなっているだけに、中には不満を持つ者もいるようだ、と李斯は言う。

「弁の立つ方士や学者諸生は、そうした民をあおり立てる力があります。先手をとって抑えつけるのがよいと思われます」

正は、李斯の言うがままに御史大夫《ぎょしたいふ》に命じた。

「方士どもを取り調べよ。妖言《ようげん》で民をまどわせる者がいるはずだ」

役人に呼び出され、問い質《ただ》された方士や学者諸生はあわてふためき、自分だけは罪を逃れようと、ほかの方士や学者たちの名を役人に告げた。

かくて方士や学者諸生がたがいに名指し合ったので、罪ありとされて捕縛された者は四百六十余人にのぼった。

「そんなにいたのか」

と報告を聞いた正はおどろきあきれたが、

「やはり韓非の言葉は正しかったようですな。やつらは世の木喰い虫です」

という李斯の言葉に納得し、

「生かしておくのは無駄だ。みな阬《あなうめ》にせよ」

と命じた。

命令を受けた獄吏が、捕縛した四百六十余人の方士や学者諸生を、驪山の西北の原野に連れだす。そこで方士たちは、穴を掘るように命じられた。

掘り終わると、上から土砂が降ってくる。逃げだそうとする者は、容赦なく叩き殺されて穴にほうり込まれる。

結局、四百六十余人はだれ一人帰ってこなかった。

皇帝を批判するとこうなる、という見せしめになったようで、天下は一時、静かになった。

このようすを聞いて、側近や多くの役人たちは皇帝の決断を褒めそやした。歴史に残る快挙だとまで言う者も出るほどである。

しばらくは正も気分よく過ごした。

そんな中でただひとり、正に面と向かって諫言《かんげん》しようとした者がいた。

長子の扶蘇《ふそ》である。

扶蘇は、順当なら正のあとを継いで二世皇帝となるはずだが、まだ正は皇太子としてみとめていない。だから長子であっても、朝廷にあっては臣下のあつかいである。

扶蘇は実の父の前で跪き、言上する。

「天下は治まったばかりで、遠方の民はまだなついておらず、学者諸生は孔子《こうし》の教えを奉ずる者が多いようです。父上は法を重んじて民をただそうとしておられますが、それで果たして天下が安らかになるものかと、臣として恐れております。お察しください」

「汝《なんじ》は安らかにならぬと申すか」

「あまりに法がきびしいと、民は息がつけません。おそらく不満に思う者が多いでしょう」

「だまれ！」

自分の子だけに、批判が許せない。

「法で縛らねば、民は勝手に動きだすばかりで天下は治められぬぞ。天下を平定するのにどれほど苦労したか、汝にはわかっておらぬ。余計な口出しをするでない」

叱《しか》りつけて下がらせたあとで考えた。

扶蘇はもう三十歳を超えている。なのに皇太子の座につけていないので、不満に思っているのだろうか。

自分は二十歳過ぎで呂不韋《りょふい》と嫪毐《ろうあい》という化け物と戦い、勝って王の実権を手にした。

扶蘇も自分の若いころのように、実権を手に入れたいと思っているのかもしれない。

もしそれが実現すれば、自分は皇帝の座を追われてしまう。

それに不老不死の仙薬が手に入れば、跡継ぎは不要ということになる。

扶蘇は、出しゃばりすぎか。

いやいや、と思う。

不老不死の仙薬などどこにもないかもしれない。不老不死になれないのなら、自分の子供に天下を継がせればいい。自分の血統が脈々とつづいてゆくなら、それは不老不死とおなじことだ。となると扶蘇に皇帝の座を継がせる必要がある。

それに、いまやだれも正に諫言などしない中、あえて諫言する扶蘇の度胸と誠実さは買うべきだろう。

——やはり跡継ぎにふさわしい男だな、あれは。

しばらく考えてから扶蘇を呼び出し、

「汝はしばらく北方へ行ってこい」

と、蒙恬のところへ行くよう命じた。

そばにいてはうるさいし、扶蘇も少しは苦労して経験を積むべきだと思ったのである。蒙恬は国を造るような仕事をしているから、見ているだけでも将来の役に立つだろう。

さらには、大きな仕事をしている蒙恬を監視する必要もあった。数十万の兵をひきいる将軍が僻遠《へきえん》の地で力をたくわえてしまうと、それはそれで危険だ。

はたして扶蘇に蒙恬が御せるかどうかわからないが、帝位を継ぐつもりなら、うまく将軍をあつかう術《すべ》を心得ておかねばならない。

「ちょうどいい機会だ。将軍の手綱をさばいてみよ」

そう言い聞かせると扶蘇は承諾し、ひと月ほどして蒙恬のいる上郡へと旅立っていった。

五

翌々年の十月、五十歳となった正は五度目の巡幸の旅に出た。

また百官をひきつれての旅である。車列は延々一里の長さになった。

一行を宰領するのは丞相の李斯、もうひとりの丞相、霍去疾は咸陽で留守を守っている。

つねにそばに侍っている上卿《じょうけい》の蒙毅も同行する。かわいがっている末子、胡亥《こがい》がいっしょに行きたいとねだったので、同行を許した。

一行は咸陽を出ると、武関《ぶかん》を通り抜けて南へと下った。

最初の巡幸は西へゆき、二度目と三度目は東へ向かった。四度目は北辺をめぐったから、今度は南を見て回ることにしたのである。

轀涼車《おんりょうしゃ》の中で揺られながら、正は期待と不安の双方を抱いて落ち着かなかった。

そもそも旅立ちの理由は、不吉を払うためという後ろ向きのものである。

昨年、東郡《とう》に星が落ちたとの報告があった。

夜中に雷のような轟音《ごうおん》がし、地がゆれたので、朝になって近所の者が見てみると畑の中に大穴があいていて、中にひと抱えもある黒い石が埋まっていたという。

正はこれを聞いて、

——三年前の彗星が落ちたのか。

と思い、博士に問い合わせた。だが答えは別の星ということだった。星は稀《まれ》に墜落するのだという。いずれにしても珍しいので話題になったが、その石にひそかに文字を刻みつけた者がいた。それが、

「始皇帝死して地分かる」

と読めるという。

正の死と帝国の分裂を願う者の仕業だ。

ほうってはおけない。正は御史を発して調べさせた。しかし犯人はわからない。

どうするのか。

正は迷わず命じた。

「その近所の者を皆殺しにし、石は焼いて溶かせ」

叛逆《はんぎゃく》の芽と呪《のろ》いの言葉を消したのである。

その秋には、また別の事件があった。

東へ遣わした使者が咸陽へもどってきて正に奏上したが、職務の報告が終わると不思議そうな顔になり、

「じつは華陰《かいん》の山中を夜に通っているときに、見知らぬ男にかようなものを手渡されまして」

と言って渡されたという璧《へき》を正に見せた。その男は、

「わしのかわりにこの璧を咸陽の滈池《こうち》の水神に贈ってほしい」

と言い、さらに、

「明年、祖龍《そりゆう》が死ぬだろう」

とつぶやいたので、わけを問うたが、たちまち消えてしまったという。

正は使者を前にして首をひねった。使者は篤実な男で、つくりごとを話すはずがない。実際にあった話なのだろう。

水神に贈り物をするとは、その男も神なのだろうか。

龍とは古来から帝王のことをさす。

自分が明年、死ぬというのか。

気になって璧を御府《ぎよふ》（宮中の財物をつかさどる役人）に見せると、はっとした顔をして玉を手にとり、ためつすがめつした上で、

「十年ほど前に行幸なされたとき、長江《ちようこう》にしずめた璧と思われます」

と言う。

正は衝撃をうけた。

そんな璧を河中からひろいあげてもとの持ち主に返すなど、人間にできることではない。

これは鬼神のお告げなのか。

だとすると、祖龍が死ぬという言葉も切実に聞こえてくる。しかし祖龍とは、果たして自分のことなのか。自分の先祖のことではないのか。

つらつら考えると、墜星に「始皇帝死して地分かる」と刻まれるほど、自分は民から憎まれている、いや、誤解されているようだ。加えて鬼神たちからも、自分は見放されているというのだろうか。

気分が悪い。李斯にこぼしたが、

「お気になさらぬことです。なにかの偶然が重なっただけでしょう。民はいまのところ、騒いでおりません」

と言うだけだ。

不機嫌なままでいると宦官の趙高《ちょうこう》が、

「卜筮《ぼくぜい》をおすすめいたします」

と言ってきた。たしかにこんなことの是非は、占いによる以外に決められない。

ならばと占わせてみると、
游徙《ゆうし》すれば吉

と出た。游は旅に出ること、徙は移住することである。

「久々に行幸なさって民を安んじ、さらには北に人を移して守りもかためよ、というのではありませぬか」

「移り住む者たちに手厚くほどこせば、喜びましょう」

と側近たちが言う。

そういえばしばらく天下を視察していない。さっそく行幸の支度をするよう李斯に命じた。鬼神に近づき、民を安んずることで、人を超える手がかりが得られるかと思ったのである。

一方、「徙」のほうは、北河《ほくか》の楡中《ゆちゆう》に三万戸を移住させ、手当として爵一級を与えた。

そして支度がととのったこの十月、行幸に出た。

一行は南下して長江のほとり、雲夢《うんぼう》に行きつく。そこで、さらに南にある九疑山《きゅうぎさん》――聖王とされる五帝のひとり、舜《しゅん》の陵墓《りようぼ》がある――をのぞんで舜を祀《まつ》った。

終わると舟で長江をくだって東へ向かい、ひと月ほどで海辺に出ると、さらに南に下って会稽山《かいけいさん》にのぼった。

この山は舜から帝位をゆずられ、夏《か》王朝の始祖となった禹《う》が、諸侯と会して功績を評価し、封爵を与えた地として名高い。

正は、ここに秦国の徳をたたえる石碑をたてた。

皇帝は邪悪な六国を倒して天下を平定し、法を明確にして民の行いをただしたので、民は太平を謳《おう》歌《か》している。

といった内容である。

——伝説の王である舜、禹といえど、いまの秦国から見れば小さな諸侯にすぎぬ。自分は尭舜などよりはるかに偉大ではないか。

正はそう考えて満足していた。

今後も、自分の事績が正確に伝わるよう、あちこちに石碑を残してゆくつもりである。そうすれば後世の人は、自分を尭舜より偉大だと評価するだろう。

そののち一行は海沿いに北上し、正のお気に入りの地、琅《ろう》邪《や》台《だい》に向かう。

途中、舟で浙《せっ》江《こう》を渡ったが、このとき岸辺から皇帝の華やかな行列を見物している民衆の中に、大柄で険しい顔をした二人がいた。

秦が楚を攻めたとき、楚の将軍としておおいに戦った将軍、項燕《こうえん》の子の項梁《こうりょう》と、孫の項羽《こうう》である。

若い項羽は皇帝の姿を見ながら、

「いずれあやつに取って代わってやる」

と言ったものだから、養父の項梁——幼くして父母を失った項羽は、叔父の項梁に育てられていた

――はあわてて、

「みだりなことを言うな。官吏に聞こえたら一族皆殺しだぞ」

と言って叱った。だが項羽は平然として、きびしい目で行列をにらみつけていた。

琅邪台では、徐芾《じょふつ》に会った。とうの昔に海上に神薬をもとめるために出帆したはずだったが、いまだ徐芾はその地にいた。

「汝、迂闊《うかつ》ではないか。大金をつかいながら、なぜ神薬を得られないのか」

宿舎に招いた上で問い詰めた。返答によっては、皇帝をだました罪で車裂きの刑にしてやろうと思っている。

徐芾は必死にあれこれと言い訳をのべる。つまるところ、

「いつも大鮫《おおざめ》に苦しめられて、蓬萊島《ほうらいとう》に達することができません。連弩《れんど》をもって大鮫を退治していただきたい」

と開き直る始末である。

――やはり方士は信用できぬ。

徐芾をにらみつけたが、その場では断罪しなかった。どう処置するか、側近たちと相談してみようと思ったのである。

ところがその晩、正は夢を見た。

海神があらわれ、正に挑んできたのだ。

正は、たくましい体つきの海神と戦った。勝ちを得る前に海神は逃げてゆき、そこで目覚めた。

あまりに不思議な夢なので、占い師に告げると、

「海神は目に見えません。大魚や蛟竜《こうりゅう》があらわれれば、近くに海神がいます。これをのぞけば、善神を招くことができるでしょう」

と言う。

「では徐芾のいう大鮫をさがし、大鮫と海神を討てば、神薬が手にはいった上、また善神を招くことができるのだな」

正はそう解釈し、郡の武器庫から連弩を引き出し、この地で一番の弩の名手をつれてくるよう命じた。

大鮫のいるところなら徐芾が案内するだろう。それができなければ殺すまでだ。

漁民に舟を出させ、徐芾に大鮫のいるところへ案内するよう命じた。舟で大鮫をとらえ、岸近くまで引いてきて弩で射る算段である。

正はみずから大鮫を退治するつもりで、舟に乗って海中に大鮫をさがしつつ、海岸沿いに北上していった。

山深い関中《かんちゅう》でそだった正にとって、朝夕に変化する海や空の姿は見飽きることがない。大鮫でなくとも、網にかかる魚はめずらしかった。

正はこの遊びに夢中になり、濡《ぬ》れた体で海風に吹かれて舟を走らせた。じつに楽しくて、海に出て

いるあいだは死の不安を忘れた。これぞ旅の効用だと思った。

なかなか大鮫はあらわれなかったが、ついに之罘《しふ》というところで漁民たちが総出でとらえ、岸近くへ追い込んできたので、弩で射殺した。

「さあ、これでもう言い訳はたたぬぞ。早く蓬萊島へ行って神薬を得てこい」

徐芾の尻《しり》をたたいておいて、いましばらく猶予を与えると宣した。すぐに出立いたします、と徐芾は拝礼した。

気がつくと、もう夏も終わりに近づいている。そろそろ咸陽に帰らねばならない。一行は車馬の列を西へと向けた。

海でさんざん遊んで気分が晴れた上に、神薬を得る手も打った。これで気分よく帰途につけると思った。

ところが途中、黄河の渡し場がある平原津《へいげんしん》というところで、正は体の変調を感じた。

大鮫を追っているときに風邪《かぜ》をひいたが、あまりの面白さに休むのを忘れ、咳《せき》や微熱をほうっておいたのが、ここへきて悪化したらしい。咳が止まらず、寝汗をかくようになっていた。

体がだるく、熱が引かない。色の濃い痰《たん》がひっきりなしに出て、胸の奥に痛みも感じる。

ここまで毎日行ってきた、上奏文を読んで決裁する仕事もできなくなった。方士が調合する薬を飲んでも、治る兆しさえない。

蒙毅が、平癒《へいゆ》の祈禱《きとう》をさせるために、咸陽へ飛んでいった。

皇帝が病に倒れたとなれば、どんな騒ぎが起こるかわからない。一日も早く咸陽に帰るべく、車列をすすめるよう命じた。

だが数日のうちに、正は息苦しさをおぼえるようになった。熱は高いままで、胸の痛みはさらに強くなっている。沙丘《さきゅう》の平台《へいだい》というところまで来て、その離宮でとうとう寝たまま起き上がれなくなってしまった。

刻一刻と、体が弱ってゆくのがわかる。ときに気が遠くなり、昼夜もわからなくなった。

苦しさにあえいでいると、ある日ふっと霧が晴れたように意識がはっきりした。

だが治ったのではないことは、正自身がよくわかっていた。はっきりしたのは意識だけで、体は相変わらずいうことをきかない。

——これが死ぬということなのか。

とても信じられなかった。ひと月ほど前までは、軽い風邪をひいていたとはいえ、ぴんぴんしていたのに。

だが、いまや自分で自分の体を動かすことさえままならず、寝返りさえうてない。さすがにもう命が尽きかけていると考えざるを得ない。

偉大な皇帝として後世にまで名を残すはずのこの自分が、たかが風邪からの病で死ぬとは。しかも長命を得ようとわざわざ旅に出たのに、その旅先で死ぬのだ。神薬も仙薬も間に合わなかった。

そう思ったつぎの瞬間、正はやるべきことが残っているのに気づいた。

跡継ぎの太子を決めていないから、このまま死んだら子供たちのあいだで跡継ぎ争いが起きるのは必至だ。

不老不死の薬に期待をかけて、自分の死への備えを怠っていたのだ。

郡県制を敷き、諸侯を作らないようにしたから、子供たちにとって皇帝になるのとならないのとでは差が大きすぎる。天下をひとり占めできるか、ひとりの臣下として汲々《きゆうきゆう》と生きてゆくか、それこそ天と地のちがいだ。

跡継ぎ争いが起きたら、国を割る戦いになるかもしれない。それは避けねばならない。

築き上げた巨大な帝国が、自分の死後もうまくつづいてゆくようにしなければ……。

だが心配はない。手はある。

長男の扶蘇はしっかりしている。蒙恬の許で修業も積ませた。扶蘇に跡を継がせれば、すべてうまくやるだろう。いまのうちに太子の座を明確にしておけばよい。それには……。

「忠臣たちよ」

心を決め、寝たままで正は呼びかけた。

「遺勅《いちよく》をのべる。書き残せ」

かけつけた李斯や趙高たちに、扶蘇にあとを託すという指示を述べた。その仕事を終えると、正は心地よい満足感に包まれた。

——朕のやることに遺漏はない。

自分の血を継ぐ者が天下を引き継げるように手を打った。これで天下は永遠に自分のものだ。そして人を超えることはできなかったが、人の中の龍として、いや龍の中の龍として天下に覇を唱え、歴史には十分に名を残した。あとは陵墓にはいって静かに眠りにつくだけだ。

そう考えると、心の穴がふさがったのを感じた。

――そうか、知らなかった。死はすべてを救ってくれるのだ。不老不死の神薬など不要ではないか……。

正は満たされた気分のまま、底なしの闇《やみ》の中に落ちていった。

皇帝・正が病を発し、しだいに弱ってゆくようすを、李斯は複雑な思いで見ていた。

いくら天下を治め、封禅《ほうぜん》をし、僊人をもとめても、正は人である。いつかは死ぬだろう。

正が死ぬと、帝国はどうなるのだろうか。

正には二十人以上の子がいる一方で、跡継ぎは定めていない。しかもいまは旅先で、王宮にいるわけでもない。重臣たちが咸陽で、それぞれに子をたてて跡目争いをはじめたら、国内が混乱するのは目に見えている。

しかし「死」という言葉は正が忌み嫌うので、誰も口に出せずにいた。うっかり口にして正を怒らせたら、処刑されてしまう。自分の死は、正にとってまさに逆鱗《げきりん》なのである。

とはいえ丞相としては何の手も打たぬのも無責任だ。そう考えてあせっていたところに、正が遺勅をのべるという。

これで正の死後のことを考えられるようになる。ほっとして、正の枕元《まくらもと》に座した。

正の遺勅は扶蘇にあてたもので、

兵を以《もっ》て蒙恬に属《ゆだ》ね、喪《も》と咸陽に会して葬《ほうむ》れ。


というものだった。

扶蘇に対し、咸陽にもどって葬式を主催せよと命じているのだ。葬式を主催する者は、すなわち後継者である。これで次の皇帝は扶蘇と決まったことになる。

――まずはひと安心。

これで混乱は避けられる。早く上郡にいる扶蘇に届けねばならない。

座をはずして扶蘇への使者をきめ、発送の手続きをこまごまと話し合ってから正の枕元にもどってみると、正はその切れ長の目を閉じて静かに寝ていた。

「ただいま、遺勅を送達する手続きをしております」

と報告したが、反応がない。

「陛下、陛下」

と呼びかけても動かない。

そこにいたふたりの宦官を見た。ふたりとも悲しそうに首を横にふる。李斯はそっと正の手首をとった。脈をさぐったが、どこにもない。

「陛下、失礼いたします」

と声をかけて正の高い鼻の前に手をかざしてみた。

息をしていない。

「おう……、これは……」

正は、死んだのだ。

李斯はしばらくのあいだ動けなかった。

この時が来るとはわかっていたが、いざとなるとどうしていいかわからない。ただだまって頭《こうべ》を垂れるだけだった。

涙は出てこない。正と過ごしたこの三十年ほどの日々が、頭の中を駆けめぐっている。正とともに、激しく長い闘争の日々を生きたのだと思った。

だがいま、感傷に浸っているわけにはいかない。皇帝の死は、帝国にとってあまりにも重い。

――喪を秘して、とにかく咸陽へもどる。正よ、しばらく辛抱してくれ。

そう決心し、宦官らに口止めしてひそかに棺を轀涼車に積み、何ごともなかったかのように出発することにした。

あの世へ旅立つ正を見守っていたのは、宦官ふたりだけだった。天下の皇帝といえど、その死のようすは匹夫より寂しい。

だが寂しい死のおかげで、皇帝の不在を世間に知られずにすんでいる。世の混乱を防ぎ、平穏に二世皇帝に政権を引き継ぐためには、これは重大な意味を持つ。

いまや国事を決定する者がいないので、もし叛乱が起きてもそれを鎮圧する軍を起こすことすらできない。だから二世皇帝が誕生するまでは、あたかも正が生きているかのように振る舞う必要がある。

そして世間が騒がぬうちに大急ぎで咸陽にもどって、扶蘇に皇位を継がせねばならない。

いま正の死を知るのは趙高を含む宦官数名と李斯、それに胡亥だけだから、なんとか咸陽に着くまで隠し通せるだろう。

轀涼車の中に宦官を入れて、あたかもそこに正がいるかのように食事を給し、上奏文の決裁も、車中から宦官にさせた。そんな苦心の道中で、ある日、

「相談があります」

と趙高が青ざめた顔で李斯の前に立った。

「あの遺勅ですが、まだ発送しておりません」

「なに、どうしてだ」

おどろいて問い質《ただ》すと、趙高は射るような目で李斯を見た。

「いろいろ思案があるのです。ついては……」

趙高の話を聞いた李斯は、思わず大声をあげるところだった。

だが、人に聞かれてはならぬ話である。なんとか声を呑《の》んだ李斯は、趙高をまじまじと見た。この男はどこにこれほどの野心を隠していたのかと不思議に思った。長いつき合いなのに、そんな気配はまったく感じさせなかった。

「そなたは、いつからそんなことを考えていたのか」

と言いながら、李斯は四年前の空に浮かんだ彗星を思い出していた。あの妖《あや》しい星は、やはり何かが起こる前触れだったのだ。

「すでに胡亥さまも納得されています。あとはあなたにさえ了承していただければ、ことは成就いたします」

趙高は、のっぺりした顔に尋常でない決意をみなぎらせて迫ってくる。その舌は、李斯を説得しようと滑らかに回りつづけている。

李斯は正の顔と彗星を交互に思い浮かべていた。長く仕えてきた主人である正を失ったいま、自分はどこに立てばよいのだろうかと、戸惑いの中で考えざるを得なかった。

馬か鹿か

一

李斯《りし》は、手に木の枷《かせ》をはめられたまま、雲陽《うんよう》にある獄舎に連れて行かれた。

分厚く重い扉が開かれる。なんともいえない臭気が襲ってきた。

「さあ、はいれ」

獄吏に腰を押され、身をかがめて低い入り口をくぐった。

中には木箱がおかれているだけで、ほかは何もない。濃い体臭と排泄物《はいせつぶつ》の臭《にお》いが残っている。木箱は便器のようだ。版築の壁に石の床。明かりは、屋根と壁のあいだに設けられた小さな窓から入ってくるだけだ。

二十年ほど前に、韓非《かんぴ》を入れた獄舎である。まさか自分が入るはめになろうとは！

しばらく立っていた李斯は、やがて大きなため息とともに床にへたり込んだ。

——どうしてこんなことに！

長年かけて丞相《じょうしょう》にまで登りつめたのに、老いて人生が終わろうとする間際に、罪人に落とされてしまった。

油断したのだ。おなじ革新派と思って、趙高《ちょうこう》への警戒をおこたっていた。

後悔しても追いつかないが、どうしても考えてしまう。

いや、そもそも正《せい》の遺勅《いちょく》を無視し、趙高の言うことを聞いたのが、最大の過ちだった。

魔が差したとしか思えない。

行幸中の正が沙丘《さきゅう》の平台《へいだい》で病死したとき、その死を知る者は李斯ら重臣と宦官《かんがん》数名だけだった。

丞相としてその場を仕切る李斯は、皇帝の死を咸陽に知らせるのをためらった。

なにしろ正と正の指示を処理する百官ばかりか、後継者の扶蘇《ふそ》も咸陽にはいないのだ。なのに兵を起こすための虎符《こふ》は咸陽にある。

一方で正の子供は二十人以上もいる。そのうちのひとりでも自分があとを継ぐと言って叛乱《はんらん》を起こし、虎符を強奪して兵を起こせば、大叛乱軍ができあがってしまう。天下は収拾がつかなくなる。

そのため正が車の中でまだ生きているように装い、咸陽をめざした。そうした中、宦官の趙高が御璽《ぎょじ》をもち、皇帝の文書をあつかっていた——ささやいたのだ。

「扶蘇どのへの竹簡《ちくかん》は御璽にて封印しましたが、まだ発送しておりません。いろいろ思案があるのです。いまや太子を定めるのは、あなたとあたしの二人です。どうなされますか」

それを聞いておどろき、

「皇帝の勅を無視するとは、人臣として議すべきことではない、それは亡国の言葉だ。わかっているのか！」

と即座に趙高をたしなめた。

しかし趙高は言葉巧みに誘ったのだ。

「扶蘇どのが二世皇帝になったらご自身がどうなるか、考えてみられたほうがよろしゅうございますよ。扶蘇どのは蒙恬《もうてん》の許《もと》におられます。あなたは蒙恬より才能の点ですぐれていますか。功績はありますか。蒙恬より人に恨まれていない自信はありますか。蒙恬より扶蘇どのに信頼されていますか」

言われてみれば、自分はどれをとっても蒙恬にはかなわないだろう。ひるんだところに、趙高はたたみかけてきた。

「秦《しん》において、罷免された丞相や功臣は、二代と封爵がつづいたことがありません。みな結局は誅《ちゅう》されたり追放されたりして滅んでいる。ちがいますか？　扶蘇どのが二世皇帝になれば、かならずや蒙恬を丞相にするでしょう。あなたも誅されるのは目に見えていますぜ」

いや、そんなことは……、と言いかけたとき、昌平君《しょうへいくん》や昌文君《しょうぶんくん》の最期が頭をよぎった。嫪毒《ろうあい》や呂不韋《りょふい》も最期は悲惨だった。首だけになってもどってきた樊於期《はんおき》のこともある。うまく隠退して天寿を全うした王翦《おうせん》のような者もいるが、それは数少ない例外なのだ。

「あたしは詔《みことのり》によって胡亥《こがい》どのを傅育《ふいく》いたしました。慈しみが深くて行いは篤く、礼を尽くし士を敬うことでは諸公子のあいだで随一でしょう。世継ぎにふさわしいと思いますが、あなたのご思案はいかがでしょうか」

趙高は、正が定めた扶蘇でなく、いまここにいる胡亥を二世皇帝にしようという。

「そんなことはできるものか！」

李斯は憤慨して趙高と言い争ったが、結局は丸め込まれてしまった。扶蘇が二世皇帝になれば自分の将来はないが、胡亥がなれば丞相として自分の将来は安泰だと、趙高に思い込まされてしまったのだ。

なにしろ胡亥はまだ十二歳だ。何もわからない子供である。当然、皇帝の仕事はできない。玩具《おもちゃ》でも与えておいて、あとは丞相である自分がすべてを仕切ることになる。

正は英明で、必要なときには臣下の意見も聞く主君だったが、それでも「龍」である。いつ逆鱗《げきりん》にふれて罪に問われるかと、綱渡りするような思いで仕えていたものだ。ことに晩年は正も方士たちにだまされて、少しおかしくなっていた。

その点、胡亥なら子供だから大丈夫だ。いまからうまく飼い慣らして、天下を統《す》べる仕事に目を向けないようにすれば、皇帝といっても恐くはない。丞相の自分は天下の主になったも同然だ。

四年前に彗星《すいせい》があらわれたことも思い出した。あれは吉兆だと感じたが、これまでとくによいことはなかった。いまここにきて、大きな機会がめぐってきたのではないか。

それでも迷っていると趙高に、

「禍《わざわ》いは転じて幸いとなすことができます。丞相は禍福《かふく》いずれに身をおこうとされるのでしょうかね」

と迫られて、心を決めた。

胡亥をまじえて趙高と三人で話し合い、長男の扶蘇が葬儀を主催すべしという正の遺勅を破棄し、丞相の李斯が正から遺詔をうけたとして、胡亥を太子に立てることにした。

それだけでなく偽の詔勅を作り、上郡《じょう》にいる扶蘇と蒙恬に送った。それは、

「扶蘇は数十万の兵をひきいて長く上郡にいるのに、寸尺も領土を拡大できず、それどころか日夜太子になれないのを怨望《えんぼう》すると聞くが、それは人として不孝であるから自決せよ。蒙恬は側《そば》にいて扶蘇を矯正できないばかりか、陰謀をも知っていたはずである。それは不忠であるから、兵を王離《おうり》に渡したのちに死せよ」

と両人に死を賜《たま》う内容である。

これをうけて扶蘇はおのれの不孝を嘆き、絶望して自殺した。蒙恬は陰謀を疑って自殺しなかったが、吏員が捕まえて投獄し、のちに弟の蒙毅《もうき》ともども勅命により処刑した。

咸陽に帰りつくと皇帝の喪を発表し、胡亥は二世皇帝となった。

趙高は郎中令《ろうちゅうれい》となってつねに胡亥のそばにはべる。李斯は変わらず丞相として、天下の政治を取り仕切ることとなった。

ここまでは読みどおりだったのである。

しかし、そこから先はまったく思惑からはずれてしまった。

咸陽では、胡亥の皇帝就任を疑う声が強かった。当然である。数多い兄たちをさしおいて末子が皇位を継ぐなど、常識から外れているし、これまで話にも出なかったのだから。不自然さは隠せない。群臣と公子たちの疑いの目にさらされ、このままでは叛乱が起きると恐れた趙高は、胡亥をそそのかし、新しく法律を作った。そうして残っていた公子と公主をさまざまな罪に問い、片っ端から殺していった。

公子十二人は罪もないのに咸陽の盛り場で殺され、公主十人は杜《と》県（咸陽の東南）で磔《はりつけ》にされた。連座して罪に問われた重臣たちは数えきれない。

兄たちを始末するのは、末弟の胡亥を皇帝にした以上、ある程度はやむを得ないと思い、李斯はこれを黙認することにした。

すると胡亥は、始皇帝の志を継ぐとして阿房宮《あぼうきゅう》の建設を再開し、馳道《ちどう》や直道《ちょくどう》ももっと造るよう命じた。

驪山《りざん》の北にある始皇帝陵《しこうていりょう》の工事もつづけさせた。巨大な墳丘の地下深くに始皇帝の遺体を埋葬したあと、二重の外城を築き、祭祀《さいし》のための寝殿や陵《みささぎ》を管理する者のための吏舎などを建てねばならない。

子供と侮っていたが、勅命を出すことはできるのだ。そして勅命である以上、執行しないわけにはいかない。秦の法律では、勅命を執行しなかったりわざと遅らせた場合には、重罰が待っている。群臣は命じられたままに動いた。

そのため租税はますます重くなり、夫役の徴発も止《や》むことがなかった。

これはやりすぎである。

李斯は胡亥に諫言《かんげん》しようとしたが、胡亥は王宮の寝殿奥深くに居すわり、執務をする朝殿に出てこないので、話すことすらできない。勅命はすべて趙高を通じて出されるのである。

そうした中で、陳勝《ちんしょう》・呉広《ごこう》の叛乱が起きた。

二

当初は、盗賊の群れが河南《かなん》のあたりを荒らしまわっている、と報告があっただけだった。

各郡には兵を司る郡尉がいる。盗賊ならば郡尉が討伐するだろうと、李斯はさして気にしていなかった。

その後、騒動勃発《ぼつぱつ》の報告をうけて東の方を見てきた謁者が、咸陽にもどって叛乱の大きさを奏上したのだが、

「父上が平定した国に叛乱を起こす者など、いるはずがなかろう！」

と、若いというより幼い皇帝は、怒って謁者を獄に下した。そこに叔孫通《しゅくそんつう》というおべっか使いがしゃしゃり出て、

「今の世は名君を上にいただき法律が行き届いておりますれば、叛乱などありえず、盗賊が横行して

いるにすぎません。盗賊など、歯牙《しが》にもかかりませぬ」

と抜け目なく奏上し、皇帝をよろこばせた。

そののち別の使者がもどってきたが、前の使者のことを聞いていたらしく、

「群盗は郡守や郡尉が捕らえておりますので、そのうち尽きましょう。心配におよびません」

と、いつわりを奏上することになった。

実際には叛乱軍を抑えきれなくなっていたのだが、誰《だれ》であれ、下獄したくなければそのように言うしかなかったのである。

いまから思えば見通しが甘すぎた。しかし百姓の蜂起《ほうき》など有史以来、初めてのことなのである。史書にも書かれていないのだ。こんな大きな騒乱になるとは、誰にも予想ができなかったのも無理はない。

そうしているあいだに百姓の叛乱軍はついに数十万人に膨れあがり、その大将は滅ぼしたはずの楚《そ》王を名乗った。そして大軍が函谷関《かんこくかん》を破って咸陽の東まで迫ってきた。

王宮の群臣はおどろきあわてた。いまから各郡に徴兵を命じて兵をあつめようとしても間に合わない。都の咸陽を守る兵がいるが、せいぜい一万人である。何十万という兵にはとても対抗できない。

しかも、皇帝の兄弟を殺す過程で、天下を征した歴戦の武将たちなど有能な臣も同時に粛清してしまった。そのため兵を指揮する者がいない。

困った李斯は群臣をあつめて問いかけた。すると少府《しょうふ》（山海地沢の税を管轄する官）の章邯《しょうかん》という者

が手をあげ、

「驪山の囚徒が多数いますので、これを赦免し、武器をもたせて軍兵に仕立て上げたらいかがでしょう」

と提案した。始皇帝の陵墓を造るのに、いまだ何十万という囚徒を使役していたのである。

どうやらほかに案がなさそうだったので、李斯は皇帝に奏して大赦令を出し、囚徒を放免した。そして章邯を将軍に任命して、囚徒の軍勢を叛乱軍に向かわせた。

すると章邯は意外なほどの腕前を見せ、函谷関から東へ叛乱軍を押し返してしまった。いまは秦軍が優位に戦いをすすめている。

それでも天下のあちこちに叛乱軍が蜂起し、勝手に王を名乗って国を作る始末だ。

始皇帝の正が死んで二年とたたぬうちに、秦は天下の半分を失ってしまった。

こんなことでは秦が滅ぶと思い、李斯は丞相として胡亥を諫《いさ》めようとした。しかし胡亥は諫めを聞かない。

「天下を治める者なら、ほしいままに欲を貪《むさぼ》るのが当然ではないか」

などと言って遊び呆《ほう》けている。そればかりか、李斯を罪に落とそうとしてきた。長男の由《ゆう》が三川《さんせん》の郡守であったのに、叛乱軍を止められず章邯の軍に助けてもらったことをしつこく突いてきたのだ。

これは胡亥の智恵《ちえ》ではない。裏で趙高が動いているのだ。

趙高は李斯に、丞相の責任で胡亥に諫言せよと言いつつ、裏では胡亥に李斯の悪口を吹き込んでいたのである。

告げる人がいて、ようやくそのことに気づいた李斯は書を胡亥にあげて、趙高を遠ざけるよう迫った。

ところが胡亥は趙高のほうを信用していたから、逆に趙高に権限を与え、李斯に捕吏を差し向けてきた。不意を突かれた李斯は抗《あらが》いもできず、捕らえられ投獄されてしまったのだ。

獄舎の中で、李斯は膝《ひざ》を抱えて頭《こうべ》を垂れていた。

明日からこの身はどうなるのか。妻子も心配だ。屋敷も財産も、ただでは済むまい。

獄内には寝具どころか藁束《わらたば》ひとつもない。その夜は石の床に横たわったが、眠れるものではなかった。

翌朝、獄から出されて御史《ぎょし》と名乗る者の前に引き据えられ、訊問《じんもん》された。長男の由と組んで謀叛《むほん》をはかったと自白せよ、と迫ってくる。

もちろん李斯は拒んだ。すると御史はにやりと笑い、言った。

「丞相までつとめたお方が、よくおめおめと獄にいるものだな。三公のほかのおふたりは、捕らえられると知って自害したぞ」

霍去疾《かくきょしつ》と馮劫《ふうこう》は、もうこの世にいないと言うのだ。

「なんと、そんなことが！」

そこまで趙高の手が回っているのかと、李斯は愕然《がくぜん》とした。もはや趙高に対抗できる重臣はいなくなってしまったのだ。

――あやつが、あれほど悪逆な男だったとは！

趙高とは嫪毐を倒したとき以来の長いつきあいだったから、忠実な部下と思っていた。ただの宦官だったのを、法律にくわしいと正に推挽《すいばん》してやり、また胡亥にも近づけてやった。趙高もこちらに感謝していたはずである。

ところがいったん権力をにぎると豹変《ひょうへん》したのだ。

李斯は連日、取り調べをうけた。

「さあ、すべて白状してもらいましょうか」

という態度で迫る御史に、何もしていない、叛乱軍と連絡をとっているなどとんでもないと李斯は罪を認めず、自分を釈放するよう要求した。謀叛の企みなどは事実、ないのだから。

しかし趙高は執拗《しつよう》で狡猾《こうかつ》だった。自分の食客を御史や獄吏としてさしむけ、李斯を訊問し、罪を認めないと見るや拷問にかけた。

「さあ、白状しないと指が落ちますぜ」

と脅しながら、獄吏は李斯を縛りあげて短刀をちらつかせる。その翌日は水責めにされ、次の日は竹鞭《たけむち》で打たれた。

「白状するまで、ここを出られませんぜ。だったら吐いてしまったほうがお得でしょうに」

と言われながらの連日の責めは、老齢の李斯に耐えきれるものではなかった。苦痛を逃れるために、李斯はとうとうありもしない罪を認めてしまった。

すわこそと、李斯の一族と食客はみな捕らえられ、投獄された。

それでも李斯は、機会をつかまえて胡亥に弁明の書を送った。自分は無実で、趙高の差し金によって自白したことにさせられたのだと。

しかし胡亥はもはや政務をみておらず、王宮の奥ではすべて趙高が差配していたから、

「囚人の身で上書などできるものか」

と趙高は笑ってこれを握りつぶした。

また長男の由を取り調べるために三川郡に使者が向かったが、由はすでに項羽《こうう》の叛乱軍に負けて殺されたあとだった。

上書もかなわず、一族も捕らえられ、長男も死んだと聞かされた李斯は、ついにすべてをあきらめた。もう何をしても無駄と悟り、一切の抗弁をやめてしまう。

最後に胡亥の使者と名乗る者が事の真偽をたずねにきたが、もはや疲れ果て、あきらめ切っていた李斯は、あえて何も訴えなかった。

——胡亥という、愚かで無道の主君をたてた自分が悪いのだ。

沙丘の平台からの帰途、趙高の邪悪な意見に従って臣下の道を踏み外してしまったばかりに、天道から報いをうけているのだと自分を責めるばかりだった。

法廷において李斯は裁かれたが、その謀叛の供述はすべて趙高が書き上げたものだった。李斯への求刑を聞いた胡亥は、

「趙高のおかげで丞相にはかられずにすんだ」

と喜んだと聞こえてきた。

李斯には法の定めにより、咸陽の市場において「五刑を備えた腰斬《ようざん》の刑」に処すると判決が下った。

処刑の日、獄舎から出た李斯は、おなじく獄舎にいた次男の喜《き》とともに、刑場となる市場へ送られる。

「おまえともう一度、黄犬をつれて故郷の町の門を出て兎《うさぎ》を追いたかったが、もはやかなわぬことだな」

そう言って李斯は次男とともに泣いた。

市場に引き出された李斯は、多数の野次馬が見ている前で、まず「五刑」すなわち鼻削《はなそ》ぎ、耳切り、舌切り、鞭《むち》打《う》ち、足切りの刑をうけた。

刑吏の刀がうなるたびに悲鳴をあげ、血塗《ちまみ》れになって泣き叫びながら、李斯は正とともに天下制覇にむけて邁進《まいしん》した輝かしい日々を思い出していた。そう、自分は正という龍の背に乗り、天下に号令したのだ。それはどんなことがあっても消せない事実だ。そう思って気を失いそうになるほどの苦痛に耐えた。

五刑が終わったのち、李斯は両手を縛られて木の枝に吊《つる》される。

刑吏が青銅の鋭刀をもって李斯の正面に立った。

——これですべて終わりだ。

李斯は体の力を抜いて目を閉じる。瞼《まぶた》の裏に、若いころの正のなつかしい笑顔がうかんだ。自分の人生のすべてを捧げた男の顔だ。

——正よ、いまそちらに行く。

つぎの瞬間、腰のあたりに熱い感覚が走った。

三

李斯を処刑したのち、趙高は丞相となった。胡亥が即位して三年目のことである。

「これでうるさく諫言する者はいなくなったぞ」

といって一番喜んだのは胡亥である。

もちろん趙高もうれしい。

——長かったな。

おのれの人生をふり返って思う。ここまで来るのには、波瀾《はらん》万丈の年月を乗り越えねばならなかった、と。

若いころは廷尉《ていい》の下司として仕えた。妻も娶《めと》って子供もでき、人並みに出世を夢に見ていたものだった。

ところが親が収賄の罪に問われて失脚すると、連座の罪に問われて宮刑――男根を切除される――に処されてしまった。秦の法では重い罪は三族におよぶのである。

廷尉の下司の職も失い、生きるためには宦官になるしかなかった。

宦官でも出世が期待できる王宮ではなく、太后の後宮につとめていたのだが、そこで李斯らの革新派とつながりができて、出世の道にのった。

つとめ先が王宮に代わると、法律の知識を生かして皇帝の身の回りにはべるようになった。そして革新派とのつながりもあって徐々に役職につくようになり、皇帝の信頼を得てゆく。

なんといっても大きかったのは、胡亥の傅育に関《かか》わったことだった。胡亥が幼いころから、文字や法律の基礎を教える役についたのである。

だから胡亥が皇帝になると、第一の臣としてそばにはべり、あらゆる仕事を仕切るようになった。

丞相になったのは、当然ともいえる。

一時は罪人となりながら、ついには丞相にまでのぼった自分が誇らしい。

しかし、時局は安閑としていられるものではない。この咸陽をはじめ関中《かんちゅう》はまだ静かだが、函谷関の東では叛乱軍の勢いは壮《さか》んになる一方なのだ。

叛乱軍を押し返した章邯の軍も、一時の勢いはない。増援に出した王離、渉間《しょうかん》の軍とともに鉅鹿《きょろく》という城を囲んだが、落とせないでいる。

――まったく、章邯はなにをしているのか。

秦の軍勢のほとんどを使いながら、叛乱軍を抑えられないのは許されない。

そのうちに、章邯の軍が楚の上将軍、項羽によって破られたとの報告があがってきた。

鉅鹿は解放され、副将の王離は虜《とりこ》となり、渉間は自害したという。

「群盗に負けるとは、どういうことだ！」

怒った趙高は皇帝の名で使者を出し、章邯を責めた。これに応じて、章邯は司馬欣《しばきん》という者を咸陽に送ってきた。戦況を報告し、あわせて指示を請いたいというのだ。

「そんなことまで、知るか！」

趙高はますます怒った。どのように戦うかなど、戦場に出たことのない宦官に指示できるはずがない。自分が指示を出し、そのとおりにして負けた場合、責任をとらされるのも嫌だ。

そもそも、たかだか盗人《ぬすつと》の集団が騒いでいるだけなのに、抑えられないのは将軍が無能だからではないか。

趙高は司馬欣には会わず、その報告もにぎりつぶした。そして胡亥にこのことが聞こえないよう、司馬欣を殺そうとした。

しかし司馬欣はすんでの所で逃れ、章邯の許へ逃げ帰った。

これが四月のことである。

その後、東方の戦いは小康状態となった。

咸陽では、もはや趙高に逆らう者はいない。二世皇帝の胡亥は離宮で相撲や演劇を見て遊ぶばかりで、すべての政務は趙高が決裁していった。

ある日、丞相として政務をこなしながら、趙高は思った。

——あの子供が皇帝でいる必要があるのか？

胡亥がいなくなったとて、誰が困るというのか。誰も困らないし、天下も変動しない。なにしろ天下の政務は、いまや自分が一手にみているのだから。

ならば、自分が皇帝になればいいのではないか。そうすれば豪華な王宮も、蔵にあふれるばかりの天下の宝物も、みな自分のものになる。

しかし、それにはいまの皇帝、胡亥を倒さねばならない。

もし自分が叛乱を起こしたら、誰がついてくるのか。御史大夫《ぎよしたいふ》はついてくるだろうか。軍を司る大尉が味方にならなければ、叛乱は失敗し、自分は車裂きの刑に処されるだろう。

いまでこそ丞相となっているものの、少し前まで中車府令《ちゆうしやふれい》という低い地位にあった趙高には、味方となる重臣がいない。味方をふやそうにも、誰がついてくるかすら見分けがつかない。

敵味方を見分けるには、どうしたらいいのか。

考えた末に、趙高はひとつの方法を思いついた。

まずは、後宮に引き籠《こ》もっていた胡亥を久々に朝殿に出御させた。秋風が吹きはじめたころである。

そして群臣が見ている前で角の生えた鹿《しか》を献じて、

「これは馬でございます」

と言った。

胡亥は笑った。

「丞相はなにを言うのか。鹿を馬と言うとは」

そして左右の近臣をふり返り、

「なあ、馬であろう」

と同意をもとめた。しかし近臣たちは妙に静かだった。

胡亥がさらに問うと、だまってなにも言わない者もいれば、馬にまちがいないと言う者、鹿でございますと言う者もいた。

胡亥はわけがわからないらしく、妙な顔になってその場を去ったが、趙高にはそれで十分だった。鹿を鹿と言った者を憶《おぼ》えておき、あとで手下を使って罪に落としていった。

趙高の意図を知って群臣は恐れをなし、王宮で趙高に逆らう者はいなくなった。

——これで皇帝になれるか。

いよいよかと、趙高は叛乱の策を練りはじめた。

衝撃的な報告が王宮に飛び込んできたのは、ちょうどそのころである。

「章邯が、降参しただと！」

趙高は思わず声をあげた。

「降参したばかりか、すでに項羽の軍勢に与《くみ》し、こちらに向かってくる模様です！」

軍監からの使者が告げる。咸陽から逃げ帰った司馬欣が、趙高と皇帝のことを章邯にあしざまに告げたらしい。丞相も皇帝も援軍を送るどころか、敗戦を非難するだけ。こんなことでは、勝っても負けても咸陽に帰れば将軍は殺されると。

それを聞いた章邯はついに秦に愛想を尽かして、兵もろとも敵に降《くだ》ったのだという。

さすがに趙高も失敗したと悟った。これまでは、

「関東の群盗どもになにができよう」

と広言していたように、強大な秦軍によって叛乱などいずれおさまると思っていたのだ。

ところが数十万の秦軍が消えてしまった。もう叛乱軍を押しとどめる者はいない。この咸陽に叛乱軍が押し寄せてくるのは、もはや遅いか早いかだけだ。

どうすればいいのかと迷っていると、

「わが軍はどうしたのか。なぜいつまでたっても群盗を鎮められぬのかと、皇帝閣下はお怒りです」

と胡亥から叱責《しっせき》の使者がくる。遊び呆けていようが子供であろうが、皇帝は皇帝なのだ。多くの者は無条件にその指示に従う。無視はできない。

——ええい、うるさい子供め。

どうせ章邯の腰抜けぶりを説明して敗戦を受け入れるよう勧めても、あのわがままな子供は聞き入れないだろう。敗戦は丞相の失態だとして職を解かれ、罪人に落とされるに決まっている。気に入ら

なければすぐに臣下のものを殺すところは、始皇帝に似ているのだ。

李斯の後は追いたくない。

そうなる前に……。

趙高は腹を決めた。

四

咸陽を治める内史となっていた娘婿――宮刑をうける前にもうけた娘の婿である――の閻楽《えんがく》という者と、弟の趙成《ちょうせい》を呼んで、趙高は決意を告げた。

「皇帝は諫めを聞かずに遊び呆けているくせに、いまのように戦雲が急を告げると、禍いをわれわれに押しつけようとする。わが一族が生き延びるためには、断固のぞかねばならぬ」

閻楽は意味を悟り、緊張した顔でたずねた。

「といっても、王宮は多くの衛士や郎官《ろうかん》らに守られております。どうするおつもりで」

「だからそなたを呼んだ。内史なら兵を動かせるであろう」

内史は咸陽の治安を司っているため、多数の兵を配下においている。

「しかし、兵を動かす名目がありません。兵は皇帝の勅がなければ出せぬ仕組みになっています」

閻楽は抗弁する。法律が万能の秦では、決まった手続きを経ないと官吏が動かず、兵も出せない。

丞相の印では駄目で、皇帝の御璽が必要となる。

「名目など何とかする。千の兵で王宮へ向かえば、望みは達せられる。やってくれるな？」

猫撫《ねこな》で声で迫る趙高に、閻楽はしばらく考え迷っていたが、やがてうなずいた。

用心のために閻楽の母を自分の屋敷に虜にしておいて、趙高は王宮に工作し、叛乱軍が咸陽に迫ったと偽りの報告をあげた。そして「兵を出して追わせよ」との勅を出させようとした。

趙高は、はらはらしながら結果を待った。

胡亥がたくらみに気づけば、たちまち失敗する。重臣の誰かがあやしんでも、やはりうまくいかない。その場合、趙高を待っているのは車裂きの刑だ。

二世皇帝、胡亥はそのとき咸陽の東南、涇水《けいすい》のほとりにある望夷宮《ぼういきゅう》にいた。

白虎が馬車の左の副馬を嚙《か》み殺すという不快な夢を見たため、夢占いをしたところ、涇水の神の祟《たた》りだと出た。そこで涇水の神を鎮めようと、みずから斎戒沐浴《さいかいもくよく》して祀《まつ》りをしていたのである。離宮だけに警護の衛士や郎官は、咸陽の王宮より少ない。

郎中令――趙高は自分の後任に息のかかった者を配してあった――から説明をうけた胡亥は、

「早く追い払え」

と面倒臭そうに言って、兵を出す勅令に御璽を捺すことを許した。

これを聞いた趙高は、大きく息を吐いて額の汗を拭《ぬぐ》った。

胡亥の運命が定まったのだ。

勅令を記した竹簡は、すぐに閻楽のところへもたらされる。

これをうけて閻楽は千の兵を動員し、望夷宮へ駆けつけた。そして門を守っていた衛令を斬り、副官を縛り、兵をひきいて殿中へすすんだ。

殿中はたちまち大騒ぎになる。護衛の郎官たちには、手向かう者もいれば逃げる者もいた。前進を阻む者は矢で射たので、殿中のあちこちで乱闘が起き、死体が転がった。

閻楽は奥へ突入し、ついに皇帝の幄坐《あくざ》に至った。

帳《とばり》に数本の矢が刺さる。怒声がした。おそらく胡亥の声だろう。

近侍の郎官たちは、逃げるばかりで誰も立ち向かおうとしない。

閻楽は帳を引き裂き、胡亥の姿をさがした。

胡亥は玉座の裏に隠れていた。兵が胡亥を矛でおどし、閻楽の前に跪かせる。

「皇帝陛下、足下《そっか》は驕慢放恣《きょうまんほうし》、無道に人を殺した。だから天下が背くのだ。こうなったら自分で身を始末するがよい」

閻楽が言うと、胡亥は目をくるくると動かしながら言った。

「丞相はどこだ。丞相と話したい」

「不可！」

「せめて一郡の土地でももらい、王になれないか」

「不可！」

「では一郡ではなく、万戸侯《ばんここう》でもよい」

閻楽は首をふるばかりだ。

「それも駄目なら、平民となって、諸公子のように暮らすのは？」

胡亥は跪いたまま、閻楽を見あげている。その顔は青白くつるりとして、まだ世を知らぬ十五歳の少年そのものだ。

「わたくしは丞相の命を受けて足下を始末しに来たのだ。何と言われようとどうにもできない」

閻楽はそう言って兵を招いた。兵たちは矛をかざして胡亥を取り囲もうとする。胡亥は悲鳴をあげた。

そのとき、宦官がひとり、玉座の裏から出てきた。そして竹簡を削る短刀を見せた。

「お楽になられるおつもりなら、これを」

捧げるようにする。

胡亥は泣きそうな顔になり、短刀と閻楽を交互に見ている。

「ところで、御璽はどこだ」

閻楽の言葉に、胡亥は目配せした。宦官が立ち去り、すぐにもどってきて頑丈な木箱を閻楽に渡した。

中を見ると、皇帝の印である御璽がはいっていた。

「もう要らぬものゆえ、進呈する。だから……」

胡亥は祈るように両手を合わせた。

「そうだ。もう要らないな。こちらへもらっておく。ああ、皇帝陛下は自分の身の始末ができないようだから、教えてさしあげろ」

閻楽はそう言って兵たちに顎《あご》をしゃくった。兵たちは剣を抜いた。胡亥がなにか叫んだが、その声は長くつづかなかった。


皇帝自害の一報と御璽が趙高の許にとどいたのは、夕方になってからだった。

「よし、よくやった！」

趙高は使者をほめたが、大きな声ほどには心は弾んでいなかった。

——これからが大変だ。

まず自分が皇帝となる。

その上で叛乱軍と話をつけ、この関中を領土とする秦の王と認めてもらうのだ。すでに東方では楚、趙《ちょう》、韓《かん》、燕《えん》といった国々が復活しているようだから、また戦国に逆もどりだが、それで叛乱軍を納得させるしかない。

さっそく王宮へ行った。

戦闘は離宮である望夷宮で行われたため、咸陽城内にある王宮の中は平静そのもので、なにもかも以前と変わりがなかった。

皇帝の近侍の者たちなど王宮にいた百官を大広間にあつめ、宣言する。

「今日からは、わたしが皇帝となる。御璽もここにある。諸君らはこれまでどおりに仕えてくれ」

玉座にすわったが、誰も近づいてこない。

「どうした。郎官、こちらへ来い」

と呼んでも返事がない。宦官さえ近づいてこない。かわりに侮蔑《ぶべつ》の気配と、

「おまえなどが皇帝であるものか！」

「宦官の身で僭越《せんえつ》な！」

と悪罵《あくば》の声が飛んでくるだけだ。

あつまっていた百官はひとり去りふたり去りして、ついにひとりもいなくなってしまった。

さすがに趙高も、自分が皇帝になるのは無理だと悟った。いままでの権力は、皇帝の側にいたからふるえたものなのだ。権力には力だけでなく大義名分も必要なのに、趙高にはそれがまるでないのだから、誰からも支持されないのも当然だった。

玉座を下りて、趙成や閻楽と相談し、胡亥の兄で王族の数少ない生き残りの嬰《えい》を立てることにした。

「秦はもと王国であったのに、天下を統一したあと皇帝と称しました。いまやまた戦国の世にもどり、秦の領土はせまくなったので、もとのように王とするのがよいでしょう」

などと言い、嬰に斎戒させ、宗廟《そうびょう》で御璽をうけるようはかった。

——始皇帝のような男は、もう二度と出ないだろう。

あれはたいした男だったと思う。

王ならば、なにごとにもゆったりと向き合うものなのに、始皇帝は聡明で勤勉で欲張りで、まるで庶民のように仕事をした。幼いころ、王宮の外で育ったせいかもしれない。それも、貧しい暮らしをしていたようだ。だから王になって、その座を失うまいと頑張ったのだろう。そしてより多くのものを得ようという欲も、貧しい暮らしの中で育ったにちがいない。その欲が天下を統一したのだ。

しかしその子供たちは駄目だ。王宮深くで育ち、苦労もせず、世間の冷たさも知らない。すべて侍女や宦官がやってしまうので、自分ですることがなにもなく、またできない。まるで人形のようだ。あやつられるために生きているとしか思えない。

だからあやつり方さえ知っていれば、その者は王をあやつり、王の力をもてるのだ。

嬰が斎戒しているあいだに趙高は、十万の兵をひきいて南方の武関にせまっている楚の将、劉邦《りゅうほう》に使者を出した。咸陽を明け渡すから、関中の地を分けてふたりで王になろうと交渉させるためである。

「必要なら秦王の首を捧げる、と伝えろ」

と言い含めるのも忘れなかった。

なにしろ嬰は病弱でおとなしく、叛逆はしそうにないから殺すまでもない、と思われて生き残っていたのである。王につけたあとでも倒すのは易しいだろう。

ともあれ、国を統治するには王がいなくてはならない。嬰にはしばらくのあいだ王として君臨してもらうつもりだった。

しかし、嬰はなかなか斎宮から出てこない。病気になったというのだが、それにしても長い。使者をやって、斎戒を切り上げて廟で玉璽をうけとるよう急《せ》かしたが、それでも斎宮から動かない。じれた趙高は、みずから斎宮に出かけていった。

嬰は、斎戒のための白い服のまま出てきた。相変わらず弱々しい顔をしている。

「宗廟の儀は大事でございます。王はなぜお出《い》でになられませぬや」

腕ずくでも連れてゆくつもりで頭ごなしに言ったとき、趙高はのけぞった。腰に激痛が走ったのである。

「王命である。趙高、おまえは死を賜った。おとなしくお請けせよ！」

背後からの声を聞きながら、趙高はその場にくずおれた。幾人かが剣を手に趙高を取り囲んだ。暗くなってゆく趙高の視界に、青銅の剣をふりかざしてのしかかってくる男の姿が映じた。

咸陽宮《かんよう》の宝物

一

趙高《ちょうこう》の死よりおよそ一年前の秋——。

彭城《ほうじょう》にある楚《そ》王の宮殿広間に、数十人の将士があつまっている。

私語でざわめく中、上座の壇上に王の側近たちが出てきて、

「拝礼！」

と号令をかけた。

しかしざわめきは止《や》まず、拱手《きょうしゅ》拝礼する者、長揖《ちょうゆう》（拱手した手を上下する礼）する者、何もせず突っ立っている者とさまざまだ。

統制がとれていないのは、あつまった将士がもともと官人でなく、王宮での礼式などまるで知らないからである。陳勝《ちんしょう》・呉広《ごこう》が起こした叛乱《はんらん》の嵐《あらし》にのって兵をあつめ、秦《しん》の官吏を殺し、あるいは秦の

軍勢と戦って頭角をあらわしてきた荒くれ者ばかりだった。その正体といえば百姓や商人、職人、そして任侠《にんきょう》の徒などである。

ざわめきの中、王が壇上に出てきた。

近臣はその場で大声を張りあげ、楚王の勅命を読みあげた。

すなわち、宋義《そうぎ》という旧楚の令尹《れいいん》（宰相《さいしょう》）を上将軍とし、項梁《こうりょう》の甥の項羽《こうう》を次将として、秦軍に攻められ楚王に助けをもとめていた趙《ちょう》に、援軍を送る。そして別に劉邦《りゅうほう》を一軍の将として西方に向かわせる。

「以上、すみやかに軍をととのえ、命じられた方面へ進むべし！」

方針を聞いた諸将がまたざわついた。項羽という、これまで各地で秦軍に勝ってきた猛将をさしおいて、宋義という実績のない男が上将軍になったからだ。

劉邦が別働隊として西に向かうことは、さして関心を呼ばなかった。強大な秦軍にあたるには、勢力が小さすぎると思われたのだろう。

陳勝・呉広が乱を起こしてから一年あまりになる。最初は叛乱軍の勢いに押されていた秦も、章邯《しょうかん》の軍が函谷関《かんこくかん》から出てきてから、各地で叛乱軍を打ち破り、いまでは徐々に平定した地をふやしていた。敗北した各地の叛乱軍は後退と再編を余儀なくされている。

こうした状況を憂《うれ》えた楚王は、すべての軍勢を王宮に呼び返した。あらためて将軍を決めて軍の編成を見なおし、ふたたび秦軍にあたろうというのだった。

近臣が勅命を読み終えたのち、王はみずから声をあげて宣した。

「まっさきに函谷関をやぶり、咸陽《かんよう》を平定したものを関中《かんちゅう》の王にする」

これには、おお、とどよめきがあがった。

秦の領地である関中が豊かなことは、天下に知れ渡っている。その関中を領有できるとなれば、天下に覇を唱えることも不可能ではない。

つまり、天下が諸将の前に餌《えさ》としてぶら下げられたに等しいのである。

そして西に向かうよう命じられた劉邦が、関中の王となる一番手であることも、明らかだった。

会合が終わって広間を出るとき、劉邦は諸将から声をかけられた。健闘を祈る声、うらやむ声とさまざまだったが、劉邦はいちいち会釈を返していった。温厚な長者という評判どおりの振る舞いである。

――いい役目をもらった。やはりこの男、強運の持ち主だな。

蕭何《しょうか》は、歩きながら自分の見込みが正しかったことを確かめていた。

劉邦は、五十歳近い爺《じじ》むさい男である。その髪は半分白くなっているし、酒焼けした赤ら顔には皺《しわ》が多い。

酒場のおやじといっても通りそうな風体だが、よく見ると秀でた額と高い鼻をそなえ、威厳はあるが目はやさしく、その笑顔は人を引き込むような魅力をたたえている。

旧楚の地にある泗水《しすい》郡は沛《はい》県の百姓家に生まれ、一家で百姓をするかたわら、俠客《きょうかく》を気取って手下を幾人かひきつれて遊んでいるような男だった。財産もなく学問も武術もできなかったが、ものごとにこだわらない性格のためか、あるいは機転が利いて話し上手なためか、不思議な人望があって、行くところ常に人があつまった。酒場で飲んでいると人があつまってきて、その酒場ではいつもの数倍も酒が売れる、という具合だったのである。

一方、蕭何は、楚人では筆頭の吏員として沛県の県庁につとめていた。つとめの中、県の行事などで幾度か劉邦に接して、その不思議な人柄に興味をおぼえていた。壮年になってもぶらぶらしていた劉邦を、泗水のほとりの亭長《ていちょう》——道の十里（約五キロ）ごとにおかれる亭（駅）の長——に推薦したのは、蕭何である。

この役職が、めぐり巡って劉邦を世に押し出すことになる。

亭長の役目柄、劉邦は始皇帝の陵墓《りょうぼ》を造営するための役夫をひきいて、関中に向けて出発した。一年前のことだった。

ところが道中で役夫の大半が逃げてしまった。現地でのきびしい労働と飢えに恐れをなしたのである。

目的の地に到着したときに役夫の数が足りなくては、責任者の亭長が処刑されてしまう。やむなく劉邦も腹を決め、残っている者を逃がして自分も逃亡することにした。

逃亡した時点で立派な犯罪者である。沛県の自宅にも帰れず、命をつなぐためにやむなく盗賊となった。

劉邦を慕ってともに行動する者もいて、劉邦は数十人をひきいる盗賊の長となって山中に伏し、ときどき城外の村を荒らしていた。するとちょうど陳勝・呉広の乱が起きて世が乱れた。

この乱が、劉邦の運命を変えることになる。

天下各地で、陳勝にならってその地の郡守や県令を襲う者が続出していたが、沛県でも民衆が蜂起《ほうき》しそうになっていた。それをおそれた秦人の県令が、先手を打って沛の兵をひきい、陳勝に合流しようとする。その動きを察した蕭何は、部下である曹参《そうさん》といっしょに進言した。

「閣下は秦に背こうとされておりますが、もともと秦人ですから、沛の民衆は言うことを聞きますまい。それより沛の者を立てたほうがよろしい」

県令がこれを聞き入れたので、蕭何は劉邦を推薦した。劉邦の器量を買っており、しかもいまや数百人の盗賊の長となっていると聞こえていた――劉邦が人数を十倍にして吹聴していた――から、乱世を切り開くには適任だと思ったのである。

なりたくて盗賊になったわけではない劉邦は、呼ばれてこれ幸いと故郷にもどってきた。

しかしもどってみると、いったんは劉邦を将にすることに同意した県令が、劉邦のつれてきた盗賊仲間を見て恐くなったのか、城の門を閉じ、劉邦たちを入れようとしない。そればかりか、蕭何たちを殺そうとした。

蕭何たちは城外に逃げた上で劉邦と力を合わせ、城内の者たちを蜂起させて県令を倒し、ふたたび入城した。これで蕭何たちも叛乱軍となったのである。

県令を倒した以上、つぎの県令を決めねばならないが、なり手がいない。蜂起が失敗したときの後難を恐れて、誰《だれ》もなりたがらないのだ。

劉邦も当初は辞退した。おそらく状況を見て恐くなったのだろう。だが結局、押しつけられるようにして県令となった。

その後、仲間の血気盛んな者たちが、

「どうせなら領地をふやそう。沛だけでは秦に立ち向かえない」

と言いだして兵をつのり、あつめた二、三千の兵で胡陵《こりよう》、方与《ほうよ》といった城を攻め落としていった。

これで劉邦は、湧《わ》きあがる戦乱の中に身を投じることとなったのである。

沛で兵をあげた劉邦の下には兵ばかりでなく、すぐれた参謀《さんぼう》や勇敢な将士があつまってきた。万事おおらかな劉邦の部下という立場は、男たちにとって心地よかったのである。その活躍で数々の戦いを勝ち抜き、劉邦は一方の将として頭角をあらわす。

しかし、たかだか数千の兵では秦の軍勢に立ち向かえない。

蜂起した諸将は、自然な流れとして、兵とともにより兵の多い将のもとへ配下として参じるようになる。そうしてしだいに叛乱軍は、いくつかの大きな勢力へと収斂《しゆうれん》してゆく。

その流れの中で、劉邦は項梁の下についた。

項梁は代々、楚の将軍をつとめた家に生まれた。父は秦の王翦《おうせん》に倒された将軍、項燕《こうえん》である。またその甥、項羽は身の丈八尺（約百八十センチ）と大柄で、筋骨たくましく才気にすぐれる若者だった。

項梁らが兵を挙げた経緯も、劉邦と似ている。

陳勝・呉広の乱からふた月ほどたったころ、会稽郡《かいけい》の郡守がやはり民衆の蜂起を見て不安になり、ちょうどその地にいた項梁と項羽をまねき、

「民衆が蜂起する前に兵を挙げたい。ついては将軍になってほしい」

と話をもちかけてきた。もちろん項梁の、代々将軍だった血筋を知っての話である。

項梁は話を聞き入れるふりをし、郡守が油断するところを見透かして項羽に斬《き》らせ、さらに抵抗する吏員を数十名も打ち殺して郡庁を乗っ取った。

「秦の役人の手先になどなるものか。これより兵を挙げて秦を討つ」

と項梁は宣し、人を近くの県にやって兵をあつめた。

こうして項梁と項羽も、戦乱の中に身を投じることになったのである。

乱世にあっては、代々将軍の家柄という血筋は大きくものをいう。挙兵から三月ほどになると、項梁は数万の兵をひきいる一手の将になっていた。

そうした中で陳勝の死が伝わったときには、

「本当に陳勝は死んだのか」

と項梁は疑った。いまや各地に王を自称する者が立ち、戦国の世にもどったような状況だが、その中でも陳勝の勢力は大きく、また真っ先に兵を挙げて王になったことで、世における声望も大きい。その死は叛乱軍全体に影響を与えずにはおかない。

当初は半信半疑だったが、やがてその死は確かだとわかった。陳勝を殺した荘賈《しょうか》は結局、秦軍に降伏したが、その後、陳勝の涓人《けんじん》（賓客接待役《ひんきゃくやく》）だった者が起こした軍に攻められ、殺されたという。

となれば世の風向きも変わるかもしれないと項梁は用心し、いったん軍を止めて諸将をあつめ、今後のことを話し合った。すると、

「陳勝が敗れたのは、旧楚の王の子孫を立てずに自分が王になったからだ。項梁将軍においては、おなじ轍《てつ》を踏まぬようになされよ」

という意見が出た。

「もっともな話だな」

項梁はその意見を採用した。将軍の血筋の者が王を立てれば、世間も納得するだろう。

そこで、秦に滅ぼされた楚王の孫で心《しん》という者を即位させ、王とあおぐことにした。なんと心は、項梁に見出《みいだ》される前は、人に雇われて羊飼いになっていたのである。

「これでわれらは正統な楚の軍となった」

名目を得た項梁は、各地で秦軍と戦っておおいに破ったが、勝ちに驕《おご》って秦軍を軽んじたため、定陶《ていとう》というところで章邯の軍勢に夜襲されて敗れ、自身も戦死してしまった。

項梁の死にあわてた楚の王は、都を秦から遠い彭城にうつした。そして今日、諸将をあつめて今後の方針を言い渡したのだ。

劉邦は、項梁が章邯に討たれたのちはその子の項羽にしたがっていたが、今回、楚王からは別の一

軍をたてるよう命じられたのである。大きな出世であり、将来、関中の王となれるかもしれない機会でもあった。

しかし劉邦は喜んでいなかった。

二

「おいおい、うらやまれても困るんだがな」

宮殿を出て側近の者ばかりになると、劉邦は途端に苦り切った顔になって言う。

「そりゃ関中にはいれば王になれるが、函谷関なんて天下一の関だ。何十万という兵がなきゃ破れねえぞ。その前に秦軍に勝てるか。章邯っての、ずいぶん手強いからな。まともにやったらこっちの首が飛ぶぞ」

五十絡みの劉邦が言うと、何となく哀れっぽい。途端に周囲の者が口を開く。

「なあに、やってみなきゃわからねえ。案外、もろいかもしれねえぜ」

鼻の大きな肥大漢が言う。樊噲《はんかい》といって、劉邦の幼なじみである。生業《なりわい》の犬の屠畜業をほうり出し、劉邦の軍にくわわった。これまで数々の戦場で命知らずの活躍をして武功をたてている。

「こいつは一世一代の勝負だ。砕けるか、王になるか、ふたつにひとつだな。腕が鳴るぜ」

と鼻息が荒いのは曹参である。劉邦の故郷の沛県で獄吏をしていた男だが、いつの間に学んだのか将才があり、軍を指揮させると大きな戦場でも小さな戦場でも、器用に立ち回って勝ちを得てきた。

「まともにやっちゃいけません」

あわてて止める蕭何は、県の筆頭吏僚であった手腕を生かして、いまは糧秣《りょうまつ》の手配など、軍を支える仕事を万端こなしている。

「少しずつ味方をふやしながら、ゆっくり進んでいけばよろしい」

「おい、そんな策はあるかい」

劉邦は、右後ろを歩んでいた細身で色白の男にたずねた。

「できないことはありません」

張良《ちょうりょう》という男は、意外に大きな声で答える。

「力を見せておいてのちに温情を与えれば、降《くだ》ってくる者は多いでしょう。よく相手を見て対応してゆけば、なんとかなります」

張良は韓《かん》の宰相の末裔《まつえい》で、韓が秦に滅ぼされたことを恨みに思い、復讐《ふくしゅう》と韓の再興を念願としている。始皇帝が行幸に出たとき、力持ちの男に一石《せき》（約三十キロ）の鼎《かなえ》を始皇帝の車めがけて投げさせ、殺そうと企てたこともあった。

それは成功しなかったが、張良自身は兵法書に通じ、策士をもって自認しており、劉邦も頼りにしていた。

「なんとかなる、か。どうもはっきりしねえな。おっかねえ役をまかされたもんだな」

劉邦はぼやく。それを樊噲たちはにやにやしながら聞いている。

「ま、なんだかんだといっても、関中へ一番乗りすりゃ王になれる。咸陽の王宮にゃ、天下からあつめた宝がうなっているぞ。後宮には天下の美女がそろっているだろうしな。ああ、考えただけでよだれが出そうだ」

劉邦の言葉にみなが笑って応じる。

「一番乗りして、みなで宝を分けようぜ！」

おう、と声があがった。こういうところは将軍と参謀というより、ガキ大将と仲間たちのようだ。だがこれが劉邦の強さの源泉なのだろう。

——酒飲みで女好きのだらしない男だが……。

人柄がよくてみなに好かれ、集まってきた者たちが力を合わせて盛りたてようとする。不思議と大事なところの判断は間違わないし、それ以上にひどく運がいいから、実力以上のものが出せるのも強みだ。だからついてゆけば自分にもいいことがある、と思う者が寄ってきて、ますます勢力を増してゆく。

にぎやかな仲間の輪の端を歩きながら、蕭何はそんなことを考えていた。

「じゃあ、さっそく明日にも出陣だ。兵糧《ひょうろう》の支度は大丈夫か」

「ああ、まかせてくれ」

蕭何はうけあった。

この日を境にして、叛乱軍は新たな意気込みで咸陽をめざして動きはじめた。

とはいえ秦の軍勢はまだまだ強く、劉邦の軍もすぐには西に向かえなかった。

劉邦は彭城を出ると、まず近くの碭《とう》郡で陳勝や項梁の敗兵をあつめて軍容をととのえた。そして北上して成陽《せいよう》周辺で秦軍と戦う。ここでは勝利を得たものの、つぎの昌邑《しょうゆう》では秦軍の抵抗にあって城を落とせない。

——弱いな。

蕭何は軍の後方にあって、兵糧や武器の手配をしながら自軍の戦いぶりを見つめていた。

陳勝の蜂起から一年以上になる。秦軍は一時の迷いから覚めて昔の強さを取りもどしており、叛乱軍を押し返しつづけていた。

考えてみれば叛乱軍は寄せ集めの兵ばかりで、武器も足りない。対する秦軍も兵は寄せ集めだが、武器は豊富にあるし軍律もきびしい。やはり対戦すると、秦軍のほうに一日の長があるのだ。

「あせることはない。秦軍は本国から遠くへきている。いずれ兵糧が苦しくなるはずだから、それまで待つがいい」

と蕭何は劉邦に助言するのだが、

「動かなかったら兵どもが何をするかわからん。戦わせておかないと、味方相手でも略奪に走るぞ。それでもいいのか」

と言われて引っ込まざるを得なかった。兵たちは略奪を楽しみにしているのだ。戦いもせず略奪もできなかったら、どこで暴発するかわからない。勝ち負けは別にして、動きつづけざるを得ないのだ。秋はすぎて冬となり、さらに春となったが、劉邦の軍勢は南に北にと転戦するものの、肝心の西の方角へはなにほども進めていない。

昌邑は抜けなかったので、西に向かって陳留《ちんりゆう》を襲い、投降させると、その食料と兵をうばって隣にある開封《かいほう》を攻めた。しかしここも抜けない。

そのころ項羽は趙国を救援にゆき、邯鄲《かんたん》の北にある鉅鹿で秦軍を破ったのち、秦の総大将、章邯と対峙《たいじ》していた。

当初、項羽は上将軍の宋義に次将としてしたがっていたが、宋義に戦意がないのを見てとると、楚王の命令といつわってこれを殺し、みずから上将軍となって全軍を掌握した。そして鉅鹿で秦軍に勝ったあとは、楚軍だけでなく諸侯の兵もしたがってきたので、いまや合わせて数十万の大軍勢を指揮する身になっている。

だが章邯も名将であり、容易に隙《すき》を見せない。楚と秦の軍は漳水《しようすい》をへだててにらみ合い、たがいに動けぬままに夏をむかえた。

一方で劉邦は黄河《こうが》の南、旧楚や旧韓の地で西へ軍を移しては秦将と戦い、また南へ行って潁陽《えいよう》を攻め落とすなど、勝ったり負けたりしながらも、じわじわと西へと軍を進めていった。

そして夏も半ばをすぎると、ようやく秦軍の勢いにも翳《かげ》りが見えてきた。

劉邦は南陽《なんよう》郡の郡守と戦って勝ち、南陽郡を手に入れた。郡守は宛《えん》という郡都の城に籠《こ》もり、なおも抵抗しようとする。

劉邦はこれを無視して西へ急ごうとした。城は大きくてなかなか落ちそうにない上、趙の将が函谷関へ入ろうとしている、という一報がきていたからだ。咸陽へ一番乗りされてはたまらないと思ったのである。

だが張良が止めた。

「それでは宛の軍に後方から襲われるかもしれず、危険です」

「そうか。危ないか」

と劉邦は張良の意見を容《い》れた。我を張らずに人の意見をよく聞くところが劉邦の美点である。

とはいえ、のんびりとしていては咸陽に一番乗りできない。そこで夜の内に軍を動かし、宛城を三重に囲んだ。力攻めで攻め落とそうというのだ。

まさに攻城戦がはじまると思われたとき、城内から使者が出てきた。

降伏するつもりかと思って劉邦が引見する。蕭何や曹参、張良たちも同席した。

通常、降伏の使者ならへりくだった姿勢で助命を嘆願するものだ。ところがおどろいたことにこの使者は、劉邦に向かって策を説きはじめた。

いわく、

「楚軍のうち、真っ先に咸陽に入った者が関中を得ることを、われらも知っている。しかしいま宛を落とそうとすれば、長い日数がかかって兵士の死傷も多くなる。また城内の者はみな降伏すれば命がないと思っているので、必死に戦う。といって城を落とさずに楚軍が西へすすめば、城兵は必ず後方から襲うだろう」

だから劉邦にとって一番良いのは、

「郡守の降伏を許して命を救うだけでなく、この地に所領を与えてやり、城を守らせることである」

そして城の兵といっしょに西へ行けば、この先の秦の諸城も安心して門をひらき、劉邦の軍を受け入れるだろうから、咸陽までの通行に困ることはない、と言うのだ。

「それはどうかな」

と蕭何は首をひねった。降伏を許して味方にしろというのだが、城方にあまりに虫がよすぎる案だ。城を囲んだのだから、手間はかかっても勝つのは目に見えている。城を落とせば蓄えた食料が手に入るし、兵の中には城内での略奪を楽しみにしている者も多い。なのにこの案を許せば、こちらには城兵が加わって兵数が増える以外、なにも得るものがない。

その上、果たして使者の言うことを信用していいものか。

城をそのままにして進軍すると、約を破って後方から襲われかねない。そのときにいっしょに連れている軍兵が叛乱を起こしたら、敗軍は必至である。

ほかの者たちも疑いの声をあげた。

「項羽なら、なにをふざけたことをと言って、たちまち使者の首をはねて城を攻め潰《つぶ》すだろうな」

という曹参の声に賛同する者も多い。

「みんな、どうかな」

劉邦は意見を徴した。

「受けるべきです」

と言ったのは張良だった。

「この先、城はいくつもある。すべて攻め落としていたら、いつになったら関中へたどり着けるのかわかりません。使者の言うとおり、ここでわれらが寛大な軍であると示せば、降ってくる城も多いでしょう。献策を容れて、われら楚軍は寛大だと、うわさを先々の城にまき散らすのがよいかと思われます」

「しかし、信用していいのか」

樊噲が不機嫌そうに言う。

「裏切られて後ろから襲われたら、われらは終わりだぞ」

「そこは賭《か》けです。約を違《たが》えられたら目も当てられない。しかし、いまの趨勢《すうせい》なら城兵たちも秦に忠義だてして得る利はない。郡守は約束を守るでしょう」

みなの視線が劉邦にあつまる。劉邦は蕭何に向かい、

「宛の兵糧を頼らなくても、進軍できるか」

とたずねる。ここまで道々、小さな城から食料をこまめにあつめていたので、

「まあ、大丈夫でしょう」

と答えると、劉邦はあっけらかんと、

「よし、受けよう。いちいち城攻めをしていては先に進めねえからな」

と断を下した。ためらいが微塵《みじん》も感じられない口調だった。

蕭何は半ば呆《あき》れつつも、その決断の早さに感心し、これも劉邦の徳のひとつだと思った。この乱世には、動きだす速さも武器になるのだ。

結果として、この賭けは劉邦の勝ちとなった。

宛の兵は叛乱を起こすこともなく、また先々の諸城も喜んで降ってきた。途中、小さな戦いはあったが、劉邦の軍は関中への南方の関である武関《ぶかん》まで、するすると進んだ。

こうした順調な進軍には河北の情勢もからんでいる。

秋口に、それまで膠着《こうちゃく》していた秦の章邯と項羽とのあいだが動いたのだ。それも、章邯が項羽に降参し、二十万の軍勢とともにその配下にはいる、という形で。

秦軍は、主力を失ったのである。

これを知った秦の諸城は、おおいに動揺した。

劉邦は動揺する秦の将たちのもとへ部下をやり、有利な条件を示しては籠絡《ろうらく》し、つぎつぎに開城させていった。そうして軍を進めて、関中の東南の関門である武関を精鋭の兵で急襲して破り、いよいよ咸陽へ迫った。

三

一方、咸陽では、宮殿内の争いに決着がついていた。

斎宮において趙高を刺殺したあと、三世皇帝の地位についた嬰《えい》は、捕吏を遣わして趙高の三族をみな捕らえた。

「宦官《かんがん》の身で王宮を支配し、二世皇帝を弑《しい》した悪逆の者どもである」

として市場に引き出し、衆人環視の中でみな斬刑《ざんけい》に処した。

これで王宮内と咸陽周辺は落ち着いた。しかし、そのあいだに天下の情勢はまったく楽観を許さないものになっている。

函谷関の西こそまだ敵兵の姿を見ないが、東方はすでに叛乱軍の手におちており、秦に味方する兵はひとりとしていない。

あれほど奮闘していた章邯も、敵将に投降してしまった。

「どうやって秦を守ればいいのか」

息子と宦官たちに、嬰は不安を打ち明けた。相談しようにも、丞相など重臣たちはみな胡亥《こがい》か趙高に殺されてしまい、話し相手はまだ十代の息子たちか、身の回りの世話をする宦官しかいない。

「秦はその昔、長平《ちょうへい》で趙の軍四十万を阬《あなうめ》にして殺しました。その報いがいま来たのでしょう」

と宦官に言われれば納得してしまう。

しかも、敵は函谷関に向かっている軍勢だけではなかった。すでに武関が、劉邦という将軍のひきいる軍に破られていた。

あわてて咸陽から兵を向かわせたが、劉邦の軍の勢いは強く、秦軍は劣勢に立たされているという。劉邦の軍は秦軍を追い払い、日一日と咸陽に向けて進軍してくる。

嬰にはなすすべがない。頼みの綱は、武関から咸陽へいたるあいだの住民たちだけだった。いくら軍が強くても、沿道の住民たちがそむけば容易には進軍できない。まして、武関から咸陽へは険しい山道がつづき、大軍が一気に押し通るには不向きな地形となっている。住民たちが蹶起《けっき》して叛乱軍を止めるのではないかと期待していた。

ところが劉邦は兵たちに乱暴を控えさせて、住民を手なずけてしまった。そして谷間の地である藍《らん》田《でん》で最後の抵抗を試みた秦軍をたやすく破り、とうとう関中の平原をのぞむ灞上《はじょう》という地にまで進出してきた。

咸陽の西、歩けば一日の距離のところに、十万の敵軍が出現したのだ。

嬰は群臣に呼びかけて兵をあつめようとしたが、兵どころか官吏も王を見限って散ってしまい、応ずる者もいない。始皇帝が造りあげた広壮な宮殿にいるのは嬰の妻子と、昔から身の回りの世話をしていた宦官たちだけである。

——なんてことだ。

嬰は愕然《がくぜん》とした。かつてはひと声で六十万の兵をあつめた秦の王が、いや天下の皇帝が、一兵すらあつめられない身に落ちぶれてしまったのだ。

寒風が吹きすぎる十月のある日、ついに劉邦の兵が咸陽にはいってきた。

がらんとした宮殿に劉邦の使者がきて、その寂《さび》れようにおどろきながら、応対に出た宦官に向かって投降をすすめる。

「どうしようか」

嬰は宦官と嘆き合ったが、いい智恵《ちえ》などあるはずがない。

「一兵もないのでは、戦うこともできません。降参するしかないでしょう。幸い、劉邦というのは慈悲深い将軍のようですから、殺されることはありますまい」

誰もそれ以上のことは言えない。

「何百年もつづき、一度は天下を征した秦が、朕《ちん》の代で消えるのか」

嬰は大きくため息をついた。

「仕方がありません。始皇帝は偉大でしたが、おそらく天下を征するのに、家の運をすべて使い果たしてしまったのでしょう。陛下にはもうわずかな運も残っていなかったのです」

宦官は慰めるように言う。嬰はいやいやをするように小さく首をふる。

「では、投降の支度をしてまいります」

忠実な宦官は、そっと嬰のそばを離れた。

嬰が皇帝となって四十六日目のことだった。

劉邦は、目の前に跪《ひざまず》き、うなだれている人物をまじまじと見た。

小柄な体に、下がり眉《まゆ》、目は細く長く、いかにも気弱な感じだ。鼻は高く整っているが、それがかえって繊細なもろさを思わせる。

——これがあの始皇帝の息子か。

昔、咸陽で盗み見た、始皇帝の威厳のある姿とは似ても似つかない。あのとき始皇帝は数百の家臣をともない、きらびやかな車に乗って堂々と皇帝専用の道を通っていった。傲然《ごうぜん》と顔をあげたその姿は、見ているだけで威に打たれるように思えたものだ。

なのにこの嬰という三世皇帝は、飾りのない車に白馬という、葬儀に列するような体裁をとり、妻子と宦官ひとりを供に、咸陽の東南、渭水《いすい》の南岸にある軹道《しどう》の亭《てい》（駅）にひっそりとあらわれたのだ。白い服を着て首に紐《ひも》をかけ、いつでも自殺できると示唆《しさ》する姿で劉邦の前に立っている。

「おめえさん、本当に皇帝なのか」

つい聞いてしまった。

すると小柄な男は手にした木箱を前におき、中を開いて見せた。

「これが皇帝の証《あかし》の御璽《ぎょじ》、それに兵をあつめるための虎符《こふ》です」

中には、たしかにそれらしきものが入っている。

玉で作ってある御璽を手にし、しげしげと見て劉邦はつぶやいた。

「なるほど、皇帝に違いねえようだな」

これほど重々しく精巧な印は、なかなか作れるものではない。

「ああ、じゃあまずはあっちで休んでもらおうか。ここまで来るのにおれたちも疲れたが、おめえさんもいい加減くたびれてるようだからな」

劉邦は亭の中を指さした。休めというが、実態は監禁である。

三世皇帝は、ほっとしたようにうなずき、兵にみちびかれて一室にはいった。

すると諸将が寄ってきて、

「あのような者、生かしておいても無益。殺してしまいましょう」

「いままでさんざん天下の民を苦しめた秦の皇帝には、相応の報いを与えるべきです」

などと言いつのる。

劉邦は、傍らの張良と樊噲を見た。

ふたりとも首をふっている。

劉邦は言った。

「おめえら、なぜおれがここへ遣わされたかを思い出せ。楚王はおれが諸事、寛容にあつかうから、物事がうまくいくと考えられたからだろうが。それに降伏してきた者を殺すなんて、縁起の悪いことはできねえ」

諸将はしぶしぶと下がっていった。

「まあ、しばらくは様子見だな」

と劉邦は張良と樊噲に言った。

「まっさきに関中にはいった者を関中の王とする」

と楚王は諸将に宣言した。だから自分が関中の王になる資格があると思ってはいたが、実際はそう簡単ではない。まず秦の人々を納得させねばならない。

劉邦は兵をひきいて王宮にはいったが、少し休息しただけで宝物蔵には封印して手を着けず、灞上の陣にもどった。兵たちが略奪をしないよう、みずから範を示して市中の秩序をたもとうとしたのだ。そして関中の諸県に触れをまわし、郷村の長たちをあつめて演説した。

「おめえら、長いあいだ秦の苛法《かほう》に苦しんできただろう。上のことを誹《そし》れば一族が殺され、話し合っただけで死罪になった。そうだな」

うなずく長たちに、劉邦は告げる。

「だからおれは約束する。おれが王になったら、法はただ三章だけにする。人を殺す者は死罪に、人を傷つける者、人の物を盗む者は相当の罪にする。そのほかの法はなくして、人々が安らかに暮らせるようにしようじゃねえか」

天下を秦の支配から解き放つには、まず厳重な法律をなくして人々を安堵《あんど》させること、と劉邦は考えていたのだ。

これに喜ばぬ者はいなかった。みな争って牛や羊、酒をもって劉邦の兵を饗応《きょうおう》しようとしたほどだった。

しかしこれも劉邦は断った。

「おめえらに費《つい》えをかけるわけにはいかねえからな」

というのだから、人々はますます喜び、劉邦が王になることを願った。

また、劉邦が王になれば、嬰は丞相として仕えることになる、といううわさも流れてきた。

こうしたことは、嬰にも聞こえてくる。

「世の中は捨てたものでもないな」

囚われの身の嬰は、宦官と話したものだった。

「閣下が昔から民を憐《あわ》れみ、慕われていたおかげです。閣下の人徳によるものです」

と宦官が応じる。嬰も安堵していた。

だがいいことばかりではなかった。恐ろしい知らせが王宮へ届いたのである。

項羽の軍に投降していた章邯の秦軍二十万人が、関中へ向かう途中、反抗を疑われて襲われ、ことごとく阬《あなうめ》にされたというのだ。

これを聞いた嬰は、震えおののいた。

「項羽というのは、なんと恐ろしい将軍か！」

その項羽の軍勢がめざしているのは、この咸陽なのだ。

四

ひと月ほどして、項羽のひきいる大軍が函谷関を破って関中にはいり、咸陽の東、戯《ぎ》の地に布陣した。

「兵をあつめろ！」

と蕭何は劉邦から急かされている。

「項羽の軍は百万というぞ。いまの陣容ではとてもかなわん。関中の男をみな引っ張る覚悟でやれ」

法三章、と言って民衆をよろこばせたおなじ口から出る言葉とは思えないが、劉邦は必死だった。

咸陽に入ったあと、劉邦にこう献策する者がいた。

「章邯を下した項羽はいまや天下を左右する勢いですから、楚王の命令どおり、咸陽に一番乗りしたあなたを関中の王にするとは思えません。もし項羽がここに来たら、あなたはこの関中の地を保てないでしょう。早く函谷関に兵をやって門を閉じ、項羽の軍が入れないようにして、そのあいだに関中の兵をあつめて兵数をふやすべきです。項羽に抗するには、それしかありません」

劉邦はこれをもっともと思い、函谷関を閉じるとともに兵をふやすよう蕭何に命じていた。ところが天下に鳴り響いた函谷関も、項羽の前には無力で、あっさりと抜かれてしまったのである。

「兵の徴募につとめてはおりますが、やはり秦の者はなかなか楚の軍には入りたがらないようで」

と蕭何は答えざるを得なかった。関中の人口は大きかったが、兵になるような男はこの戦乱ですでに多くが出払っており、呼びかけてもなかなか集まらなかった。しかも楚は昔から秦の仇敵《きゅうてき》である。その大将の下で戦うのは潔《いさぎよ》しとしない者が多い。

「それでは項羽に討たれるぞ。どうすればいい」

劉邦は、きょろきょろと周囲の者を見ている。

百万と号する項羽の軍勢も、実態はせいぜいその半分以下だろうが、こちらの兵も二十万と号しているものの、実際は十万人しかいないのである。この地で決戦となれば、どう考えてもかなわない。といって蕭何にもいい策はない。ほかの参謀たちも、こう兵数の差が開いては策の施しようがないようだった。みな劉邦に近づかないようにしている。

不気味なことに、項羽からは何も言ってこない。一応は味方だからすぐに襲いかかってくるとも思えなかったが、こちらからの挨拶《あいさつ》にも曖昧《あいまい》な答しか返ってこない。

いやな沈黙の中で数日が過ぎた。

そんなある日、早朝から本営が騒がしかった。

蕭何が行ってみると、劉邦がどこかへ出立しようとしていた。行く先をたずねると、

「項羽に会いに行ってくる。なあに、話せばわかる」

と言って、百騎ばかりを連れて行ってしまった。

「おい、どうしたんだ」

何が起こったのかわからず、周囲の者にたずねると、どうやら昨夜のうちに項羽の陣から人が来て、急遽《きゅうきょ》、劉邦が項羽に会うことになったらしい。

「項羽に謝ってくるらしいよ」

と言う。

「だれが案内したんだ」

ときくと、張良だという。ほかに樊噲もついていったとか。

樊噲だけなら少々危ないが、張良がついているなら安心だと思った。いずれにせよ、劉邦は項羽に函谷関を閉じたことを釈明して、今後のことを話し合う必要はある。無事にすめば、それで戦いはなくなる。

「これで天下は項羽のものか」

蕭何はつぶやいた。秦の天下が崩壊したいまの時点で百万の軍をもち、諸侯をしたがえて秦の都にはいってきたなら、それはもう天下を得たにひとしい。天下人は項羽で決まりだ。劉邦はよくて関中を与えられて諸侯になるくらいだろう。それでも沛県でぶらぶらしていたころから比べれば、途方もない出世だが。

――すると、つぎに必要になるものは……。

蕭何はさまざまに考えをめぐらせる。先を読んで早めに手を打つのが、兵站《へいたん》をあずかる者の要諦《ようてい》である。

夕方近くになって、劉邦がもどってきた。

それは異様な姿だった。百騎あまりを連れていったはずなのに、劉邦ひとりが馬に乗り、供は樊噲ほか四人だけ。そして陣にはいるなり、

「曹無傷《そうむしょう》はいるか。つれてまいれ」

と命じた。左司馬《さしば》の曹無傷がくると、

「汝《なんじ》、自分のしたことがわかっているか。されば文句はあるまい」

と言い、左右の者に命じてその場で斬り殺させた。

何ごとかと思って問い詰めると、

「いやあ、疲れた疲れた。話は明日じゃ、明日。もう寝る。邪魔するな」

説明を聞こうにも、取りあってくれない。ところが樊噲は、

「いや、危ないところだった。まさに命がけの交渉だったな」

と興奮している。

話を聞くと、どうやら樊噲は劉邦を守って項羽と渡り合い、すすめられるままに酒をたっぷり飲んで、豚の肩肉を食べたらしい。

「大将を守るためなら、酒の一斗や二斗、なんの遠慮するものか」

と、酔っているせいか、わけのわからぬことを宣《のたま》う。こいつでは話が通じない。

「張良はどうした」

と問うと、

「大将のかわりにみやげ物を渡してあやまっている」

などと言う。どうもよくわからない。

しばらくすると、張良が帰ってきた。こちらも酒の臭《にお》いがしたが、言うことはまともだった。

「話はついた。もう攻められることはない」

と張良は言う。劉邦と項羽は、咸陽の東、始皇帝陵《しこうていりょう》のすぐ北にある鴻門《こうもん》の地で、仲直りの酒宴を開いたという。

くわしく聞いてみると、どうやら項羽のもとへ曹無傷が人をやり、劉邦が関中の王になって、秦の宝物をみなとったと告げ口したのが始まりらしい。項羽は怒って劉邦を討つと息巻いていたが、それを聞きつけた項羽の叔父、項伯《こうはく》が張良に教え——張良と項伯は昔からの知人だった——、張良が劉邦をまじえて相談し、項羽のところへ釈明に行くこととなったようだ。

その場で劉邦の釈明を聞いて項羽は納得したが、幕僚たちはなおも劉邦を討つつもりだった。それを察した項伯や樊噲たちがたくみに劉邦の身を守ったので、劉邦はその隙に酒宴を抜け出し、逃げもどってきたのだ。

「おれがうまく説明しておいたから、もう大丈夫だ。ただし関中はもうあきらめるんだな」

どうやらそういう話になったらしい。

「それくらいで済んで、ありがたいと思わなきゃ。かわりに咸陽の者どもは大変だぞ」

項羽と劉邦の軍勢が咸陽にはいったのは、その数日後である。

嬰は、監禁された部屋から引き出され、項羽の前に据えられた。

大男の項羽は、青銅の鎧《よろい》を着込んでいた。劉邦とはまったく違い、若く精気にあふれているが、すさんだ冷たい顔である。相対すると、項羽は嬰の顔をじっと見て、

「おまえが秦の王か。まるで貫禄《かんろく》がないな。本当に始皇帝の子か」

と雷のような声で問う。震えながらその通りだと返答すると、つまらなそうに、

「とるに足らぬ男だ。殺せ」

と左右にひかえた兵に顎《あご》をしゃくった。

「あ、そ、そんな！」

「ええい、おとなしくしろ」

抵抗する暇もなく、嬰はその場で斬り殺され、妻子ほかの一族もみな殺しにされた。

数百年のあいだ関中に盤踞《ばんきょ》しつづけた秦王の一族は、ここに絶えたのである。

そののち、項羽と劉邦の兵は咸陽を略奪してまわった。

諸将は王宮の宝物蔵を開いて財宝を奪い、後宮の美女をも手にした。

止める者もいたが、項羽は意に介さない。

「そんな甘いことで新しい天下が創れるか。みな焼き尽くして、その上に新しい天下を建てるのだ」

と言って逆に兵たちをあおる始末だった。

将兵は咸陽中の財宝と美女を略奪し、奪うものがなくなると王宮や町に火を放った。

咸陽のあちこちで、黒煙の柱が天に向かってのぼっていった。多くの人が住む町も、始皇帝が建てた数多くの宮殿も、迫る炎から逃れられなかった。咸陽の内外だけで三百近くをかぞえる宮殿はみな焼失し、巨大な阿房宮《あぼうきゅう》は、その後三ヶ月のあいだ燃えつづけた。

また秦の領地は項羽によって三分され、章邯ら先に投降した三人の秦将――二十万の秦兵は阬にされたが、将は生き残っていた――に分け与えられた。劉邦には関中の地ではなく、より奥地の巴蜀《はしょく》、漢中《かんちゅう》の地が与えられた。

ここに秦という国は滅んだのである。始皇帝・正が天下を統一するという偉業を成し遂げてから十五年、正の死からは四年足らずしかたっていなかった。

だが、秦のすべてが失われたわけではない。

略奪の騒乱の中で、ひとり財宝には目もくれず、王宮の一角にある丞相府《じょうしょうふ》の律令など、大量の図籍と文書を運び出そうとしている男がいた。

蕭何である。

「こいつで劉邦を龍に、いや龍の中の龍にしてやるんだ」

竹簡《ちくかん》や木簡《もっかん》、地図などを手にして、蕭何は喜々としていた。

「こいつを焼くわけにはいかない。秦のほんとうの宝ってのは、この法律だ。これさえあれば聖人や賢者でなくとも国を治められるんだ。法こそ国なんだからな。あとは運用で締めつけるかゆるめるかを加減すればいい。秦は締めつけすぎて民の叛乱を招いた。しかし劉邦が法三章って言ったのはゆるめすぎだ。要は中庸《ちゅうよう》をいけばいいのさ」

のちに劉邦は項羽と戦い、最後に勝利をおさめて天下を手にし、漢の国を開いたが、そのとき天下の要害や戸口、地勢の強弱や民の気持ちを知るのに、蕭何が手に入れたこの図書が大いに役だったという。

そして天下をとると、蕭何は法律を整備し、国造りをはかった。そのとき秦の法律を踏襲し、漢の法律に仕立て直した。始皇帝を天下の覇者に押し上げる原動力となった秦の法体系は、失われることなく、次代にうけつがれたのである。

略奪が終わり、軍勢とともに関中から去る前に、蕭何は劉邦とともに始皇帝陵を見物するため、咸陽の東にある驪山《りざん》のふもとへ赴《おもむ》いた。

二重の外城に囲まれた広大な始皇帝陵は、人気もなく静かにそこにあった。

咸陽の城内が焼けたあと、始皇帝陵も項羽の兵に襲われた。しかしあまりに広大なため、地上の寝殿や吏舎が荒らされただけで、墳丘の地下の埋葬品までは手がつけられなかったという。

「こんなのを造れば、そりゃ国は滅びるだろうよ」

「ああ。龍の墓にしても大きすぎるな」

壊れた門からはいって、とても人が造ったとは思えない巨大な墳丘——東西、南北とも一里（約四百五十メートル）ほど、高さ三、四十丈（約七十五〜百メートル）、その地下に始皇帝が眠っている——をあおぎ見た劉邦と蕭何は、そんなことを言い合った。

「身のほどを知れってことか」

「しかし天下統一なんて、まともな考えの男にできることじゃないからな。こんなものを平気で造らせるほど狂っていないと、無理じゃなかったのかな」

「狂っていたのか」

「ああ、どこかが。それに、いい側近もいなかったんだろうな。孤独な男の墓だよ」

蕭何が言うと、劉邦はしばし腕組みをして考えていたが、腕をほどくと、

「おれのは、こんなに大きくなくていい」

と言い、蕭何が止めるのにかまわず、踵《きびす》を返して門を出ていった。

「おい、それはあんたが天下を統一するってことなのか」

弾んだ声で問いかけながら、蕭何は劉邦を追っていった。

参考図書

本書の執筆にあたっては、主として以下の図書を参考としました。紙面を借りまして御礼申しあげます。

『人間・始皇帝』鶴間和幸著　岩波書店
『史記』全8巻　小竹文夫・小竹武夫訳　筑摩書房
『B.C. 220年　帝国と世界史の誕生』南川高志編　山川出版社
『睡虎地秦簡』松崎つね子著　明徳出版社
『中国社会風俗史』尚秉和　秋田成明編訳　平凡社
『周――理想化された古代王朝』佐藤信弥著　中央公論新社
『項羽と劉邦の時代』藤田勝久著　講談社
『地下からの贈り物』中国出土資料学会編　東方書店
『図説中国文明史　4　雄偉なる文明』稲畑耕一郎監修　劉煒編著　伊藤晋太郎訳　創元社
『木簡・竹簡の語る中国古代』冨田至著　岩波書店
『老子』高橋進著　清水書院
『ビギナーズ・クラシックス　中国の古典　韓非子』西川靖二著　角川学芸出版
『中国の思想　I　韓非子』西野広祥＋市川宏訳　徳間書店
『中国の思想　Ⅳ　荀子』杉本達夫訳　徳間書店
『中国古代の生活史』林巳奈夫著　吉川弘文館

著者略歴

岩井三四二（いわい・みよじ）
1958年岐阜生まれ。一橋大学卒業後、会社勤務を経て、96年『一所懸命』でデビュー。同作で第64回小説現代新人賞受賞。98年『簒奪者』（『兵は詭道なり　斎藤道三』と改題）で第5回歴史群像大賞、2003年『月ノ浦惣庄公事置書』で第10回松本清張賞、04年『村を助くは誰ぞ』で第28回歴史文学賞、08年『清佑、ただいま在庄』で第14回中山義秀文学賞受賞。『銀閣建立』『難儀でござる』『たいがいにせえ』『おくうたま』『光秀曜変』など著書多数。

Kadokawa Haruki Corporation

岩井三四二《いわいみよじ》

歌《うた》え、汝龍《なんじりゅう》たりし日々《ひび》を　—始皇帝紀《しこうていき》—

*

2018年9月8日第一刷発行

発行者 角川春樹
発行所 株式会社 角川春樹事務所
〒102-0074 東京都千代田区九段南2-1-30 イタリア文化会館
電話03-3263-5881（営業） 03-3263-5247（編集）
印刷・製本 中央精版印刷株式会社

本書は書き下ろし小説です。

ISBN978-4-7584-1328-2 C0093
http://www.kadokawaharuki.co.jp/